KB234365

한국근대문학탐사 1

카프 정통파 권환의
발자취를 찾아서

한국근대문학탐사 1

카프 정통파 권환의 발자취를 찾아서

이장열 지음

한국학술정보㈜

　이 글은 객관적 서술을 기본으로 하는 학술연구논문 형식이었습니다. 제 부족한 글에 김윤식 교수님께서는 "몸을 숨긴다"라는 표현을 보시고, 어느 글에서 지적하셨습니다. "'몸을 숨긴다'란 표현은 객관 서술을 기본으로 하는 학술논문 표현으로 부적절하다'는 것. 이 대목에서 저는 몇 해를 두고 고민하였는데, 제가 나름 내린 결론은 이렇습니다. 교수님의 지적은 제 글의 한계점과 함께 제 글쓰기의 새로운 모색을 하라는 말로 들렸습니다. 교수님은 그런 의도로 하신 것은 아니었지만, 제가 그렇게 받아들였습니다.

　권환의 마산행을 교수님은 남로당에도 북로당에도 낑기지 못한 이의 발걸음에서 비롯된 것임을 간파하셨는데, 저는 당시에도 그렇고 지금도 권환의 마산행은 "몸을 숨길" 수준으로 권환에게는 고독하고 엄혹한 것이라는 생각에는 변함이 없습니다. 남한 단독정부(대한민국 정식정부)가 들어선 시기에 권환이 서울도 아니고, 평양도 아닌 마산에 간 까닭은 남한 정부로부터 감시와 탄압을 정신적으로 받았던 탓으로 판단됩니다. 그래서 마산으로 '몸을 숨긴' 것입니다. 쫓기는 이의 마음을 심정적으로 이해하는 터이기에 나온 표현임도 밝혀둡니다. 그런 상황에서 벌어진 권환의 마산행을 딱히 다른 객관언어로는 표현할 수 없었던 것이었습니다. 어디에도 하소연할 수 없고, 모두 관계를 일시적으로 끊고 살아야 하는 그 고독감을 익히 알고 있었기에 권환의 당시 마음자리로 "몸을 숨긴다"는 표현이 나온 것입니다.

저는 어느 쪽에도 낑기지 못한 그 어정쩡함과 그 어중간한 자리에 놓인 처지였던 탓에 자의든 타의든 생활의 방편을 좇아 다른 데를 몇 년 기웃거리면서 문학탐사는 잠시 멈추고 말았습니다. 그렇다고 글쓰기를 외면할 수 없는 노릇이고, 그래서 객관서술에 바탕을 두면서 부적당한 표현을 함께 사용할 수 있는 글쓰기 영역은 존재하지 않는가 하고 여러 해를 고민한 끝에 이상한 류(流)의 글쓰기, 곧 제가 늘 문학탐사기 작업을 하고 있었다는 사실을 뒤늦게나마 깨달았습니다. 곧 객관서술이 핵심인 학술논문 형식에는 적절하지 않은 용어를 사용하는 이상한 류(流)의 글쓰기－문학탐사기－가 제가 가야 할 글쓰기라는 생각이 문득 들었던 것입니다.

이와 같이 이상한 류(流)의 글쓰기－문학탐사기－를 본격적으로 쓰겠다는 생각이 들면서, 논문을 책으로 출간하기로 마음먹었습니다. 그래서 출판을 앞두고 원래 제목을 변경해서 붙이게 되었습니다. 제 글에 맞는 제목을 붙이는 것이 마땅하다는 생각이었습니다. 곧 '연구'라는 용어를 붙이는 것이 이러한 이상한 류(流)－문학탐사기－의 글쓰기 형식에 격이 맞을 리 없다는 생각에서 제목을 바꾸게 되었습니다.

덧붙이자면 이 책의 출간으로 제가 이상한 류(流)의 글쓰기, 곧 문학 탐사기를 더욱 힘차게 밀고 나가겠다는 일종의 선언을 하는 셈입니다.

이 책의 편성과 내용은 원래 논문 글을 그대로 실었습니다. 그 뒤에 추가된 성과물들을 첨가하고 싶은 마음이 앞섰지만 글의 전체 얼개에 문제가 생길 것이기에 그대로 출간하기로 하였습니다. 다만 권환의 사망을 전한 기사에 대한 기록 하나는 넣어두었습니다. 권환의 부음기사가 실린 경위를 각주에 추가하는 것은 권환의 삶을 보다 구체적으로 이해할 수 있다는 생각에서입니다.

이 글은 일제강점기와 광복기라는 역사의 소용돌이에서 카프의 정통파로서 살다 간 권환의 삶과 문학을 발로 뛰어서 만든 탐사기록입니다. 솔직히 그의 삶이 지독하게 고독하지 않았다면 제 발길은 권환에게로 나아가지 않았을 것입니다. 창원 진전면 오서리 보광산 자락에 그의 부인 조성남 여사와 나란히 누워 있는 그의 유택에 술 한 잔 올리고 시작한 결과물임도 부끄럽지만 밝혀두고자 합니다.

이 책의 출간으로 카프 정통파 권환이 우리 근대사와 문학사에 온전한 자리를 마련하는 데 미력하나마 보탬이 되기를 간절히 바랍니다.

지면을 빌려, 고마움을 전할 이들은 많습니다. 늘 마음의 언덕이 되어주시는 경남대학교 정치외교학과 은사님들과 따스하게 부족한 저를 지도해주신 대학원 국문학과 교수님들께 머리 숙여 감사의 말씀을 전해 올립니다. 특히 조언과 비판을 아끼지 않은 손택수에게도 고마움을 함께 전합니다.

끝으로, 늘 힘이 되어주는 아내와 아들 창현에게 사랑한다는 말을 꼭 전해주고 싶습니다.

2012년 봄
이장열

차례

I

들머리

　　권환(權煥: 1903～1954)은 1930년대 초 카프를 대표하는 시인이자 평론가였다. 그는 카프의 2차 방향전환을 주도하였던 인물이다. 카프의 중심인물로서 권환은 나라 잃은 시기부터 광복기에 이르기까지 다양한 문학 갈래에서 활발한 활동을 보였다. 그런데 이제껏 권환은 월북한 문인으로 잘못 알려져 왔다.[1] 월북 문인에 대한 복권은 1988년까지 고두 네 차례에 걸쳐 이루어졌는데,[2]

---

[1] 홍성태(1966), 『한국공산주의운동연구와 비판』, 삼성출판사, 245쪽. 권환은 '1945년 해방 이후 월북'으로 기록되었다.

[2] 제1차 복권조치는 1976년 3월 13일에 이루어졌다. 이 조치는 월북, 재북 작가를 문학사적 차원에서 논의할 수 있게 한 것이다. 순수문학에 국한하고, 또 을유광복(1945. 8. 15) 전의 것을 대상으로 하고, 북한에서 이미 사망한 작가에 해당되어야 한다는 조건이 붙어 있어 온전한 연구를 하지 못한 조치였다. 제2차 복권조치는 1987년 10월 19일 조치로서 월북, 재북 작가의 논의가 거의 제한 없이 가능하다는 것으로 앞서 1976년 3월 13일 조치와 비교해서 상업출판도 허용된 점이 다르다. 제3차 조치는 1988년 3월 31일 조치이다. 이 때 정지용, 김기림 두 문인에 국한된 것이다. 작가논으와 작품 자체의 전면적 해금조치라는 것에 큰 의미가

권환 또한 그 사이 복권이 이루어지지 못했다가 1988년에야 복권이 이루어지게 되었다.

권환에 대한 연구는 정부의 복권 조치 뒤에 와서야 본격적으로 이루어지기 시작했다. 그것은 크게 세 유형으로 나뉜다. 첫째, 전기적 연구다. 먼저 권은경(1990)[3]은 권환의 가족관계를 처음 밝혀냄으로써, 뒤이은 권환 연구에 디딤돌을 마련했다. 권환이 어려서부터 엄격한 유교적 전통 속에서 자라났음을 이 글은 일러준다. 그러나 그 밖의 학교 상황과 교우관계를 구체적으로 밝혀주지 못한 아쉬움을 남겼다.

뒤이어 목진숙(1993)[4]은 권환의 경도제국대학 입학과 졸업 시기를 구체적으로 밝혀줄 학적 상황을 발굴하는 성과를 보였다. 그런데 이 글에서는 대학 학적부를 열람하여 확인한 성과 이외에 권환의 문학과 삶을 보다 풍부하게 밝히는 것에는 이르지 못했다. 김종호(1994)[5]는 몇 작품을 새롭게 발굴하는 성과를 보여주었을 뿐, 전기적인 부분에서 새로운 사실을 더하지 못했다. 황현(1999; 1)[6]은 앞서 연구들에서 한발 나아간 전기적 서술을 하고자 했다. 그러나 권환의 어린 시절과 1948년부터 1954년까지 마산에서 이루어졌던 삶의 흔적들을 메우지 못함으로 부분적인 노력에 그쳤다. 그는 이어진 다른 자리(1999; 2)[7]에서도 앞선 성과를 그대로 따르고 있다.

이처럼 권환에 대한 전기적 연구에서는 아직까지 보완해야 할 자

있다. 제4차 조치는 1988년 7월 19일 조치이다. 한설야, 이기영, 조영출, 백인준, 홍명희 5명을 뺀 나머지 전원의 해금이었다.
3) 권은경(1990), 「권환 시 연구」, 경남대학교 교육대학원 석사논문.
4) 목진숙(1993), 「권환연구」, 창원대학교 석사논문.
5) 김종호(1995), 「권환 시의 변모과정연구」, 『상지논총』 1집, 상지대학교.
6) 황현(1998), 「현실 그 갈등과 성찰의 공간: 권환의 시세계」, 『오늘의 문예비평』 여름호, 오늘의문예비평사.
7) 황현(1999), 「순결한 민족시인, 권환」, 『신생』 겨울호, 신생

리가 많이 남았다. 그의 어린 시절 복원에서부터 시작하여, 야간도주, 휘문고보 재학으로 대표되는 학창 시절, 등단을 전후한 시기의 사정, 일본 유학 생활과 다른 문인들과 맺었던 교유 관계, 1940년대의 전향과 은둔, 그리고 1948년 이후 마산에서 이루어졌던 권환의 곤궁했던 생활 등이 그것이다. 권환의 문학적 생애를 온전하게 살피는 데는 힘이 모자랐다.

둘째, 권환 문학의 사회 역사적 문맥에 초점을 둔 연구다. 이 경우 대부분의 연구는 주로 시 갈래에 국한된다.[8] 김재홍(1990)[9]은 권환 시의 변모과정을 살피면서 크게 세 시기로 구분한다. 아지프로시, 볼셰비키 투쟁 노선 또는 무기의 시, 전향과 순수서정 지향성이 그것이다. 시적 변모 양상을 카프의 활동과 결부시켜 살핌으로써, 권환 시의 의의를 살려내고자 한 가치가 크다. 이러한 틀은 그 뒤에 이어진 권은경(1990)[10]이나 김종호(1994)[11]에 그대로 이어져 초기, 중기, 후기로 나누는 밑바탕이 되었다. 김용직(1996)[12]은 권환의 시에서 유교적 선비정신을 읽어내고 있다. 곽은희(1997)[13] 역시 권환의 시를 대상으로 내면화의 문제를 살피고 있어, 새로운 접근 방식을 보인다. 이들 논의는 사회 역사적 맥락에서 권환의 시를 놓고 바라보고 있다는 점에서 한결같다.

셋째, 텍스트 자체에 초점을 둔 연구다. 채수영(1990)[14]은 권환

---

8) 이 밖에 다음과 같은 논의들이 있다. 정재찬(1989), 「시와 정치의 긴장관계—시인 '권환론'」, 『한국문학의 리얼리즘과 모더니즘』, 민음사. 오성호(1990), 「권환 시의 변모와 그 의미—1930년대의 시를 중심으로」, 『1930년대 민족문학의 인식』, 한길사, 73~106쪽.
9) 김재홍(1990), 「볼셰비키 프로시인」, 『한국문학』 9월호, 한국문학사.
10) 권은경(1990), 「권환 시 연구」, 경남대학교 교육대학원 석사논문.
11) 김종호(1995), 「권환 시의 변모과정연구」, 『상지논총』 1집, 상지대학교.
12) 김용직(1996), 「이념우선주의—권환론」, 『한국현대시사 1』, 한국문연.
13) 곽은희(1998), 「권환 시 연구」, 경남대학교 석사논문.

시의 특질을 '베풂'으로 요약했다. 이 결과는 권환 시에 등장하는 백색과 청색의 조화에서부터 도출한 것이다. 그리고 김호정(1993)[15]은 권환 시의 변모과정을 '화자'를 중심으로 살펴, 권환의 아지프로시가 청자지향의 태도에서 비롯되었다는 결과를 내놓는다. 그러나 이 경우들도 권환 문학의 전반적인 모습을 살펴보는 데는 분명한 한계가 뚜렷하다. 앞으로 많은 접근이 필요한 자리다.

지금까지의 권환 문학연구는 주로 시에 국한되어 이루어져 왔음을 알 수 있었다. 전기적 문제에서도 여전히 권환의 삶과 문학활동에 있어서 많은 부분이 명확하게 해명되지 않았음을 보았다. 게다가 권환 문학 연구에서 기본이 되는 문학작품에 대한 전모를 온전하게 찾아내려는 노력이 부족했다. 권환 문학 연구에 있어서는 무엇보다 다양한 갈래에 걸쳐 창작활동을 활발하게 이룩한 권환의 문학 작품을 제대로 발굴하여 그의 작품 세계를 종합적으로 규명하는 것이 무엇보다 바람직한 논의의 첫걸음이 된다고 하겠다.[16]

연구 대상과 목표

권환이 문학활동을 한 기간은 1925년 7월부터 1954년 7월 폐결핵으로 죽을 때까지 28여 년이다. 이 기간

---

14) 채수영(1990), 「시의 前景과 後景의 調和—權煥論」, 『경기어문학』 제8집, 경기대학교 국어국문학과.
15) 김호정(1993), 「권환 시의 변모양상 연구」, 부산대학교 교육대학원 석사논문.
16) 한편, 권환에 지속적인 관심은 시전집 발간에 이어 문학전집 발간으로 이어졌다. 『깜박 잊어버린 그 이름—권환 시전집』(솔출판사, 1998)과 『아름다운 평등—권환 전집』(전망, 2002)이 그것이다. 그동안 한 연구자의 노고를 인정하지 않는바 아니지만, 값진 자료들을 상당 부분 빠트리고 있는 실정이다. 글쓴이의 이번 자료 발굴을 통해서 권환 문학 전집이 새롭게 엮어져야 마땅할 것으로 보인다.

동안 권환은 시와 비평뿐만 아니라 아동문학, 극, 소설 등의 다양한 문학 갈래에서 활발한 활동을 이루었다. 이 글에서 대상으로 삼은 것은 이 시기에 이루어진 그의 문학 작품 활동 가운데서 수필을 제외한 전부다.

글쓴이가 이 글을 통해 밝힌 바 권환의 최초 등단 작품은 1925년 7월호부터 3회에 걸쳐 『신소년』에 발표한 아동문학작품 「아버지」다. 이 일로 지금껏 1926년 『신민』 12월호에 실린 「狂!」이 권환의 최초 공식 문학작품으로 기록되어 있는 작품 연보를 새롭게 고칠 수 있었다. 「아버지」를 비롯한 그의 아동문학 작품은 모두 14편이다. 이들은 전부 글쓴이에 의해 이 글에서 새롭게 발굴 확인된 것이다. 구체적으로 살펴보면, 동요동시·소년소설·우화들에 걸친다.

먼저 소년소설 「아버지」(『신소년』, 1925. 7, 8, 9), 「강제의 夢」(『신소년』, 1925. 10), 우화 「세상구경」(『신소년』, 1925. 11), 소년소설 「언밥(洞飯)」(『신소년』, 1925. 12), 소년소설 「마지막 우슴」(『신소년』, 1926. 2, 3, 4), 우화 「처녀장미꽃」(『신소년』, 1926. 5), 동요동시 「웨 어른이 안되요」(『신소년』, 1927. 4), 「웨 안무서요」(『신소년』, 1927. 4), 「지도에 없는 아버지」(『신소년』, 1927. 4),17) 우화 「베(稻)가 쌀이 될 째까지」(『별나라』, 1932. 3) 등이 그것이다. 그리고 아동문학 관련 수필과 비평은 「나의 어린 째 기억」(『신소년』, 1928. 6), 「少年에 대한 바람」(『신소년』, 1930. 1), 「통속 소년유물

---

17) 류희정 엮음(1993), 『1920년대 아동문학집 1』, 평양 문학예술종합출판사. 이 책에 권환의 동요동시 세 편이 실려 있음을 확인하였다. 그런데 글쓴이는 1927년 『신소년』 4월호를 확인해본 결과 이들 작품은 실려 있지 않음을 확인하였다. 엮는 이의 착오가 있었던 듯싶다. 아직 우리 국문학계에서도 『신소년』에 대한 완전한 서지 정보가 미흡한 실정이기에 이 세 편의 동시 발표연도에 대한 확인 작업은 계속 진행되어야 한다.

론」(『별나라』, 1931. 11), 「辨證法이란 무엇인가」(『별나라』, 1932. 3)들이다.

다음으로 권환의 극문학 작품들은 「狂!」(『신민』, 1926. 12), 「印刷한 러브레터」(『신민』, 1927. 2), 「아버지」(『映畵演畵』, 1940. 1) 등 3편이 있다. 이들 작품 가운데 「아버지」는 이 글에서 발굴한 작품이다. 작품 수는 그리 많지 않으나, 계급주의문학으로 지향하고자 하는 바가 뚜렷하게 드러나고 있어, 권환 문학의 이해에서 빠뜨릴 수 없는 갈래다.

권환의 소설은 모두 4편이 확인된다. 「앓고 있는 靈」(『학조』, 1927. 2)과 새롭게 발굴한 「썩은 안해－監房內의 幻夢」(『조선지광』, 1927. 7), 「慈善堂의 불」(『조선지광』, 1927. 12) 등 3편[18]과 「木花와 콩」(『조선일보』, 1931. 7. 16〜24일 자)이 그것이다. 그런데 권환의 소설에 대해서는 지금껏 「木花와 콩」만이 학계에 잠깐 언급되었을 뿐이다. 권환 소설의 특징을 한데 묶어 살펴보는 계기가 없었다. 따라서 새로 발굴한 「썩은 안해」와 「慈善堂의 불」은 권환 문학을 한 차원 깊이 있게 다가서는 데 보탬이 될 것으로 보인다.

권환 시가 그다음 논의 대상이다. 그의 시는 일제강점기부터 광복에 이르기까지 꾸준하게 창작된 갈래다. 간행된 시집에는 1943년에 나온 『自畵像』(조선출판사, 53편), 1944년에 나온 『倫理』(성문당서점, 33편)와 을유광복기, 1946년에 나온 『凍結』(건설출판사, 45편)

---

18) 「앓고 있는 靈」은 경도학우회에서 발행한 1927년 2월호 『學潮』에 실린 것으로 알려져 있다. 그러나 이 작품을 글쓴이와 다른 연구자들은 아직 확인하지 못하였다. 그래서 갈래상 극문학인지 소설문학인지도 학계에서는 확정하지 못하고 있는 실정이다. 이제까지 연구자들은 거의 「앓고 있는 靈」을 소설문학으로 분류하고 있다. 작품의 실체 확인 없이 갈래를 확정하는 것은 바람직하지 못하다. 글쓴이는 「앓고 있는 靈」은 이 글의 연구 대상에서 제외시켰다.

등 세 권이 있다. 1931년에 나온 공동시집 『카프詩人集』(집단사)에 7편이 수록되었고, 1946년 3월에 나온 『三一紀念詩集』(조선문학가동맹시부 엮음, 建設出版社)과 같은 해 4월에 엮어 나온 『解放紀念詩集－햇불』(우리문학사), 그리고 1947년 2월에 나온 『朝鮮詩集』(조선문학가동맹 엮음, 雅文閣)에는 각각 1편씩 세 편이 수록되어 있다.

이렇게 시집에 발표된 작품과 잡지 발표 뒤 시집에 실리지 않은 시들을 모두 합쳐보면 권환의 시작품은 모두 125편에 이른다. 이 가운데는 제목만 알려진 것들도 꽤 발견된다.[19] 글쓴이가 이번에 새롭게 발굴한 시로는 「언덕우의집」(『조선중앙일보』, 1933. 11. 12일자), 「復活의노래」(『실생활』, 1932. 12)들이 있다.

끝으로 권환 문학에서 두드러진 성과를 보여준 비평문학이다. 모두 34편의 글이 확인된다. 권환의 비평문학은 당대에 제기된 핵심적인 계급문학의 흐름들을 짚어내고 있어 중요도가 크다. 이 글에서 새롭게 발굴한 「階級論」(『朝鮮之光』, 1928. 12)이 그 대표적인 경우다. 「階級論」의 발굴로 그의 계급주의 비평활동이 1928년부터 이루어졌음을 확인할 수 있었다.

이 글의 연구 범위에는 들어가지 않았지만, 수필문학도 여러 편이 있다. 수필은 권환의 어린 시절의 생애와 문학적 토양을 살펴보는 데에 중요한 자료로서 값어치가 있다. 특히 권환의 어린 시절의 모습을 복원하는 데 많은 해결점을 마련해준다. 「나의 어린째 記憶」(『신소년』, 1928. 6), 「少年에 대한 바람」(『신소년』, 1930. 1)이 그것

---

19) 이들 시들은 다음과 같다. 「패전후에」(출처 확인 안 됨), 「북쪽거리로」(『조선중앙일보』), 「톡, 톡, 톡」(『조선중앙일보』), 「모던 보이 모던 걸」(『우리들』), 「조선의 중학생」(『우리들』), 「벌버진 여름철」(『우리들』) 등 6편이다.

이다. 개별 수필은 모두 13편이 확인된다.[20] 권환은 1948년 남한의 단독정부가 수립될 무렵 마산으로 내려온 것으로 알려져 있다. 그가 영면한 1954년까지 어떤 형태의 글들도 발견되어진 바 없었다. 결국 1948년 이후 그가 절필한 뒤, 월북하거나 생을 마감한 것으로 지금까지 알려져 왔다. 그런데 1952년『學徒』제3호에 수록된 수필「學校巡禮記」를 이번 연구에서 발굴할 수 있었다. 이 글로 마산에서 권환의 생활을 새롭게 엿볼 수 있을 뿐 아니라, 그의 마지막 작품을 확인할 수 있었다.

앞에서 본 바와 같이 권환 문학은 양적인 데서나, 다양한 갈래에서나 결코 빈약하지 않다. 시와 비평에 국한되어 이루어져 왔던 기존 권환 문학에 대한 관심은 아동문학, 극문학, 소설문학에까지 논의 대상을 확대함으로써, 비로소 온전한 접근을 가능케 한다. 이 글은 이러한 권환의 다양한 문학활동과 삶의 세계를 총체적으로 살펴보는 것을 목표로 삼았다.

이 목표에 이르기 위해 우선 글쓴이는 권환의 삶을 최대한 복원하고자 했다.[21] 다음으로 문학세계의 전개양상을 살피고자 했다. 권환

---

20) KO生(1927),「女俳優와 妓生」,『長恨』1월호, 장한사.
　　KO生(1927),「遍路斷片」,『思想と生活』, 황실중심사.
　　권경완(1928),「나의 어린째 記憶」,『신소년』6월호, 중앙인서관.
　　권경완(1930),「少年에 대한 바람」,『신소년』1월호, 중앙인서관.
　　권환 옮김(1932),「宗敎의 本質과 消滅過程」,『조선지광』1월호, 조선지광사.
　　권환(1932),「天國과 地獄(文人이 본 서울)」,『조선일보』, 1월 3일 자, 조선일보사.
　　권환(1932),「序一」,『푸로레타리아童謠集 불별』, 중앙인서관.
　　권생(1933),「웃고가는 漁翁: 古談한다듸」,『실생활』11월호, 실생활사.
　　KO生(1939),「評壇志士의 望斷」,『朝鮮文壇』4월호, 조선문단사.
　　권환(1944),「勤勞라는 것」,『춘추』5월호, 춘추사.
　　권환(1946),「寫眞과 文-내가 본 나」,『시문학』제2호, 시문학사.
　　KO生 옮김(1948),「독일은 재건할가」,『금융조합』8월호, 조선금융조합연합회.
　　KO生(1952),「학교순례기」,『學徒』제3호.
21) Leon Edel, 김윤식 옮김(1982),『작가론의 방법』, 삼영사, 85쪽.

문학의 주류적 흐름이 발전, 변화해가는 양상에 따라 아동문학, 극문학, 소설문학, 시문학, 비평문학의 갈래별로 순서를 마련하여, 각 갈래 안에 내재되어 있는 계급의식의 변모 양상을 살펴볼 것이다. 권환의 중심 갈래 이동 현상이야말로[22] 일본 군국주의 식민지 지식인으로서의 권환의 계급의식의 변모과정에 대한 구체적인 모습을 살펴볼 수 있게 한다.

따라서 이 글은 아래와 같은 순서로 논의될 것이다. Ⅱ장에서는 전기적 고찰이다. 특히 권환의 학교생활과 문단생활에서 새 자료를 보완함으로써 권환의 연보를 새롭게 채울 수 있을 것이다. Ⅲ장에서는 새롭게 발굴한 아동문학을 대상으로 삼아 아동문학가로서 권환의 계급적 의식이 형성되는 구체적인 모습을 살필 것이다. 다음 Ⅳ장에서는 권환 극문학의 전개와 주제양상이 중심이 된다. 그리고 Ⅴ장에서는 권환의 소설문학을, Ⅵ장에서는 시문학을 대상으로 작가의 계급의식이 구체적으로 어떻게 드러나고 있는지를 살필 것이다. Ⅶ장에서는 비평문학을 대상으로 삼아 그 전개양상과 특징을 고찰한다.

글쓴이는 계급주의 문학인 권환의 문학적 탄생과 성장, 그리고 굴절과 변모를 거쳐 문학을 마감하게 되는 전 과정에 걸친 궤적에 다가서고자 했다. 이 일을 빌미로 하여 권환의 삶과 문학활동, 그리고 문학세계에 대한 전반적 이해에 이르는 디딤돌이 마련되길 기대한다.

---

22) 글쓴이가 이 글에서 갈래별로 각 장의 논의 순서로 아동문학, 극, 소설, 시, 비평으로 정해놓은 이유는 권환의 문학 갈래별 창작 시기의 선후가 일정 정도 구분되기 때문이다. 곧 권환은 아동문학을 시작으로, 갈래별 관심이 이동하는 흐름을 보여주고 있다. 아동문학을 시작으로 권환은 경도제국대학 재학 중에 극문학을 이어 소설문학, 졸업 무렵에는 시 창작을 시작으로 비평문학에까지 문학의 영역을 넓혀나가는 일정한 길을 걸어왔기 때문이다.

II

권환의 삶과
문학활동

나라 잃은 시기 문학활동

권환[1]은 1903년 1월 5일 경남 창원군 진전면 오서리 554번지[2]에서 아버지 권오봉과 어머니 김혜경의 3남 1녀 가운데 맏이로 터어났다.[3] 본적은 경남 창원군 진전면

1) 본명은 권경완, 호는 하석(河石)이다. 필명으로는 元素, KO生, 權元素, 경완, 權生, 경환, 權允煥 등을 썼다. 계급조직 활동에 필요한 비밀 유지라는 점에서 많은 필명을 사용한 것으로 보인다. 필명으로 발표한 글들은 아래와 같다.
元素(1927), 「썩어가는 안해─監房內의 幻夢」, 『조선지광』 7월호, 조선지광사.
KO生(1927), 「女俳優와 妓生」, 『長恨』 1월호, 장한사.
權元素(1927), 「慈善堂의 불」, 『조선지광』 12월호, 조선지광사.
경완(1928), 「나의 어린째 記憶」, 『신스년』 4월호, 신소년사.
權生(1928), 「階級論」, 『조선지광』 9월호, 조선지광사.
경환(1930), 「少年工의노래」, 『조선지광』 11월호, 조선지광사.
權允煥(1930), 「無産階級運動의 瞥顧와 將來의 展開策」, 『중외일보』, 1월 10~31일자, 중외일보사.
2) 1995년 3월 1일 시·군 통폐합에 따라 마산시 진전면 오서리로 바뀌었다.
3) 안동 권씨 복야공파의 36대손이다. 권환의 출생연도는 족보와 제적등본, 호적등본, 재판기록, 문학잡지마다 다르게 기술되었다. 이들 자료들에는 1903년생, 1905년생으로 기록되어 있다. 글쓴이는 족보, 재판기록, 호적등본, 사립휘문고보 학적부에 기재되어 있는 출생연도 1903년

오서리 565번지다.[4] 권환의 아버지 성재 권오봉(1897~1959)은 경술국치(1910) 직후 근대교육의 필요성을 절감했던 지사였다. 향리 진전에 있었던 안동 권씨의 재실 경행재를 사립학교로 바꾸었다.[5] 진전에 비로소 근대교육기관이 세워지게 된 것이다.

그런 한편 권오봉은 백산상회의 대주주이자 중외일보사를 경영한

생을 권환의 생년으로 확정하는 것이 타당하다고 본다. 그의 가계를 도표로 표시하면 다음과 같다.

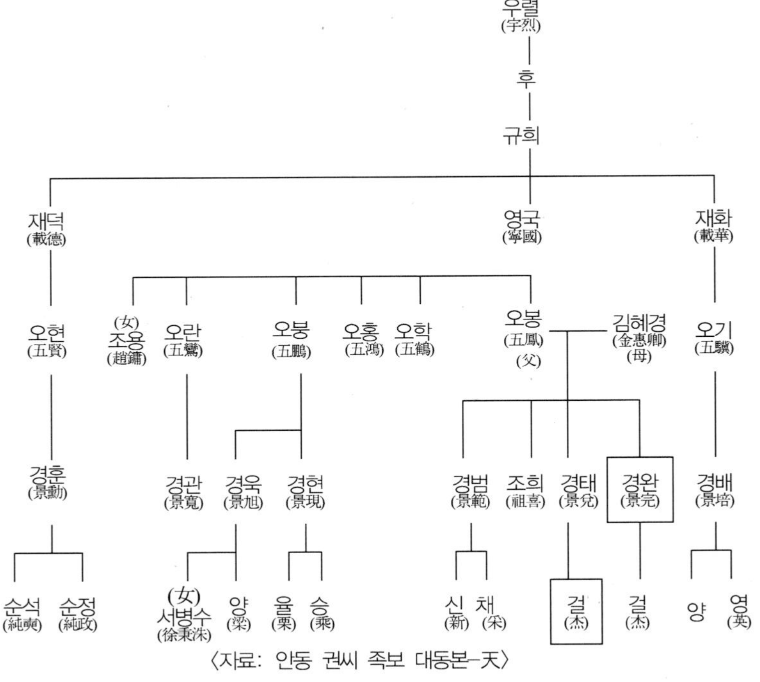

〈자료: 안동 권씨 족보 대동본-天〉

4) 권환의 본적지와 태어난 곳에 대한 확정을 하지 못하고 있는 현실이다. 전주지방법원 검사국(1935)에서 작성한 재판기록 『刑事裁判原本 第4册』에는 권환의 본적으로 경남 창원군 진전면 오서리 565번지로 기재되어 있다. 여기서 글쓴이는 당시 조사과정에서 기록된 본적지 554번지를 권환의 본적지로 확정하는 것이 타당하다고 본다. 당시 일본 경찰의 조사과정에서 나온 기록이기 때문에 그 신빙성은 크다고 하겠다. 참고로 제적등본에 따르면, 권환의 부친 권오봉의 본적지는 554번지로 기록되어 있다.
5) 「성재권오익선생공적비」 비문 가운데서 일부분의 내용을 발췌한 것이다. 이 비문은 현재 경남 마산시 진전면 오서리 경행재 앞뜰에 세워져 있다.

남저 이우식의 셋째 딸을 둘째 며느리로 맞았다. 영남지역 유림과 가(家)문 관계를 돈독하게 유지했다. 조선국권회복단 재판증인심문조서에 따르면 권오봉은 백산상회에 500주로 참여한 대주주였다.6) 더욱이 1921년 백산 안희제7)와 함께 백산상회 자금 5만 원으로 경남 합천군 삼가 노피뜰에 1km의 방죽을 쌓고 양수기와 인부를 동원하여 500석 규모의 논을 개간했다. 개간한 논을 팔아 광복항쟁 자금으로 활용하기 위한 일이었다. 그러나 이듬해 1922년 대홍수로 방죽이 터져 겨우 두 마지기만 남는 큰 손해를 입었다.8) 백산 안희제, 남저 이우식은 대종교를 바탕으로 한 민족해방투쟁을 벌인 이들이다. 따라서 성재 권오봉도 대종교에 깊숙이 관여한 인물이었던 것으로 보인다.9) 그리고 그 영향이 권환의 성장과 문학활동에도 많은 영향을 끼쳤을 것이다.

1919년 3월 무렵 권환은 야간도주를 감행한다. 어머니께는 "착한 소년"이자 "효자"였던 권환이 "두루막자락을 붙잡고" 나온 어머니의 간절한 부탁을 뿌리친 채 눈물을 흘리며 "바다 속처럼 검은" 밤에 집을 나선 일이었다. 당시 권환의 야간도주 명분은 '큰 뜻'을 품고 서울 가서 배움의 길로 들어서는 것이었다. 어머니의 애원을 뿌리쳐 가며 야간도주로 이끈 그 '큰 뜻'은 일본으로 건너가, 경도제국대학을 졸업한 이듬해인 1930년 권환이 『신소년』에 발표된 「少年에 대

---

6) 이러한 인연으로 경도제국대학을 졸업한 맏아들 권환이 귀국 뒤 중외일보사에 곧장 취직하는 데도 수월하게 작용하게 된다. 그리고 임화 역시 당시 중외일보사에서 잠시 돈을 맡긴다.

7) 외솔회 엮음(1975), 『나라사랑―백산 안희제 선생 특집호』 제19집, 외솔회 참고, 부산일보 특별취재팀(1998), 「백산의 동지들」, 부산일보사 참고.

8) 부산일보특별취재팀(1998; 60) 참고.

9) 권환의 사립휘문고보 학생학적부에는 "가정 혹 본인신앙"에 대종교로 기록하고 있다. 이를 미루어보아도 그 가능성이 크다고 하겠다. 실제로 대종교는 종교라기보다는 광복항쟁의 실천 윤리로서 받아들였던 측면이 강하다.

한 바람-할수업스면그다음이라도」[10]에서 암시받을 수 있다. 권환은 "무엇이든지 내 눈 아래로 두고 올흔맘과 바른 길로만 나아가면 이 세상에 무엇이든지 두려울 것이 업고 못할 일이 업슬 것"임을 소년 들에게 당부하고 있다. 이처럼 권환의 야간도주는 '올바른 마음'에서 비롯된 '바른 길'을 선택한 일이었기에 주저함이 없었다.

그는 야간도주 뒤 곧장 서울로 올라가 중동학교[11]에 입학한다. 1919년 봄 무렵부터 서울 중동학교 중등과에 입학하여 배움을 닦기 시작한 지 3년 만에 1922년 3월에 정식으로 졸업하고,[12] 4월에는 바로 휘문고등보통학교의 3학년[13]으로 편입하였다.[14] 휘문고보 시절 에 권환은 문학에 대한 관심이 자연스럽게 이루어졌을 것으로 짐작 된다. 당시 휘문고보에는 문학에 관심을 둔 재학생들이 『搖籃』 회람 동인지를 만들었을 만큼 문학하기 좋은 학교로 자리 잡고 있었다.[15]

---

10) 권경완(1930), 『신소년』 1월호, 중앙인서관, 25~26쪽.
11) 글쓴이는 『사립휘문고등보통학교 생도학적부』(1922년)에 이름을 올리고 있는 권환의 학적상 황을 확인하였다. 이 자료로서 권환의 사립휘문고등보통학교 편입학 사실을 확인하게 되었다. 또한 기존의 권환 연구에서는 1919년에 사립휘문고보에 입학한 것으로 알려져 왔지만, 이번 글쓴이의 학적부 발굴로서 입학 시기는 잘못되었음을 확인하게 되었다. 권환의 학적부에는 사립휘문고등보통학교 3학년에 편입한 사실과 그 시기가 1922년으로 기재되어 있다. 학적 부 발굴의 성과 가운데 특히 주목되는 점은 '입학 전 학력'에는 "중동학교 중등과 졸업"으로 기록되어 있다는 사실이다. 야간도주 뒤 곧장 중동학교에 입학한 새로운 사실 확인은 국문학 계에 처음 밝혀냄으로써 미흡하게 남아 있는 권환 해적이를 보충할 수 있었다.
12) 중동학교는 1919년 1월 11일 사립중동학교라 칭하고 고등과, 중등과, 초등과로 구성되어 있었다. 1922년 3월 26일 중동학교로 개칭(사립학교 규칙 개정에 의거)되었다.
13) 1923년 4월 1일에 작성된 『사립휘문고등보통학교 제4학년 수료생 학적부』에 권환은 이름 을 올리고 있다. 1923년 졸업한 이들은 10명에 불과하며, 수료자는 권환을 포함하여 모두 6명이다. 이들은 사립휘문고등보통학교 제5회 졸업생들이다. 1923년에는 학교명과 학제를 휘문고등보통학교와 5년제로 변경하고 있다. 1923년 휘문고등보통학교 이름으로 나간 첫 졸업생은 모두 52명이다. 휘문교우회(1986), 『동견록』, 휘문교우회, 59~61쪽.
14) 1918년 사립휘문고등보통학교가 개교한 뒤, 1922년에 들어서 휘문고등보통학교로 교명이 변경되면서 수업연한이 4년에서 5년으로 연장되었다. 그런 점에서 권환이 교명이 휘문고등 보통학교로 변경된 해에 곧장 편입한 것을 확인하게 된다. 휘문70년사편찬위원회(1976), 『 徽文七十年史』, 휘문중·고등학교, 552쪽 참고.
15) 『요람』은 1918년 정지용이 1학년 때에 발간을 주재하여 주위의 시선을 한 몸에 받게 한 동인지였다. 정지용은 권환이 1922년에 3학년으로 편입할 당시 한 학년 선배였다. 정지용은

휘문고보 시절 권환의 학업성적은 우수한 편이다. 그러나 4학년에 올라가서는 학업성적과 출석상황이 형편없이 낮아지고 있음을 발견하게 된다. 결석이 많아지고 지각이 많아지는 것을 볼 때 권환은 학교를 벗어나 다른 것에 관심을 두고 있었다고 짐작이 된다.16)

권환은 1923년 일본의 야마가타(山形)고등학교 입학을 목적으로 유학길에 오른다.17) 휘문고보를 수료한 뒤 곧장 야마가타고등학교로 유학을 떠난다는 것은 그리 쉬운 일은 아니다.18) 또한 권환의 나이 20세 때에 휘문고보의 수료에 이어 일본의 고등학교 과정을 다시 밟는 것은 납득하기 힘들다.

그런데 당시 일본 야마카타(山形)고등학교는 조선인 유학생들에게는 꽤 알려진 이른바 명문학교인 것으로 보인다. 이 사실은 1936년

휘문고보의 이름으로 첫 졸업생(5년 과정 마침)이었고, 권환은 사립휘문고보의 수료생이었다.
16) 『휘문고보생도학적부』를 통해서 권환의 당시 생활을 살필 수 있다. 학적부에는 여러 범주, 곧 성적표와 보증인, 재산 상황, 종교 상황, 신체 상황, 체중, 기타 질병 등 상황들이 상세하게 기록되어 있어서 당시 권환의 주변적 상태 안팎을 파악하는 데 도움을 주고 있다. 특히 학적부에서 글쓴이가 눈여겨본 점은 '家庭 或 本人信仰' 난에 대종교라고 기재되어 있는 사실이다. 앞서 권환의 부친 성재 권오봉의 백산 안희제와 남저 이우식과의 교쿤에는 대종교가 그 매개로 작용하고 있음을 살핀 바 있었다. 사립휘문고보생도학적부를 통하서 권환과 대종교의 관련성뿐만 아니라 성재 권오동도 대종교가 중심고리로서 자리 잡고 있음을 확인할 수 있다.
17) 1945년 12월 25일 발행된 시집 『倫理』의 '저자약력' 난에는 "산형고교를 거쳐" 경도제국대학을 졸업한 것으로 나타나 있다. 또한 1926년 4월 21일 자 『경도제국대학신문』 제5면에 게재된 입학생 명단 가운데 문학과 부분에서 "權景完(山形)"을 발견할 수 있다. 산형은 출신 고등학교를 말해주는 것이다. 목진숙(1993), 「권환 연구」, 창원대학교 석사논문, 61쪽 참고. 또한 권환의 산형고등학교 입학고· 졸업을 확인시켜주는 자료에는 1936년에 나온 『경도제국대학 조선유학생동창회보』(경도제국대학조선유학생동창회)가 있다. 이 희보에 수록된 '名簿' 가운데 '文學部' 속에는 권환이 "出身校 山形高"(89쪽)로 기재되어 있다. 이로서 권환의 산형고교 졸업은 명확한 사실임이 밝혀진 셈이다.
18) 권환의 야마가타 고교 졸업에 대한· 언급은 권환 자신에서부터 이루어졌다. 1944년 두 차례에 걸쳐 나온 『倫理』(12월 12일, 저자 權田煥)의 마지막 부분 '著者略歷'에 "山形高校를 거쳐"로 적고 있다. 이것을 바탕으로 후속 연구자들은 권환의 해적이를 보태고 있지만, 진즉 중요한 야마가타에까지 유학길을 뜨나는지에 대해서는 한 차례도 의문을 제기하지 않았다. 또한 권환 스스로 마련한 해적이에는 앞서 이루어진 사립휘문고보 수료에 대한 언급이 전혀 없었던 점도 눈여겨보아야 한다.

나온 『경도제국대학조선유학생동창생회보』에 실린 '출신학교별회원
수일람표'에서 확인할 수 있다. 여기에서는 경도제국대학에 입학생과
졸업생 가운데 일본의 산형(山形)고교 출신이 무려 25명이나 있어,
당시 이 학교의 위상을 짐작하게 한다.[19] 이런 사실을 두고 볼 때,
일본의 산형고등학교는 당시 조선인 유학생들에게는 사립 명문경도
제국대학을 가기 위해 거쳐야 하는 한 방안이었고, 이를 실현하는
데 적합한 학교로 알려져 있었음을 짐작할 수 있다.

　1925년 『신소년』 7월호를 통해 권환은 첫 작품 「아버지」를 싣는
다.[20] 야마카타(山形)고등학교를 졸업한 뒤, 교토(京都)제국대학 문
학부에 입학하기 직전이었다.[21] 이 소년소설 「아버지」는 1920년대
중반에 우리 문단에서 중요한 등단 방식으로 자리 잡고 있었던 투고
라는 방법을 이용한 것으로 보인다. 곧 1925년 7월부터 다음 해 5
월까지 잇따른 권환의 작품 게재는 당시의 문단 상황에서 흔했던
독자투고 방식을 이용한 것이었다. 그 가운데서도 권환의 「아버지」
의 『신소년』 게재는 엘리트적 투고방식으로 보인다.[22]

---

19) 경도제국대학조선유학회동창회(1936), 『경도제국대학조선유학생동창생회보』, 동창회, 83쪽.
20) 글쓴이는 권환의 작품 죽보기에 1925년에 발표된 소년소설 「아버지」를 첫머리에 둔다. 그러
　　나 소년소설 「아버지」를 그의 첫 공식작품으로 밀어놓기에는 아쉬움이 많은 것이 사실이다.
　　그 까닭은 권환의 아동문학작품이 앞서 더 있을 수 있다는 생각을 떨쳐버릴 수 없고 자료조
　　사의 미진함이라는 부담감 때문이다. 권환 연구에서 꼼꼼한 자료발굴은 첫머리에 두고 실천
　　해야 할 몫임도 이러한 사정과 고민 때문이다.
21) 경도제국대학에 1926년 3월 31일에 입학, 1929년 3월 30일 졸업한 사실을 목진숙의 노
　　력으로 처음 확인되었다. 경도제국대학 4월 21일 자 5면에 입학생 명단에 "文學科 권경완
　　(山形)"이 있고, 같은 신문 1929년 4월 15일 자 제3면에 문학과 독문과 졸업생 명단에 권
　　경완이 올려져 있다. 목진숙(1993), 「권환연구」, 창원대학교 석사논문, 61쪽 참고.
22) 박태일(2003; 129)은 1920년대 등단 방법을 두고 다른 등단 절차 없이 연속간행물에 바로
　　작품을 발표함으로써, 기성문인으로 묵시적으로 인정받아 활동하는 엘리트적 등단방식을 한
　　경우로 제시한 바 있다. 주로 5년제 고등보통학교나 사범학교 이상의 학교, 국내외 대학과
　　같은 상급 학업을 거치고 있거나, 졸업한 엘리트 문인들의 경우인데, 권환을 한 본보기로 삼
　　고 있다. 엘리트들의 작품 투고는 다른 검증절차가 필요 없이 문학 매체에 실었다.

권환은 1926년 4월 일본의 경도제국대학에 입학한다. 아동문학 작품을 줄곧 발표한 뒤에 권환은 당시 일본에서도 사립 명문으로 손꼽히는 경도제국대학에 입학하게 되면서 본격문학으로 새로운 길을 걷게 된다. 당시 경도제국대학은 사회주의 그룹들의 활동이 활발한 곳이었다. 하지만 권환의 의식이 곧장 계급주의로 바뀐 것은 아니다. 1926년 12월에 쓴 극에서는 아직 계급주의를 완전히 받아들이지 않았음을 보여주는 내용들이 포함되어 있다. 이를테면 1926년 12월 『新民』에 발표한 「光!」이나, 1927년 2월에 발표한 「印刷한 러브레타」가 그것이다. 이들에서는 청년 시기에 누구나 겪을 법한 내면적 갈등양상과 함께 당시 현실에 대한 막연한 분노의 감정이 주조를 이루고 있다.

카프의 조직체가 문단에 구체적으로 드러나게 된 시기는 1926년 12월 무렵이다. 그러한 사정은 "지난 24일 시내 청진동 95번지의 2호에서 <조선프롤레타리아예술동맹>의 임시총회가 있어 규약과 강령의 수정이 있었고 위원의 보선이 있었다"[23]는 신문기사를 통해서도 확인된다. 이런 카프의 조직강화 방안에 대한 논의가 한창 진행되는 시기에 권환은 경도제국대학의 첫 겨울방학을 맞이하여 서울로 올라와 있었던 것으로 보인다. 박세영은 이 시기에 와서 권환을 포함한 여러 명이 비밀 정기합평회를 가졌다고 술회하고 있다.

경도제국대학 1학년을 마친 때인 1926년 11월쯤에 방학을 맞이하여 일시 귀국한 뒤 권환은 대부분 과거 〈焰群社>[24] 멤버들로서

---

23) 『동아일보』, 1926년 12월 27일 자, 동아일보사.
24) 염군사는 1922년 9월 송영, 김영팔, 근두수, 김홍파, 김온, 이적효, 최승일, 심훈, 이호, 박용대 등이 조직한 최초의 프로문화단체인데 그 강령은 "본사는 해방문화의 연구 및 운동을 목적으로 함"으로 되어 있다. 「焰群」이라는 경향적 잡지는 2호까지 편집되었으나 未刊에 그

구성된 카프맹원들과 비밀 합평회를 가졌던 것이다.25) 이는 권환이 카프 조직활동 초기부터 일정한 관련을 맺고 있었음을 확인시켜주는 일이다. 카프는 비슷한 무렵인 1926년 12월부터 새로운 강령을 채택하여 정치적인 문예운동조직으로 거듭나기 위한 모색을 펼치기 시작했다.26)

그러나 흔히 알려져 온 바와 같이 『學潮』의 필화 사건으로 일본 경찰에 피검되어 불기소처분을 받았던 때는 시기적으로 1928년 9월 쯤에 와서야 가능한 일로 보인다. 1927년을 전후로 한 시기에는 필화사건을 일으킬 만큼 계급주의자로서의 권환의 면모가 아직 두드러지게 갖추어져 있지 않았을 것이라는 판단 때문이다. 게다가 당시 필화로까지 확대된 글이 어떤 것인지에 대한 확인 작업은 지금까지도 이루어지지 않고 있는 실정이다.27) 1927년 무렵은 권환의 삶과

치고 말았다.

25) 표언복 엮음(1959), 「인민을 위하여 복무하고저—박세영」, 『우리시대의 작가수업』, 도서출판 연락, 146~147쪽. 1959년 3월 북한에서 발간된 『작가수업』(조선작가동맹출판사)을 남쪽에서 그대로 실었다. "그러면서도 우리 창작품의 집체적 검토를 위하여 비밀 정기 합평회를 가졌었다. 이 합평회는 많은 경우에 윤기정 집에서 집행하였다. 산문과 운문을 따로 나누어서 합평하였으나 작가들은 언제나 다 모이었다. 이 합평회에서는 작품들의 경합을 맑스주의 세계관에 입각하여 정확하게 지적하였으며 그 수정 방향까지를 명확히 제시하였던 것으로, 작가들에게 많은 도움을 주었다. 여기에 많이 참가하였던 작가들로는 이기영, 송영, 윤기정, 김영팔, 권환 등이었으며 나도 참가하였었다. 이와 같이 비밀 합평회가 계속 진행될 때는 카프가 새 강령을 채택하고 조직을 개편한 직후의 일이다. 이 시기의 나의 작품의 경향도 목적의식기에서 한걸음 나아가 전투적인 것으로 되었다"라고 적혀 있다.

26) 이 시기 곧 1927년을 카프 측에서는 「청산기 시대」라고 불렀다. 이른바 「청산기」는 카프 진영 안에 있던 아나키스트를 물러가게 한 일을 두고 한 말이다. 아나키스트 대표격으로 김화산과 카프 파에서는 조중곤 사이에 벌어진 논쟁에서 그때 문단 세력으로 주도력을 잡고 있던 카프 파의 승리로 귀결되었다. 이 논쟁의 핵심은 예술의 자유와 자발적인 것을 역설한 반면에 카프 파에서의 주장은 예술은 중앙집행위원회의 명령에 의하여 창작하는 것이며 그 점에서는 선전 「포스터」도 예술이요 정당의 정견발표문도 예술로 될 자격이 있다고 한 견해의 충돌이 이른바 「청산기 시대」로 카프 진영에서 바라본 까닭이다. 이병기·백철(1970), 「아나키즘과의 논쟁」, 『國文學全史』, 신구문화사, 363~364쪽 참고.

27) 권환이 '權生'이라는 필명을 사용하여 1928년 9월 『조선지광』에 「階級論」을 기고한 시점을 기준으로 삼아서 그의 계급주의 사상학습은 이 시기에 와서 본격화되었다고 볼 수 있는 것이다. 이 글은 계급의 형성을 맑스의 유물변증법으로 설명한 것이다. 계급모순의 입장에서

문학활동에 큰 영향을 미치고, 그를 죽음에까지 이르게 한 폐결핵이 발병했던 시기로도 보인다. 서울과 일본의 경도를 오가며 오래도록 열악한 생활 상태에서 영양을 제대로 섭취하지 못한 것이 원인이 되었을 것이다. 그 이후 폐결핵은 권환의 몸을 한평생 괴롭히게 된다.28)

1929년 5월 권환은 동경에 있는 카프동경지부에 이북만의 권유로 카프에 정식 가입하게 된다.29) 앞서 3월 30일에 경도제국대학을 졸업한 권환이 아무 연결고리 없이 곧장 5월에 카프에 가입한 일을 설명하기란 힘든 노릇이다. 권환은 이미 오래전부터 카프동경지부를 들락거리면서 계급주의사상 학습을 받아온 것으로 보인다. 카프동경지부 입장에서도 정식 맹원으로서 권환의 조직 가입은 새로운 분위기를 만들기 충분한 사건이었다. 신진 이론가의 부재로 허덕이던 이들에게 독어로 된 맑스와 레닌주의 이론 원전을 수월하게 읽어낼 능력을 지닌 권환의 직접적인 합류는 카프동경지부의 이론적 역량을 강화시키는 데 큰 버팀목으로 작용한다.30)

세상을 바라보는 세계관은 당시 일본 경찰로서도 용인할 수 없는 것으로 받아들여졌을 것으로 예상한다면, 이 글이 필화 사건으로 비화된 것은 아닌지 조심스럽게 전망해본다. 이 글에서는 유난히 복자들이 많이 나타나고 있는 것에서 검열제도에 상당한 구속을 받았던 것으로 보인다. 계급투쟁이 역사발전의 원동력임을 노골적으로 강조한 것이기 때문에, 일본 경찰 당국으로부터 불온혐의를 직접적으로 받았을 것으로 짐작된다.

28) 1927년 『朝鮮之光』 7월호에 발표한 소설 「썩어가는 인해—監房內의 幻夢」의 내용이 이 점에 대한 한 암시를 준다. 마지막 대목에 이르러 주인공이 폐병에 걸렸음을 보여준다.

29) 재판기록 가운데 권경완의 수사기록에서 카프 가입이 1929년 5월경에 이루어졌음을 확인하게 된다. "피고 권경완은 소화 4년(1929년) 5월경 동경 시 스기나미구 고원사 이북만 지택에서 동인의 권유로 인해 위 동맹의 목적을 알고 여기에 가입하고 그 후 귀선하고 소화 5년(1930년) 5월 중 우 동맹의 중앙집행위원회에 뽑혀서 동년 12월 및 소화 6년(1931년) 3월 우 동맹 위원회에 출석하고 위 결사의 볼셰비키화를 강화할 것을 결의하고 계속 가맹하고 있었으며"로 기록되어 있다. 전주지방법원검사국(1936), 『형사재판 제4책』, 전주지방법원검사국 참고.

30) 이 당시에 왜국에서 발행된 조선인 관련 문건에는 맑스와 레닌주의 사상을 그대로 번역하여 수록한 경우가 많았다는 점에서 그 가능성은 높다고 하겠다. 이 당시 권환이 이런 종류의 독

그리하여 권환은 카프동경지부에서 발행하는 『無産者』에 「이꼴이
되다니」31)를 발표하고 있다. 당시 1929년도 카프동경지부는 권환의
눈에 그리 낯이 선 공간이 아니었다. 경남지역 계급주의자 이상조32)
가 중앙위원회의 정치부 소속으로 이미 활동을 하고 있었다. 이상조
는 경남 거창 출신으로서 권환과 마찬가지로 휘문고보를 다녔던 동
창생이었다.33) 이미 휘문고보 시절부터 이루어진 만남이 동경에서까
지 이어졌던 것이다. 또한 권환은 카프동경지부를 들락거리면서 사
천 출신 이우적34)과 창원 출신 강호 등 경남지역 출신 계급주의자들

일어 사상서를 많이 번역한 것은 확실하지만 현재로서는 이들 텍스트를 확인하기란 힘든 실
정이다. 힘든 까닭 가운데에는 당시 계급주의사상서에 대한 번역글에 번역한 사람에 대해 밝
히지 않은 출판상황이 들어 있기 때문이다.

31) 권환(1929), 「이꼴이 되다니」, 『無産者』 1929년 6월호, 무산자사. 이 시에서 그는 경완(景
完)이라는 이름 대신 불꽃 환(煥) 이름으로 처음 발표했다.

32) 이상조(李相祚; 1905~?)는 경남 거창에서 태어났다. 1922년 무렵 권환과 함께 사립휘문
고등보통학교를 다녔던 경남지역의 대표적인 계급주의자였다. 그는 권환의 한 학년 후배이기
도 하다. 이상조는 권환이 수료하던 해인 1923년에 퇴학 처분을 받았다. 그가 다닌 휘문고
보 학적부를 살펴보면, 결석과 지각이 많은 것으로 기록되어 있다. 곧 제대로 학교생활을 하
지 않고, 다른 뜻을 품었던 것이 아닐까 싶다. 1925년 일본으로 건너가 일본대학에서 공부
를 한다. 1928년 1월 25일 카프동경지부에서 이우적과 함께 정치부원으로 이름을 올려놓고
있다. 〈재일본조선청년동맹〉 창립대회에서 집행위원에 선임된다(『중외일보』, 1928년 3월
31일 자). 그리고 1929년에 이르러 카프동경지부 중앙위원으로 활동할 만큼 조직력을 갖춘
이였다. 그는 1928년 『예술운동』 제3호에 번역 희곡 한 편을 올려놓고 있다. 그 제목은 「
다리없는 마차」이다. 그러나 이 잡지가 발간되었는지는 지금으로서는 확인할 길이 없는 실정
이다. 광복 뒤 마산에 잠시 있다가, 경인동란 앞 시기에 월북을 한 뒤, 북한의 문화관계기관
에서 일을 한다. 이상조에 대한 구체적인 상황은 홍성태(1969: 185)와 이장열(1998)의 글
참고.

33) 1922년에 작성된 『사립휘문고등보통학교학생학적부』에는 이상조가 1922년 4월 1일 2학
년 편입학으로 기재되어 있다. 학적부에 따르면, 이상조는 1년만 이 학교를 다녔다. 1923년
퇴학을 당한 기록이 학적부에 기록되어 있다. 학적부에는 2학년 때 학업성적과 출석상황이
구체적으로 표시되어 있다.

34) 이우적(1904~?)은 경남 사천 곤명면 금성리 209번지의 본적에서 태어났다. 그의 본디 이
름은 이응규(李應奎)이다. 1927년 11월 15일 카프 동경지부에서 발행된 『예술운동』 창간
호에 이우적은 「청년운동과 문예투쟁」을 발표한다. 그리고 1928년 1월 25일 신간회 동경
지부회관에서 〈조선프롤레타리아예술동맹〉 동경지부 제1회 임시총회가 개최되었는데, 이때
카프동경지부의 정치부 소속으로 이름을 올린다. 1933년 4월 재건 조선공산당 사건에 연루
되어 대구지방법원에서 징역 4년형을 선고받는다. 광복 뒤 경인동란을 앞 시기로 하여 월북
하여 북한 정치보위부요원으로 활동한다. 홍성태(1969: 185)와 권영민(1998: 137~141).

과의 만남을 갖게 되고 그들과 지속적인 연관을 맺으면서 활동하였
다. 카프동경지부는 임화의 두 번째 부인인 이상조의 누이동생 지하
련35)과의 만남이 이루어진 곳이기도 하다. 카프동경지부를 중심으로
이론과 조직에 아울러 훈련과정을 거친 뒤, 권환은 임화와 더불어
드디어 조선에 혁명의 불꽃을 피우기 위해 대한해협을 건너 귀국한
다. 이때가 1929년 가을 무렵이다. 귀국한 뒤 그는 함안군 죽남면
하림리 862번지에 주소를 둔 함안 조씨 집안의 조성남과 결혼하게
된다.36)

권환이 카프 안에서 중심적인 조직원으로 인정받은 것은 1930년
4월 26일 경성부 재동 100번지에서 열린 <조선프롤레타리아예술동
맹> 중앙집행위원회 회의에서부터이다. 이날 회의를 개최하여 결의
한 사항 가운데 눈에 띄는 것은 기술부를 새롭게 설치한다는 내용과
기술부 책임자로 권환을 선임한 것이다.37) 이러한 기술부 신설을 빌
미로 카프 안에 논쟁이 가열되었으나, 조직의 볼셰비키화를 이루어
내는 데 결정적으로 기여하였다. 카프는 이른바 볼셰비키화 노선을 가
진 새로운 형태의 투쟁 문인들로 구성되는 발판을 마련했던 것이다.

이장열(1999: 117)의 글 참고.

35) 지하련의 본디 이름은 이숙희(李淑姬; 1910~?)이다. 경남 거창 출신이며, 어릴 때 창원으
로 나와 살았고, 임화의 두 번째 부인이다. 문단에서는 이현욱을 지하련이라는 필명과 함께
사용하고 있었다. 1928년 1월 25일 <조선프롤레타리아예술동맹> 동경지부 제1회 임시총회
에서, 그녀의 오라버니 이상조는 정치부 소속으로, 출판부 소속으로 이현욱의 이름이 올려져
있다. 장윤영(1997)과 이장열(1999) 글 참고.

36) 권환 제적등본에는 1929년 11월 23일 자에 혼인신고가 되어 있다. 권환은 슬하에 자식이
없었던 관계로 조카되는 권걸(權杰)이 1963년 5월 12일 양자로 입양하였다. 권환의 아내
조성남은 1991년 서울 상계동에 있는 권환의 둘째 동생 집에서 쓸쓸한 죽음을 맞는다.

37) 기술부의 신설과 그 책임자로서 권환이 카프의 1세대로서 앞서 <파스큘라> 멤버였던 김기진
(1903~1985)의 후임으로 선출된 일은 두 가지 의미를 지닌다. 카프 문예활동의 지도노선
이 운동 문학으로 확연하게 나아갔다는 사실과 신진세력인 권환의 지도력에 대한 카프의 신
뢰가 그것이다.

이렇듯 권환은 동경카프지부에서 함께 조직훈련을 받은 임화와 함께 전위조직가답게 1931년 카프중앙집행위원회 조직을 '조선작가동맹', '조선연극동맹', '조선영화동맹'들로 고쳤다. 계급문학 각 부분에서 정치투쟁과 문학투쟁은 하나로 묶이면서 더욱 활발한 활동을 예시했던 것이다.38)

그러나 권환은 이른바 <제1차 카프검거사건>으로 1931년 8월 10일에 종로경찰서 고등계에 체포 구금된다. 1931년 8월 초순부터 본격적인 검거활동을 벌인 종로경찰서가 두 달에 걸친 조사를 통해 조선공산당 <공산주의협의회> 사건을 억지로 만들어 치안유지법위반과 출판물위반으로 경성지방법원에 넘긴 것이 10월 5일이었다. 이 사건은 신체구속자 17명, 미체포자들을 포함하여 18명 모두 35명에 이르는 대규모 조직 검거 사건이었다. 구속자 17명 가운데 권환, 박영희는 병보석으로 석방되어 재판을 기다리고 있었다. 당시 권환은 폐결핵을 심하게 앓고 있었다는 사실을 불구속 송치라는 처분으로 확인하게 된다.

병보석 결정으로 풀려나 불구속에 놓인 권환은 그 뒤에도 문예활동을 멈추지 않고 계속하였지만, 회복되지 않은 몸 상태로 인해 1932년 5월 1일에 개최된 <조선프롤레타리아예술동맹> 중앙위원회에서 중앙위원회 사임 의사를 밝히며 잠시 일선에서 물러나 있게 된다. 그리고 석 달간의 휴식을 끝내고 곧장 8월에는 극단 <신건설사> 창설에 관여하게 된다.39)

---

38) 조연현(1974), 『韓國現代文學史槪觀』, 정음사, 179쪽 참고. 카프 조직의 "'볼셰비키'化는 그들의 政治的 리더인 「朝鮮共産主義者協議會」가 反日獨立運動勢力이었던 民族主義 系列과 離脫함으로써 從來까지 合作해온 反日獨立運動路線에서 소聯邦主義運動路線으로 그 運動目族를 轉換한데서 起因되었다는 事實"에서 출발하고 있다.

1933년 11월 10일 극단 <신건설사>에서는 제1회 공연으로 <서부전선 이상 없다>(11. 10~11. 11)를 들고 전국 순회공연을 목표로 활동을 시작한다. 권환은 이 당시 『조선중앙일보』 기자[40]로 활동하면서, 극단 <신건설사>에도 가담한 것이다. 그 뒤 권환은 1934년 2월 10일 중앙위원회를 소집하여 집행위원에 다시 선임되면서 카프의 조직 활성화를 위한 마지막 노력을 한다. 이 시기에 와서 권환은 보다 강력하게 부르주아계급 이데올로기에 맞섰고, 종교가 체제순응으로 이끌 가능성이 높다는 점에서 비판의 칼날을 세우기도 하였다.[41] 그런 와중에서 권환은 이른바 <신건설사> 사건으로 다시 한 번 검거되었다.[42]

그는 1934년 6월에 검거되어 12월 9일 전주지방법원형사부에서 치안유지법위반으로 징역 1년 8개월과 그 집행을 3년간 유예하는 선고를 받았다.[43] 일본 군국주의자들은 카프의 맹원을 구속하고 그들

---

39) 극단 〈신건설사〉에 함께한 사람들을 살펴보면 다음과 같다. 연출에는 신고송, 쿠예에는 송영, 권환, 미술부는 강호, 이상춘이 맡았다. 연기부에는 이정자, 이귀례, 함경숙, 탁태양, 신영호, 안민일 들이 포함되어 있었다.

40) 「文藝家名簿」, 『朝鮮文學』 1934년 1월호, 조선문학사, 144쪽 참고. 이 잡지에 실린 권환의 해적이는 다음과 같다. "權煥 本名 景完 一九0四年 一月 昌原出生. 前 京城女子醫學講習所강사로잇다가 現中央日報記者로 在勤 카프 盟員. 詩, 小說等을 發表해왓는데 單行本 『카프 詩人集』(그 一部分)이잇다. 現住는 京城."

41) 권환 옮겨 엮음(1932), 「宗敎의 本質과 消滅過程」, 『조선지광』 1월호, 조선지광사.

42) 전주에서 〈신건설사〉 단원들이 공연한 작품은 〈서부전선 이상 없다〉(원작: 레다르크)였다. 이를 두고 〈공산주의협의회〉와 관련이 있다는 이유로 전주서가 중심이 되어 〈신건설사〉 임원과 카프 중요 문인들 거의 대부분을 검거하기 시작했다. 이때 모두 60여 명 가운데 23명이 기소되고, 1934년 8월에서 1935년 12월까지 약 1년 반을 복역하면서 재판을 받게 되었다. 이 사건에 대한 최종판결은 1935년 12월 28일에 있었고, 전원이 집행유예로 석방되었다. 우리 근대문학사에 큰 획을 그었을 만큼 문인들에 대한 대대적인 구속을 불러일으킨 일대 사건이었던 셈이다. 〈신건설사〉 사건으로 카프에 대한 2차 검거가 단행되면서, 김남천과 임화 사이에 벌어진 '물' 논쟁, 박영희의 전향선언과 신유인의 탈퇴 등과 같은 조직 내분이 일어나고, 일본 군국주의의 조직적인 탄압과 전향을 강요받았다. 김남천, 임화, 김기진의 합의 아래 〈카프〉는 1935년 5월 21일 김남천에 의해 경기도 경찰부에 해산계를 제출하면서 끝을 맺는다. 권환은 카프 해소에 반대하는 입장에 서 있었지만 역부족이었다.

43) 이장열(2000), 「권환연구의 놓인 자리와 연구방향」, 『경남어문논집』 제11집, 경남대학교 국

에 대한 집요한 사상전향공작을 펼친다. 이 사건에 관련된 최종 판결문에는 사상전향서를 제출한 카프 맹원들에 대해서는 형의 집행을 3년간 유예하는 선고를 내린다. 이들 가운데 권환도 "전향을 서약하였으므로"44) 그 형의 집행을 유예받는다.45)

그리하여 권환은 1935년 겨울에 집행유예로 풀려난다. 그 뒤에 권환은 사상전향자 조직체인 대화숙(大和塾)에 가입하게 된다. 대화숙 관리 아래에 있는 김해 '追間金海農場'에서 사감으로 일을 했다.46) 농장에서 오로지 땀을 흘리며 농사일에 몰두했던 것이다. 그의 아내 조성남에게는 가장 행복한 시간을 보낸 것으로 알려져 있다.47)

권환은 일본 군국주의자들의 폭압 통치의 테두리에서 자유롭지 못한 형편에서도 나름대로 원칙을 지키면서 버티고 있었던 것으로 보인다. 그 무렵 권환의 시 창작과 발표는 뜸하게 이루어지고 있다. 간혹 지면에 발표되는 시들은 김해 농장에서 아침부터 저녁까지 들과

어국문학과, 182쪽. 전주지방법원 검사국(1935)에서 작성한 『형사재판원본 제4책』에는 12월 9일 치안유지법위반으로 1년 8개월에 집행유예 3년의 선고를 받았다고 되어 있다. 그런데 백철(1975)은 『진리와 현실』(박영사, 328~330쪽)에서 권환은 이때 징역 1년에 집행유예 3년 형을 선고받았다고 기록하였다. 재판 기록과는 다소 차이가 나는데, 백철의 착오인 듯하다.

44) 전주지방법원 검사국(1935), 『형사재판원본 제4책』, 전주지방법원 검사국 참고.

45) 특히 계급주의자로서 실천성과 투쟁성을 누구보다도 철저하게 지켜낸 권환의 사상전향서 제출에는 두 가지 이유가 작용한 것으로 짐작된다. 첫째는 폐결핵 증세의 악화로 인한 생명에 대한 위협이 가장 큰 요인으로 자리 잡았을 것으로 보인다. 이른바 〈신건설사 사건〉 재판에서 권환은 병보석 상태에서 재판을 받았다는 사실에서 그 가능성을 더욱 크다 하겠다. 그다음 요인으로는 권환의 가족들에 대한 일본 경찰들의 협박과 회유가 있을 것으로 짐작된다. 계급적 당파성에 대해서는 철저함을 보여준 이로서 사상전향서 제출은 곧장 자기혐오와 자기소외로 이어지게 한 정신적인 타격으로 자리 잡게 된다.

46) 곽은희(1997)와 황현(1998: 1)의 글에는 손아래 처남 허담의 소유농장으로 밝히고 있다. 그러나 조향의 동생 조봉제(1993)는 일본인들이 만든 사상전향자의 감시조직 대화숙의 농장에서 몇 년에 걸쳐 사감으로 일한 사실을 증언하고 있다. 또한 1944년 12월 25일 자로 발행된 『倫理』의 "著者略歷"에 '追間金海農場圓'으로 일했던 것을 밝혀놓고 있어, 글쓴이는 이 사실에 따른다. 조봉제(1993), 「가난과 병고로 생애를 마치다―시인 권환의 경우」, 『문학세계』 3, 4월호, 문학세계사.

47) 조봉제(1993), 「가난과 병고로 생애를 마치다―시인 권환의 경우」, 『문학세계』 3, 4월호.

논으로 나아가 땀을 흘리면서 보낸 생활 속에서 느낀 감흥들을 서정적으로 풀어놓는 데에 그치고 있다. 권환은 1936년부터 1938년 말까지 머물렀던 김해 농장원의 일을 정리한 뒤, 1939년 겨울 무렵 거의 3년 만에 서울로 다시 올라간다.[48] 그런 다음 권환은 경성제대부속도서관 사서로 일하면서 숨을 죽이고 있다가 을유광복을 맞이한다.

광복기 문단활동

을유광복은 정치·사회·사상뿐만 아니라, 문화에 있어서 엄청난 변화를 불러왔다. 새로운 나라의 기틀을 만들어내는 데 우리의 주체적 노력은 온데간데없이 한반도는 제2차 세계대전의 승전국 미국과 소련의 전략적 교두보를 확보하기 위한 새로운 전쟁의 출발점이 되어버렸다. 광복되고 난 뒤 임화를 중심으로 한 카프 해소파는 8월 16일 <조선문학가본부>[49]의 결성을 서두른다. 3일 뒤인 8월 18일 <조선문화건설중앙협의회>가 조직되고, 그 뒤 9월 17일 카프 비해소파로 이루어진 <조선프롤레타리아문학동맹>[50]이 결성되기에 이른다. 카프를 매개로 하여 해소파와 비해소파로 노선 차이를 보인 이들은 서로 각자의 조직을 만들어 광복문단의

---

48) 권환의 농장원 생활은 3년 정도였을 것으로 짐작된다. 그가 서울로 올라온 시기가 1939년 무렵이기 때문이다. 김해에서 보낸 3년여 동안 그는 가까운 마산에 내려와 있던 임화와도 만남을 가졌을 것으로 짐작된다. 결국 임화의 서울행과 맞물려 권환의 김해 농장원 생활을 마무리하게 되었을 것이다. 곧 나라 안팎으로 더욱 혼란이 깊어졌던 시기에 서울로 올라오게 된 데는 임화의 권유가 컸을 것으로 짐작된다.

49) 참석한 이들은 다음과 같다. 임화, 김남천, 박태원, 이원조, 이태준, 김기림, 안회남, 서인식, 김삼규, 정지용, 박치우 들이다. 매체는 『문화전선』이다.

50) 여기에 참여한 사람은 한설야, 윤기정, 이기영, 권환, 한효, 엄흥섭, 홍구, 박세영, 박우정, 박아지, 이동규, 시고송, 조벽암, 홍효민, 송영, 송원순 들이다. 매체로는 『문예운동』(1945. 12), 『우리문학』(1946. 1)이 있다.

주도권을 잡기 위한 힘겨운 투쟁을 벌이게 된 셈이다.

권환은 윤기정, 한효 들과 함께 <조선프롤레타리아문학동맹>을 이끈다. 위원장에 이기영, 서기장에 박석정, 중앙집행위원에 권환·엄홍섭·신고송·이주홍이 맡았다. 이 조직은 카프계의 전통을 이은 단체인데, 임화·김남천들이 중심이 되어 조직된 <조선문학건설본부>와 한동안 대립되어 오다가 12월 3일 양파 대표로 구성된 공동위원회를 열어 서로의 의견 차이를 좁히고 6일에는 「합동에 관한 공동성명서」를 발표하기에 이르렀다. 그리하여 12월 13일 합동총회를 열고 <조선문학동맹>이란 이름의 좌익문학단체를 새로 발족시켰다.51) 조선문학동맹은 조직을 확대 강화하고 활동방침을 승인받기 위해 <전국문학가대회>를 개최할 것을 결의한다.

1946년 2월 8, 9일 이틀 동안 제1회 <조선문학자대회>가 서울 종로 YMCA에서 열렸다. 첫날 모임은 상오 11시 2백여 명의 문학인과 사브신 소련총영사와 그 부인, 김원봉, 김호, 이주하들과 방청객 5백여 명이 참가한 가운데 권환의 사회로 개최됐다. 뒷날 9일에는 김태준의 사회로 오후 회의가 속개되는데, 이때 권환은 「조선농민문학의 기본방향」을 보고 발표한다.52) 이 대회에서 조직명칭을 조선문학가동맹으로 변경하고, 「강령」을 채택한다.53) 그리고 이 대회에서

---

51) 『자유신문』, 1945년 12월 15일 자, 자유신문사.
52) 오후 회의에서 발표한 이와 주제는 다음과 같다. 김남천은 「새로운 창작방법에 대하여」를 발표 보고하였고, 박세영의 「조선아동문학의 현상과 금후의 방향」, 김태준의 「문학유산의 정당한 계승방법」, 김영건의 「세계문학의 과거와 장래의 동향」, 김오성의 「계몽운동과 신인의 육성」 들은 시간 관계상 원고로 제출받아 발표되지는 않았다. 김남식(1984), 『남로당연구』, 돌베개, 185쪽 참조.
53) 이를 요약하면 다음과 같다. 1) 일제 잔재 소탕, 2) 봉건적 잔재 청산, 3) 국수주의 배격, 4) 민족문학건설, 5) 국제문학과의 제등 들이다. 이 강령에 있어서 이 대회에서 신고송은 "강령 중 '진보적 민족문학'이라는 표현에서 '진보적'이란 말을 삭제하고 그저 '민족문학'으로 고치자"는 이의를 받아들여 이를 가결하였다. 김남식(1984), 『남로당연구』, 돌베개, 178~188

서기장으로 선출된 한효가 병환의 이유로 자진 사임함으로 인해서 권환은 이어진 선거에서 <조선문학가동맹>의 제2대 서기장으로 뽑힌다.

그의 서기장 선출은 이른바 양 세력 간의 세력 다툼에서 빚어진 한 결과로 봐야 한다. 임화를 중심으로 한 남로당 계열과 이기영과 한설야를 대표하는 이른바 카프 비해소파 세력 사이의 조직 장악 과정에서 이 두 세력을 조율할 이로서 권환이 높은 평가를 받아 서기장으로 선출된 것이다. 특히 그가 이 대회에서 발표한 농민문학론이 임화를 중심으로 한 남로당 계열의 노선과 상당부분 일치한 점이 그의 서기장 선출에 많은 영향을 주었던 것으로 보인다. 당시 권환은 조선문학가동맹 서기장이자, 중앙집행위원회 위원, 시부 위원, 농민문학부 위원장으로 이름을 올린다.

권환은 "소박한 木器를 대하는 것 같다. 약한 듯하면서드 가장 강하고 혁명적"54)인 시인으로 불릴 정도로 광복기에 들어와 열성적인 활동을 펼쳐 나갔다. 이런 가운데 권환은 세 번째 시집 『凍結』(건설출판사)을 1946년 8월 29일 펴냈다. 권환은 허약한 몸을 이끌고 조선문학가동맹의 제2대 서기장으로 활동할 때였기 때문에 여러 차례의 병원 신세로 고단한 상태가 지속되었던 날이 많았다.55)

쪽. 조선문학가동맹은 "문학자이며 공산당원이었던 김태준, 김남천, 이원조, 김오성, 이태준, 임화 들의 몇몇에 의해 공산당의 구상대로 진행됐음을 찾아볼 수 있다"고 지적한 김남식의 견해와 글쓴이의 생각과는 다르다. 그 까닭은 강령에서 '진보적'이라는 단어에 대한 삭제 요구가 그 대회에 참석한 문학인들의 일반적인 노선이라는 점에서 그렇다. '진보적'이라는 단어가 들어가는 것과 삭제되는 것은 커다란 노선적 차이점을 둔다는 점에서 특히 그러하다. 진보적이라는 단어에는 사회주의국가 건설로 이어지는 프롤레타리아 헤게모니 이론이 들어 있기 때문이다. 그런 점에서 이틀 동안 진행된 문학가대회가 조선공산당의 원안대로 진행되었다고 보는 것은 강령에 대한 꼼꼼한 접근이 미흡한 데서 온 평가라고 본다.
54) 박세영(1946), 「解放以後의 詩壇概評」, 『우리문학』 2월호, 우리문학사, 105~106쪽.
55) 1946년 『文學』 창간호에 실린 시 「古宮에 보내는 글―病狀에서」 끝에 '3월 20일'을 적어

권환은 서울에서 1948년 5월 1일 현재까지 머물고 있었다.[56] 그는 1948년 8월 15일 남한의 단독정부가 수립되는 과정에서 일어난 <남조선노동당>에 대한 이승만 정부의 대대적인 탄압에 의한 계급주의 문인들의 이어진 제2차 월북 가운데서도 북으로 가지 않고 마산으로 몸을 숨긴다. 고향 진전면 오서리로 바로 되돌아가지 못한 채, 고향 가까운 마산시 완월동에 거처를 마련하였던 것이다. 1948년 8월 이후 마산으로 내려온 권환은 폐결핵을 심하게 앓았다. 그래서 월영동에 위치하고 있던 마산교통요양원을 드나들며 치료를 해왔던 것으로 짐작된다.[57] 그런 속에서 1952년 무렵에는 권환의 적빈한 생활처지를 생각하여 권영운[58]이 그를 마산중학교에 독어 임시강사로 일하도록 주선하였다. 권영운은 그 무렵 마산여자중학교(현재 마산여자고등학교) 교장으로 일하고 있었던 집안의 형제뻘 되는 이였다.[59] 그 무렵 권환이 겪고 있었던 어려운 처지는 시인 이석의 회고

둔 것과, 같은 해 『조선인민보』, 5월 22일 자에 실린 시 「멧쿰나香氣롭다」 끝에 둔 '5월 20일 病席에서'라는 것을 통해서 당시 권환은 거의 병원에 입원한 상태에서 서기장 직을 수행한 것으로 보인다.

56) 「文學家住所錄」, 『新文學』 제1권 2호, 시문학사, 165쪽 참고. 이 잡지에는 권환이 "1948년 5월 1일 현재 權煥(詩) 서울 明倫丁 三丁目 二의 二四"에 거주하고 있는 것으로 기록되어 있다. 우리 학계에서는 권환의 서울에서 마산으로 내려온 시기에 대해서 정확한 사실을 확인하지 못하고 있어, 그의 서울을 떠난 까닭에 대해서도 의견이 여럿으로 나뉘어 있다. 그런 점에서 위 주소록은 마산에 내려온 시기와 서울생활의 청산에 얽힌 속내에 다가서는 기회를 준다.

57) 황선열(1999; 255)은 마산에 위치한 마산결핵병원에서 치료를 받았다고 기술하고 있는데, 이는 사실과 다르다. 1951년부터 1953년까지 마산결핵병원에서 일한 바 있는 김대규 선생과의 인터뷰(2003. 4. 20)에서는 마산결핵병원에서 치료받은 사실이 없음을 분명하게 기억하고 있었다. 그 무렵 김대규는 계급주의 문학의 거봉으로 익히 알려진 이름이 외자인 이가 내려와 있었다는 소문을 들었다고 한다. 김대규는 마산결핵병원에서 요우들을 중심으로 『청포도』 동인을 만들었을 만큼 문학에 지대한 관심과 애정을 가진 사람이었다. 하지만 마산결핵병원에서 치료를 받지 않았다면 지금의 경남대학교에 위치한 마산교통요양원에서 폐결핵 치료를 받았을 것이라고 말했었다.

58) 권영운은 1931년 1월 26일 자 『중외일보』 1면에 「高告의 本質과 記寫法」이라는 글을 연재하기도 하였다. 당시 권환은 중외일보사 기자로 일하고 있었다.

59) 권영운의 둘째 아들 권오신과의 면담(2003. 7. 12; 부산 동래)에서 권환의 당시 마산생활과

글에서도 확인한다.

그의 눈에 비친 권환은 "苦痛을 무릅쓰고 糊口를 위해 出講하던 詩人 권환 씨"로 비추어져 있고, 그 "赤貧에 子女도 없이 臨終을 보고"는 문학하는 후배로서 슬픔을 느꼈음을 토로하였다.60) 이런 사실에 비추어 보면 1952년부터 1954년까지 권환의 몸과 마음은 하루를 견디기 힘든 처지에 놓여 있었음을 짐작하게 한다. 또한 권환의 결핵치료비 마련과 생계비 마련을 위해 아내 조성남은 이른 새벽부터 마산 장군동 노상에서 행상을 하기도 하였다. 이런 가운데 경인전쟁이 일어나자 권환은 아내의 고향인 함안에 잠시 피신했다. 이때 그의 어머니는 미군의 무차별 폭격으로 진전면 오서리에서 사망한다. 어머니의 죽음은 권환에게 큰 충격이었다. 맏아들 권환으로 인해 늘 노심초사하였던 어머니다. 집안이 힘들어진 상황에서도 언제나 "조심해라이ㅅ"61)라고 아들에게 당부하며 맏이에 대한 기대감을 저버

관련된 풍경을 읽어낼 수 있었다. 권오신은 1919년생으로 진전면 오서리 죽곡에서 태어난 권영운의 둘째 아들이다. 권환과 같은 안동 권씨 집안이다. 그에게 권환은 집안 어른들에게 칭찬의 대상인 일본유학생으로 확실하게 기억되고 있었다. 그래서 권환과 직접적인 만남은 1951년~1952년 무렵 진해여자고등학교에서 교사 생활을 하고 있을 때로 기억하고 있었다. 권오신은 당시 진해 여좌동에 집을 마련하고 있었는데, 어느 날 권환이 자신의 집에 책을 빌려보기 위해 왔다는 사실을 기억해나었다. 권환은 "구상하는 일이 자꾸 막혀서 이를 해결할 책을 읽어봐야 한다"며 진해까지 방문하게 되었다는 말을 권오빈에게 던졌다고 했다. 당시 권환의 풍모는 키는 작은 편이고, 몸집도 작아서, 꼭 예쁜 여자처럼 보였다고 말했다. 권오빈은 공과계통의 과목을 담당하고 있었기 때문에 권환이 절실하게 찾았던 문학관련 서적을 집에 마련해두지 않았다. 그래서 권환은 두 시간 정도 이야기를 하다가 그냥 마산으로 돌아갔다는 이야기다. 이 인터뷰에서 본 연구자는 권환이 당시에도 문학에 대한 열정을 저버리지 않고 창작을 위해 노력한 모습과 만나게 된다. 십 년 연배 차이가 나는 권오신에게 와 어떤 책을 찾고 싶었던 것인지 사뭇 궁금하기까지 하다.

60) 이석(1973), 『鄕關의 달』, 현대문학사, 8쪽. "一九四八年 봄 馬山高校 敎師로 부임한 數個月 뒤에 忠武에서 轉勤해온 金春洙氏와 馬山大學까지 十年을 함께 勤務한 것이 나의 人生에 많은 영향을 미쳤으며 以後 金南祚 李元燮 金相沃氏가 차례로 馬山高에 옴으로써 한 職場에서 많은 詩人과 어울리게 되고 馬高學生들도 文學熱이 대단하여 오늘 文壇에 二十여人이 進出되어 있다. 이 무렵 苦痛을 무릅쓰고 糊口를 위해 出講하던 詩人 권환 씨가 赤貧에 子女도 없는 臨終을 보고 人間的으로 文學하는 先輩로ㅅ 슬픔을 느꼈다."

리지 않던 이였다.

　결국 권환은 지병인 폐결핵으로 1954년 7월 30일 마산시 완월동 141－14번지에서 사망한다.[62] 권영운의 『晩惺集』에 실린 한시,[63] 그리고 권환과는 종질로 맺어진 권오익의 「從姪에 哭함」에서 드러나고 있듯이 그의 죽음은 안동 권씨 집안으로 봐서도 무척 안타까운 죽음이었다.

　이상에서 권환의 삶과 문학활동을 살폈다. 권환은 대종교에 뿌리를 두고 민족광복활동을 펼친 안동 권씨 집안의 장남으로서 태어나, 어릴 적부터 지역사학 경행학교에서 민족의식을 깨우치면서 자라났다. 큰 뜻을 품고 그는 1919년 야간도주를 감행한다. 서울 중동학교를 거쳐 사립휘문고등보통학교에 편입하여 문학에 관심을 가지게 되었다. 그 뒤 일본 야마카타고등학교를 졸업할 무렵 1925년 7월호『신소년』에 소년소설 「아버지」를 발표함으로써, 한국문단에 첫선을

---

61) 권환(1943), 『自畵像』, 조선출판사, 61쪽.
62) 권환의 사망연도는 제적등본에는 1954년 7월 7일로 되어 있다. 목진숙(1993; 7)의 경우 권환의 사망일을 7월 30일로 제시하였다. 그는 막내 동생 권경범의 진술을 우선시하여 적어두었다. 그리고 이처럼 호적등본과 사망일이 맞지 않은 것은 경인동란 때 면사무소 건물이 폭격으로 불이 나서 그 뒤 호적을 다시 작성할 무렵 착오가 생겼다는 권경범의 진술을 마련해두었다. 안동 권씨 족보에는 사망일자가 7월 30일로 기재되어 있다. 또한 권환의 유택에 세워진 비석에는 1954년 7월 29일로 사망연월이 기록되어 있다. 글쓴이는 안동 권씨 족보의 기록을 따른다.
63) 권영운(1966), 『晩惺集』, 자가본, 169～170쪽. 이 문집에는 권환의 죽음을 애도하는 한시가 한편 실려 있다.
〈哀族孫景完〉 족손 경완을 애도하며
親老妻賢棄敢然 친지, 노인, 아내, 어진 이들은 감히 버렸으나,
知應餘恨在重泉 응당 그 남은 한이 깊은 샘에 있음을 알았네.
洛中紙貴行新稿 낙양에 종이가 귀하여 새 볏짚에 글을 썼고,
湖上瓢空臥冷氈 호수 위의 표주박은 비웠으니 찬 양탄자에 누웠네.
直道難容今亦古 곧은 도로 예나 지금이나 얼굴에는 근심이고,
奇才多病鬼非天 재주가 기이하나 그 혼이 하늘을 따르지 않으니 괴로움만 더하네.
獨憐長夏陰陰雨 긴 여름 음산하게 내리는 비에 홀로 불쌍하게 되었으니,
漏送晴暉照柩前 땅에 묻으려고 하니, 맑게 갠 광채가 관 앞을 비추네.

보이면서 본격적인 작품활동을 시작하였다.

일본 경도제국대학 독어과에 입학한 권환은 극문학과 소설문학에 걸쳐 다양한 문학활동과 사상학습을 통해 서서히 계급주의자로서의 면모를 갖추기 시작한다. 1928년에 경도에서 작성한 「階級論」은 그가 계급주의사상에 심취해 있었음을 보여주는 한 증거가 된다. 졸업과 동시에 동경 카프지부에 맹원으로 가입과 활동, 귀국 뒤 카프의 볼셰비키화를 위해 노력한 점, 1935년 카프의 해산으로 전향과 은둔을 거쳐 광복을 맞아, 조선문학가동맹 제2대 서기장으로서 활발한 활동은 실로 빛나는 바가 있다. 결국 1948년 남한의 단독정부가 수립되면서 고향 진전 가까운 마산으로 몰래 숨어들었다가 1954년 쓸쓸하게 죽음을 맞이하였다.[64]

---

64) 『동아일보』, 1954년 8월 4일 자 2면에 권환의 부음(訃音) 기사가 실렸다. 기사 내용을 그대로 옮겨놓는다. "'시인 권경완 씨 별세' 시인 권경완(일명 권환) 씨는 그동안 숙환으로 신고하던 중 지난 7월 29일 상오 11시 마산시 완월동 4가 15번지의 우거에서 별세하였다. 그런데 씨는 향년 52세로 그 저서에는 시집 『동결』 외 수편이 있다." 『동아일보』에 부음 소식이 기사로 나온 데에는 『동아일보』가 경인동란으로 부산에 피난 와서 1952년 1월 15일부터 1954년 8월 18일까지 임시 사옥을 부산 토성동에 두고 신문을 제작한 여건과 함께, 특히 당시 피난지 부산 『동아일보』 시절의 주필 고재욱(高在旭 : 1903~1976)과 권환의 교우관계에서 비롯된 것으로 여겨진다. 고재욱과 권환은 동갑이었고, 권환이 다닌 일본 야마카타고등학교와 일본 경도제국대학을 비슷한 시기에 함께 다녔고 졸업한 것에서 고등학교와 제국대학교 동창으로 이어지는 관계로부터 피난지 시절 부산에서 발행된 『동아일보』에 권환의 부음 기사가 실리게 된 까닭으로 볼 수 있다.

Ⅲ

아동문학과
계급의식의 성장

　지금까지 권환의 아동문학에 대한 논의는 전혀 없었다. 작품의 실체를 전혀 몰랐던 데 그 원인이 있다.[1] 이런 가운데 글쓴이가 1923년부터 1934년까지 <중앙인서관>에서 낸 월간 아동문학 전문지『신소년』과 1930년 6월부터 1935년 2월까지 나온『별나라』에서 권환의 아동문학 작품들을 대량 발굴하여 권환 아동문학 연구의 첫걸음을 뗄 수 있게 했다. 이들을 통해 초기 권환 문학 세계의 특징을 구체적으로 살펴볼 기회가 마련된 셈이다. 이 글에서는 소년소설·우화·동시로 나누어 각 갈래별르 그 특성을 살펴보도록 한다.

---

1) 이재철(1983년: 53쪽)은『아동문학개론』(서문당)에서 "『신소년』지는 신명균·김갑제·이주홍 등이 편집을 맡은 절충적, 다양성이 주된 특징이었다. 이호성·신명균·맹주천·김석진·마해송·연성흠·고장환·정열모·권환·정지용·이주홍 들이 그 주된 집필진으로" 구성되어 있다고 적었다. 권환의 작품을 실제로 본 듯하나, 작품을 소개하는 수준에까지 이르지는 못했다.

가난 체험과 현실인식

권환의 소년소설은 모두 네 편이 확인된다.2) 이 가운데 「언밥(凍飯)」은 북한에서 알려져 있는 작품이다.3) 그것까지 넣으면 네 편 모두 우리 쪽에서는 이 글로 처음 밝혀지게 된다. 이들의 내용은 크게 둘로 나누어 살필 수 있다. 소년소녀 주인공들이 겪는 가난 체험을 다룬 세 편과 소년소녀의 사춘기 마음을 보여주고 있는 한 편이 그것이다.

「아버지」는 "김영수(金英秀)"와 그의 아버지가 1923년 일본에 함께 건너가 고생한 이야기를 다루었다. 그러면서 소년 영수의 고생담에 초점이 맞추어져 있다. 영수네는 건너 동리 허부자 소유의 논서 마지기와 손바닥만 한 밭 한 때기로 연명하는 가난한 집이다. 그러나 자식교육에 대단한 열의를 보인 아버지 덕택에 동리의 보통학교만은 졸업할 수 있었다. 그러나 서울로 평양으로 한 달에 수십 원이나 드는 '웃학교'로 유학도 보내고 싶지만 빠듯한 살림이라 엄두를 내지 못할 형편이다. 이런 가운데 '허부자집'의 소작논이 다른 이에게 팔리게 되면서 영수네의 살림살이는 더욱 곤궁해진다. 자식 교육과 살림살이를 위해서 어머니와 누이동생 영혜를 남겨둔 채 아버지는 영수만 데리고 "칠년 한정"으로 일본으로 떠날 결심을 한다. 일본으로 떠나는 영수는 어머니와 누이와의 이별로 마음이 아팠지만, "한가지 바늘귀만치 깃분 것은" 공부할 수 있다는 생각에 연락선을 타고 일본으로 건너간다.

---

2) 모두 『신소년』에 실렸다. 「아버지」(1925년 7, 8, 9월호), 「康濟의 夢」(1925년 10월호), 「언밥(凍飯)」(1925년 12월호), 「마지막 우슴」(1926년 2, 3, 4월)이 그것이다.

3) 류희정 엮음(1994), 『1920년대 아동문학집 (2)』, 북한 문학예술종합출판사, 24~30쪽.

"산도 설고 물도 설어 사람도 설은" 일본에 도착한 영수와 아버지는 기차를 타고 "이시가와겡 미다시(石川縣 三田市)"로 향한다. 거기서 영수는 곧장 철공장으로, 아버지는 어느 석탄광 광부로 가게 된다. 철공장에서 맡은 영수의 일은 청소와 풀무질이다. 그러나 철공장 주인의 아우와 안주인의 민족적 차별 때문에 마음고생을 심하게 겪는다. 그나마 열두 살 먹은 "하루고(春子)"의 친절에 위안을 받아 하루하루를 견뎌낼 수 있었다. 그마저 오래가지 못하고 영수는 철공장에서 쫓겨나게 되었다. 곧장 아버지를 찾아 나선 길에서 영수는 "구로야마 석탄광"이 무너졌다는 이야기를 듣는다. 구로야마 석탄광은 아버지가 일하는 곳이었다. 그곳으로 한숨에 달려간 영수는 탄광에서 나온 사람들 가운데서 숨이 붙어 있는 아버지를 발견한다. 병원으로 후송된 아버지는 영수에게 "내가 이러케 되었다고 너의 어머니께 알리지 마라"고 당부한다.

부상당한 몸을 회복한 아버지는 영수와 서로 고생한 이야기를 나누면서 더 이상 버틸 수 없다고 판단하고 귀국을 결정하게 되지만, 아버지 아는 분을 만나게 되면서 그 일을 포기하기에 이른다. 영수는 못마땅한 나머지 혼자르도 집으로 돌아가겠다고 떼를 써보지만, 결국 상선회사가 있는 "하마다"로 가게 된다. 영수는 서쪽 하늘을 바라보면서 고향 어머니에 대한 그리움을 노래로 달랜다. 이마저도 주인 늙은이가 귀찮다는 꾸중에 울음을 억지로 참다 잠이 들게 되었다. 잠에 빠진 영수는 아버지가 피 옷을 입고 큰 못으로 달려가고, 역시 피 옷을 입은 어머니가 가로막아, 어린 자식도 엉엉 울면서 따라가는 악몽을 꾼다. 이 일이 있고 난 며칠 뒤 아버지의 죽음 기별이 온다. 영수의 악몽은 그대로 현실이 되어버린 것이다.

아버지는 하루라도 빨리 영수가 공부할 수 있도록 하기 위해 술, 담배를 끊고 한두 푼씩 우체국에 저금하면서 일본 생활에 새로 적응해가고 있었다. 그러나 어느 날 많은 화물을 싣고 "나가사키(長岐)"로 향하던 배가 안개로 인해 그만 암초에 부딪혀 가라앉는 사고를 만나게 되었다. 아버지는 원래 "원기도 좋고", "헤엄도 잘치고" 해서 배가 난파한 뒤에는 근처에 있는 바위까지는 죽을 힘을 다해 올 수 있었다. 그러나 탄광에서 당한 부상 탓에 그만 마지막 힘을 쏟지 못하고 죽음에 이르고 만 것이다. 영수는 아버지 뼈를 품은 채 일가 아저씨와 함께 고국으로 돌아와 동리 앞산 양지쪽에 "사랑이 만코 정성이 만흔 처사 김명균의 무덤", "거룩한 아버지 영혼이시여 불효자 영수는 걱정 마시고 평화롭게 온 하느님 나라로 안녕히 가십시오"라는 목패를 세우고 묻는다. 일본에서 고생만 하다 돌아가신 아버지에 대한 영수의 애틋함이 목패를 통해 잘 드러나고 있다. 그 뒤 영수는 열심히 공부하여 부산상업학교에 입학하게 됨으로써 행복한 마무리에 이른다.

이 작품은 1920년대 초 일본 군국주의자들의 식민지 수탈정책으로 인해 토지를 빼앗긴 조선의 수많은 소작농민들의 삶이 어떻게 해체되어갔는가를 상세하게 드러내었다. 영수 아버지는 붕괴되는 농촌의 한가운데서 가족해체의 아픔을 몸소 겪게 된 인물이다. 바다를 건너 일본 탄광의 광부, 상선회사의 짐꾼으로 품을 팔 수밖에 없었던 배달겨레의 가난과 수난의 삶이 '영수 아버지'라는 인물로 드러난다. 「아버지」는 가난으로 빚어지는 배달겨레의 가족해체에서 더 나아가 일본인들에 의한 민족적 차별까지 구체적으로 보여주고 있다. 게다가 어린 영수의 떠돌이 체험에다 식민지의 아동들이 겪어야 했던 시대적 비극을 그대로 담았다.

「언밥(凍飯)」은 어린 아이의 가난을 문제 삼은 소년소설이다. 어린 석준은 월사금을 내지 못해 학교에서 쫓겨난다. 조례시간 교장은 석준과 다른 7～8명의 아이들에게 월사금을 가져와야 학교에 다닐 수 있다는 말을 한다. 풀 죽은 모습으로 돌아온 석준을 보고, 어머니는 월사금 때문임을 알아차리고 이웃집에서 돈을 빌리려고 해보았지만 다들 뻔한 형편이기에 돈을 빌리지 못한다. 다음날 석준은 학교에 가지 못하고, 학교가 바라다보이는 동산에 올라가 늦은 점심을 언밥으로 해결하며 아쉬움을 달랜다.

끼니를 찬밥으로 때운 뒤 석준은 곧장 산으로 나무를 하러 간다. 부러진 큰 소나무를 발견한 석준은 "저 소나무는 내 안 꺾더라도 얼마간 지내면 말라죽을 것이니 산 임자가 보더라도 아무 말 없겠지"하며 나뭇짐을 쌓았다. 아이들과 이야기를 하는 동안 잠시 뒤에 나타난 양산댁 젊은 주인을 만나 석준은 혼쭐이 났다. "남의 산 생나무"를 꺾었다는 이유로 석준은 젊은 주인에게 봉변을 당한 것이다. 석준은 용서를 구해보지만, 젊은 주인은 벌금을 내야 한다고 협박까지 하며 더욱 다그친다. 어두운 산속에 혼자 남은 석준은 잇속에만 밝은 현실을 살아가는 것이 괴로워서 운다. 돈이 없는 아이들의 등교를 막는 교장과, 산에서 솔가지를 조금 꺾었다는 이유로 뺨을 때리고 벌금마저 요구하는 양산댁 젊은 주인, 이들은 모두 일본 군국주의에 빌붙어 저 자신의 잇속만 차리는 사람들임을 「언밥(凍飯)」은 뚜렷하게 보여주고 있다.

「마지막 우슴」도 가난한 토막민의 삶을 중심으로 민족의 울분을 다룬 작품이다. 이 소설은 정월 초하루를 앞둔 그믐날 비웃장수 갑

두의 하루 일상을 다루었다. '갑두'의 아버지는 올봄 어느 시골 철도
공사에 품을 팔러 갔다. 여태껏 소식이 없었던 어머니는 사오 년 전
에 이미 세상을 떠났고, 갑두는 어린 누이동생과 함께 밭 귀퉁이에
마련된 토막촌에서 살고 있다.4) 하루살이처럼 내일 끼니를 걱정해야
하는 갑두에게 정월 초하루의 행복한 분위기는 엄두를 낼 처지가 아
니었다. 갑두는 오늘따라 '북악산에서 내려오는 찬바람'에 마음이 더
욱 무겁다. 특히 일곱 살 먹은 누이의 "아이구 치워못견대겠소 배고
파못견댜겠소. 아이구옵빠! 올때에 힌떡한가래만 사다주오"라는 애절
한 목소리가 갑두의 발걸음을 무겁게 한다.

이 소설은 비웃을 팔기 위해 움집을 나선 갑두가 어이동 막다른
골목 큰 대문집 주인과 비웃 흥정을 하는 이야기로 채워져 있다. 큰
대문집 부자 주인은 비웃 값을 깎으려 든다. '설흔 냥' 비웃을 '스무
냥'에 사려고 하는 것이다. 그래서 멀쩡한 고기를 주인은 자꾸 썩은
것이라고 우긴다. 그런 가운데 주인집 아이마저 생선이 썩었다고 일
본말로 옆에서 거든다. 이 말을 제대로 알아듣지 못하면서도 갑두는
"언땅 우에 대구리를 깨트려버럿스면 조흘긋했다"라고 한다. 완전히
알아듣진 못했어도 '그것이 일본말인 것과 또 저게 이롭지 못한 것
인 줄' 알았기 때문이다.

갑두는 이런 어처구니없는 형국에 너무 화가 난 나머지 비웃을 팔
지 않기로 작정하고 대문 밖으로 나갔다. 그 뒤에서 얌체 주인은 갑

---

4) 권환은 1931년 1월 3일 자 『조선일보』에 「문인(文人)」이 본 서울-천국과 지옥」이라는 수필
을 실었다. 그에게 '토막촌'은 "살데 없어 이 높은 산 중어리에 땅을 파고 두더지 집 같은 그
곳에서 어린 자식 늙은 부모와 같이 올올 떨고 있는" 곳이다. 1931년 겨울 토막민들의 처참
한 생활은 '버러지'와 다를 바 없을 정도였다. 기층 민중들이 겪는 고통은 이루 말할 수 없는
처지였다. 토막민은 식민지시대에 처음으로 나타나는 도시빈민의 원형으로서 일본 군국주의 통
치의 산물이라 할 수 있겠다.

두를 다시 불러 세운다. 주인은 '스물석 냥'으로 흥정을 다시 붙여 보지만, 갑두는 꼭 '스물댓 냥'은 받아야 밑지지 않는 거래라 여겨 주인의 흥정 제의를 거절한다. 이렇게 두 사람이 옥신각신할 사이에 다른 비웃장수가 갑자기 들어와 '스물넉 냥'에 비웃을 팔아버린다. 황당한 상황이 계속되자 갑두는 분한 마음을 참지 못하고 울음을 터뜨렸다. 얌체 주인집의 식모로 일하는 '어멈'은 이 광경을 지켜본 뒤 부엌에서 나와 갑두를 위로한다.

"너아 아버지어머니는 다 어데가셧니?"
"어머니는 벌서사년전에 돌아가섯고 아버지는 금년봄에 나가시더니 다시는 소식
이업습니다."
"아이구 참 불상해라. 너혼자 그 어린동생을 데리고 살어가는구나" "그럼요"
어멈은 갑두의 등을 어루만지면서
"이애 네가 엿태것 홋것을 입지안헛니 이치운날에!이래서 엇더견디니?"
"이제라도 해지지나안햇스면 조켓습니다. 내동생도 아직까지 해진 베치마를 입
고잇는데요. 그나마도 바지가 업서서 홋치바람으로 잇답니다. 내야 사내요 또크
닛가 관계찬치요마는 그애야말로 어린 것이 참 애처러워서 못봅니다.
"아이구 참 가엽다. 그러면 엇전단말이냐?"
나도 너를 보니 설은사정이ㄴ-온다. 나도 〈판독불가〉가지는 너만 아들이 잇섯드란
다. 그애도 너모양으로 장사를 다니햇겟니?그애는 비웃장사가 아느라 새젓장사
드니라. 그래서 치운날 아침마다 그것을 파노라고 찬바람을 마시더니 어린 것이
그독한 왜감기에걸려서 이달초생에 죽엇단다?"하고 소리를 내여가며 늣긴다. 감
두는 제설음도 설음이러니와 동정(同情)의 설음에 못익여 갓치 울엇다. 어멈은
한참울고나서
"이애 나도 돈은업다마는 비웃한쿳만팔아주마"하고 오십전자리 은전한푼을 가져
오며
"이애 이것가지고가서 아침양식이나 팔어먹여라"하고 또 신문지(新聞紙)에다 무
엇싼것을주면서
"이애 이게 오늘 아침에 우리먹으라고 사두엇든 비지다 집에가서 너동생하고 한
때라도 끌여먹어라. 참 가엽다. 디치운아침에!"

갑두가 자신의 집안 형편을 그 식모어멈에게 얘기하자, 어멈은 자신의 처지를 갑두에게 말해주면서 둘은 서로를 위로한다. 여기서 갑두와 식모어멈은 일본 군국주의 지배체제 아래에 놓인 하층 민중계급의 전형들로 각인된다. 일제의 경제적 수탈과 그로 인한 가족해체, 그리고 이어지는 곤궁한 삶의 참상은 이들을 당시 사회에서 흔히 볼 수 있는 현실적인 인물들로 그려놓았다.

식모 어멈은 "너만 아들이 잇섯드란다. 그애도 너모양으로 장사를 아니햇겟니? 그애는 비웃장사가 아니라 새젓장사드니라. 그래서 치운날 아침마다 그것을 파노라고 찬바람을 마시더니 어린 것이 그독한 왜감기에걸려서 이달초생에 죽엇단다?"는 속사정을 이야기하면서 갑두를 자기 자식처럼 여기고 있음을 확인시키고 있다. 가난한 식모어멈은 자기 아들이 장사에 나갔다가 '왜감기'에 걸려 죽었다는 말을 갑두에게 하면서 '일본 때문에'라는 강한 불만을 드러내 보인다. 갑두와 식모어멈에게서 일본은 말 그대로 자신들의 가난과 빈곤, 그리고 가족해체를 더욱 가속화시킨 주범으로 인식되고 있다. 자신도 어려운 처지에 놓여 있는 식모는 갑두의 비웃 한 뭇을 팔아준다.

은전 한 푼으로 갑두는 '안남미반되 좁쌀반되를 사고 또 장작 한 뭇과 검부나무'를 샀다. 남은 돈 이 전으로는 '동대문 모퉁이'에 있는 떡 가게에서 '힌떡 한 가래'를 구입한다. 갑두는 오랜만에 떡을 보고는 먹고 싶은 생각에 그만 한입에 틀어넣고 만다. 그러나 곧 '힌

---

5) 권경완(1926), 『신소년』 1926년 3월호, 중앙인서관. 29~30쪽.

떡 한 가래만’ 먹고 싶다던 누이동생을 떠올리고는 다시 내뱉는다. 움막으로 돌아오는 길은 여전히 흰 눈이 날렸다. 갑두는 누이동생이 좋아할 생각에 저절로 ‘깃븐 웃음’이 나왔다. 그런데 누이동생은 추위와 배고픔을 견디지 못하고 싸늘하게 죽어가고 있었다. 갑두는 어린 누이의 손에 떡을 쥐어주며 먹고 일어나라고 부르짖지만 끝내 귀순은 숨을 거둔다.

이 작품은 누이동생에 대한 갑두의 애절한 사랑이 자신의 배고픔과 대비되는 장면에서 볼 수 있듯이 ‘부자’와 ‘가난한 자’를 대립시켜 가난한 어린 아이들의 처참한 생활을 한껏 드러내는 데 힘을 쏟고 있다.6) 1920년대 빈궁은 일본 군국주의자들의 식민지 수탈에서 비롯된 것이기 때문에 권환은 이 문제를 더욱 절실하게 해결해야 할 문젯거리로 인식하고 있다. 이 작품을 통해 권환이 1920년대 빈궁을 계급의 문제가 아닌 배달겨레가 처한 민족 생존권 차원에서 보고 있음을 알 수 있다. 그에게 있어 배달겨레 어린 아동들의 빈궁은 허구나 상상이 아니라 치열하게 극복해야만 하는 현실이었다. 그러한 연장선상에서 「마지막 우슴」을 통해 최하층 계급의 아동들이 겪는 빈궁의 양상을 구체적으로 담아낼 수 있었던 것이다.7)

「康濟의 夢」은 ‘강제’와 ‘정혜’의 두 어린 소년·소녀를 중심으

---

6) 그러나 부자들의 얄팍한 마음자리를 폭로하는 데 무게를 둔 나머지 이야기를 사건 위주로 이끌어가는 데에는 다소 모자람이 있다. 곧 「마지막 우슴」은 작가의 계몽적 지향성이 큰 탓에 짜임새에서는 소박함이 있는 작품이라 평할 수 있겠다. 그럼에도 불구하고 「마지막 우슴」은 일본 군국주의 아래에 놓인 어린 아동들의 빈궁한 처지를 가슴 저리게 드러내고 있다는 점에서 값어치 있는 작품이다.
7) 1926년에 접어들면서부터 권환은 식민지 민족현실을 바탕으로 가난한 자와 부자를 계층적으로 대립시키고, 그 대립의 구체적 양상을 보여주는 데로 나아가고 있다. 그러나 이러한 이항 대립의 구도 설정에는 여전히 모호한 계층들이 앞장서고 있다는 점은 그의 작품들이 갖는 한계라고 하겠다.

로 실줌치와 꿈을 매개로 하여 아동들의 천진스러운 마음을 드러낸 소년소설이다. 강제와 정혜는 오누이 사이다. 강제는 세 살 터울의 오누이 정혜에 대해 "지난 토요일에 재 너머 있는 외가집에 간 뒤 일요일도 돌아오지 않아 집에 잇슬때는 그다지 사랑스런줄을 몰낫스나 잠시라도 떠나 잇스니 참으로 세상에 없는 누이동생이고 하로도 업스면 못살동생"이라며 그리워한다. 월요일에 강제가 학교에 갔다 와서도 그때껏 정혜는 돌아오지 않았다.

강제가 정혜를 기다리는 데에는 다른 까닭이 또 있었다. "일전에 강제가 정혜에게 실줌치 하나 치어달라고 실까지 사주어 맛긴 일"이 있었기 때문이다. 그런데 정혜는 "어머니께 무명짓는 것 배우려고 겨를이 없어 오늘내일 미루고" 있었던 때에 외가집까지 가버려 강제 의 마음은 애가 탈 정도였다. 이런 가운데 강제는 잠에 들고 꿈을 꾸었다. 꿈에서 정혜는 "크고도 베조흔 실줌치 하나를" 강제에게 주 지 않고 "사촌 옵바 윤제(允劑)"에게 주려고 한다.

성이 난 강제는 주먹으로 정혜의 뺨을 힘껏 때렸다. 정혜가 울음 을 터트리자 '정주'에 계신 어머니는 '거불 작대기'로 강제를 때린다. 이에 더욱 성이 난 강제는 어머니가 가고 나면 "담박 쌩뼈다구를 뿌 지르터"겠다고 험한 결심을 한다. 그리하여 어머니가 정주로 다시 돌아가는 것을 보고는 아버지의 '사구라' 단장을 들고 "정혜의 뒷꼭 지를 힘껏 때렸고", '곧바로 "머리에서 피가 푹푹소사나온다." 이것 을 본 강제는 "정혜야!"하고 부르다가 꿈에서 깨어났는데 언제 왔는 지 정혜가 옆에 앉아 있었다. 강제는 방금 꿈 이야기를 자세히 들려 준다. 끔찍한 꿈까지 꾼 강제는 누이동생에게 미안한 마음을 가졌다. 그리고는 그 꿈을 대수롭지 않은 것으로 정리해버리고 만다.

「꿈」이었다. 머리만 한번 흔들어버리니 아무것도 아니었다.

―「康濟의 夢」8) 가운데서

이 끔찍한 일은 단지 꿈이었고, 그 흔적은 머리 한번 흔들어버리면 잊어진다고 강제는 말한다. 그리고 다음날, 강제는 "분홍 명주실로 친 실줌치를 차고" 정혜와 함께 손을 잡고 학교에 가는 이야기로 끝을 맺는다. 「강제의 夢」은 순진한 강제가 누이동생을 중심으로 겪게 되는 마음의 변화를 '꿈―현실' 틀로 보여준 작품이다. 그 이야기는 현실에서 꿈, 그리고 현실로 돌아오는 순환구조로 이어진다. 특히 여기서 꿈은 작가의 마음자리를 보여준다는 점에서 중요한 매개공간으로서 기능한다.

이상에서 살핀 바와 같이 권환의 소년소설은 어린 아동들의 당시 가난 체험을 구체적으로 보여준다. 그러면서 단지 현실을 보여주는 것에 머물지 않고, 그 현실을 극복하고자 하는 의지까지 담고자 했음을 확인할 수 있다.

우화적 세계의 대립 공간

권환의 우화는 『신소년』에서 두 편이 확인된다. 장미꽃을 주인공으로 내세운 식물우화와 어린 소년 천사의 동심어린 세계를 다룬 판타지가 그것이다. 「처녀장미꽃」이 앞서고, 「세상 求景」이 뒤선다. 그리고 『별나라』에는 식물우화 「벼(蹈)가쌀이될째까지」9)가 실려 있다. 모두 3편의 우화가 있는 셈이다.

---

8) 권환(1925), 『신소년』 10월호, 중앙인서관. 42쪽.

「처녀장미꽃」은 "봄풀들이 우거진 어느 깊은 산골에" 핀 처녀장미꽃과 "나이 아직 어리지만 불량한" '망나니' 사이에서 벌어지는 이야기이다. 꽃이 아름답고 고와서 어여쁜 이름을 지닌 '처녀장미꽃'은 여느 장미꽃처럼 '가시'가 있다. 특히 '가시'는 "불량한 아이"를 향해 찌른다. 종달새 소리가 요란하게 퍼져 평화로운 산골에 하루는 "어떤 아이"가 오게 된다. 그 아이가 풀밭 가운데서 처녀장미꽃을 발견하고 "저 놈을 내가 꺾어"야겠다고 달려든다. 가시도 무서워하지 않고 꽃봉이를 꼭 쥐며 호기 어린 목소리로 처녀장미꽃을 위협한다. "나는 너를 꺾을 테야. 꺾으면 어쩔 테냐?" 하자 처녀장미꽃은 다음과 같이 대답한다. '망난아, 너는 못 꺾는다.' 처녀장미꽃의 목소리는 단호하게 꿋꿋하다. 그래서 이 둘 사이에 긴장은 더욱 커져갔다. 그런 처녀장미꽃의 단단한 결의에 놀란 나머지 '망나니' 아이는 속임수를 사용한다.

> 「나는 너의 가시같은 것은 겁나지 않어. 그리고 이애 장미꽃아, 너 혼자 이렇게 산골에 있으면 무엇하니? 내가 너를 꺾으면 우리집에 가서 맑은 물을 가득 채운 고운 유리병에 꽂아줄테이다. 그러면 너의 잎과 꽃은 행복스럽게도 될 것이다.」
>
> —「처녀장미꽃」10) 가운데서

풀밭에서 혼자 사는 처녀장미꽃의 마음을 약하게 하는 속임수를 써서 결국 꺾는 '망나니' 아이의 심보는 일본 군국주의자들을 우회적으로 표현한 것으로 짐작된다. "맑은 물"과 "유리병"은 근대 제국

---

9) 권환(1932), 『별나라』 9월호, 별나라사, 34~37쪽.
10) 권경완(1926), 『신소년』 5월호, 중앙인서관, 169쪽.

주의 산물로서 국토와 국권을 모두 빼앗긴 배달겨레에게는 스스로 존재할 수 있는 대상물은 아니다. "맑은 물"과 "유리병"으로 대표되는 현실은 기차, 학교, 병원들과 같은 새로운 근대 제국주의 제도의 소산물인 셈이다. 망나니는 이런 근대 제도를 받아들이는 순간 배달겨레로 환유된 처녀장미꽃이 "행복"하게 될 것이라고 말해 식민지 근대화에 대한 옹호 논리를 펴고 있음을 볼 수 있다.[11]

> 안된다. 안된다. 내가 그것을 모를줄 아니? 물병에 꽂혀 있으면 덧새도 안되여서 말라버릴줄을 모르는줄 아니? 또 설사 그렇지 않더라도 불량한 너에게 꺾일 수 없다. 나는 이렇게 아침해빛과 입맞추고 따뜻한 봄바람에 안기여 춤추고 있는 것이 더 좋아. 네가 꺽기만 하면 나는 너를 꼭 찌를테야.
>
> ─「처녀장미꽃」[12] 가운데서

'망나니' 아이는 결국 가시로 저항하는 처녀장미꽃을 꺾는다. 그리하여 처녀장미꽃을 집으로 가져오지만, 꽃은 이내 시들어버린다. 말할이는 "아! 약한 듯하면서 굳센 꽃이여"라고 말하며, 처녀장미꽃의 죽음을 애도한다. 처녀장미꽃의 불행은 일본 군국주의로부터 고통받은 배달겨레의 불행과 맞닿아 있다. 이 우화는 배달겨레가 겪고 있는 불행의 이유를 아동들에게 일깨워주고자 하는 뜻을 담고 있는 셈이다. 이를 위해서 대화형식을 빌어 아이들에게 구체적으로 다가서려는 의도가 돋보인다.

한편 「세상 求景」은 '옥황상제'와 그의 따님 '천랑'이 망원경으로

---

11) 논리적 비약이 허락된다면, 망나니 아이와 처녀장미꽃의 관계 밑바탕에는 왜토 군국주의 식민지 노예로 있었던 배달겨레의 모습이 놓여 있다고 볼 수 있다. 식민지 침략을 미화하는 근대화 논리의 허구성을 이미 깨닫고 있는 처녀장미꽃은 망나니의 왜곡되고 잘못된 거짓말을 단호하게 거부한다.

12) 권경완(1926), 『신소년』 5월호, 증앙인서관, 169쪽.

세상을 구경하면서 질문을 던지는 대화체 짜임새로 전개된 동화이다.
이들의 세상구경은 지국, 곧 "적은 구실 한 개가 빙빙 돌고" 있는
곳에서 시작한다. 천랑은 궁금한 것이 많은 어린 소녀이다. 딸이 질
문을 하면 옥황상제가 자상하게 설명해주는 이야기 틀을 가지고 있
다. 첫 이야기는 "구실이 검엇다 히엇다 하니 그건 무슨 까닭입니
까?"하고 묻는 물음부터 시작한다. 그 물음에 대해 옥황상제는 지구
에 밤낮이 생기는 궁금증을 풀어주고 더불어 계절의 변화도 옥황상
제의 입을 빌려 설명된다.

"긔게 박휘를 실거머니" 돌린 천랑의 두 번째 궁금증은 다음 이야
기로 이끈다.

<blockquote>

「그런데 저것보시오 엇든사람들이 동전(銅錢)한푼을 엽헤두고 서로주먹을쥐며
눈을부르떠 응그리고잇는 것은 무슨 까닭입니까」
천랑은 놀란낫빛으로 뭇는다
「그것은 다른 것이 아니다 그 두사람은 형제간인데 업헤둔 그 돈을 서로 빼앗으
랴고 싸우는 것이다」
「아이구참 보기도 흉해요 얼는돌려주시오」

―「세상 求景」[13] 가운데서

</blockquote>

옥황상제는 이들 형제 사이에서 벌어진 싸움을 "그 돈을 서로 빼
앗는" 것이라고 "놀란 낯빛"으로 말한다. 같은 피를 타고난 형제에
게 "동전"은 끈끈한 가족 관계마저 무너뜨리는 사물로 자리 잡고 있
었다. 천랑이 "보기 흉하다"고 하자, 옥황상제는 곧장 또 한 번 다른
곳으로 망원경을 돌린다. 그러자 천랑은 얼굴 낯빛을 찡그린다. 다시
묻자 답은 다음과 같이 이어진다.

---

13) 권경완(1925), 『신소년』 11월호, 중앙인서관, 33쪽.

―「세상 求景」14) 가운데서

옥황상제는 '칼'까지 사용하는 형국이 일어난 까닭을 "쓸데없는
일흠과 돈의 욕심"에서 찾고 있다. 결국은 "꽤 잇고 힘 있는 놈"이
"약하고 얼숙놈"을 잡아먹는다. "어더운 엿긔"로 가득 찬 세상풍경
으로 드러나고 있다.

나중에는 힘 있는 놈들이 "가튼 사람들을 엽해 잡아 죽여노코 그
살(肉)을 뽑아 생것으로 입에 씹기"까지 한 살풍경을 본 천랑은 또
다시 묻는다. "아버지께서 애초 만드실 제 왜 저러케" 세상을 만들
어 놓았냐면서 "아버지도 잘못"이 있다고 말한다. 이 말에 "내가 저
이들을 만들어노코는 사랑(愛)란 약만을 이 세상에 잔뜩 차게 보내
주어 저이들의 피(血)가 돌아가게 하며 눈(眼)이 보이게 하면 귀(耳)
가 들리게 하엿다"고 해명한다. 곧바로 흉스러운 세상으로 변한 까
닭을 "요망한 멸망 할머니"로부터 비롯되었다고 말한다.

어느새 '미움', '시기', '모짐'을 "요망한 멸망 할머니"가 자신도
모르게 세상에 내려 보내게 되어 '사랑'이란 약은 온데간데없어져버
린 탓이다. 이 세상을 보면 한심스럽다고 하고, 또 다른 곳으로 망원
경을 돌리면서 세 번째 이야기로 이어진다. 이번에는 천랑이 묻는
방식이 아니라, 옥황상제가 되묻는 방식으로 이야기가 이어진다.

---

14) 권경완(1925), 『신소년』 11월호, 중앙인서관, 34쪽.

　　그래서 앞서 이어지는 이야기를 반전시킬 방식을 옥황상제는 그의 딸 천랑에게 제시한다. 망원경이 머문 곳에 "어리고 불쌍한 새 몇 마리가 언(凍)날개를 떨면서 이리저리 날아다닌다." 이 새는 "죽고망한 사람들의 혼"이고, "안즐때가업서" 날아다닌다고 옥황상제는 말한다. 천랑은 결국 "아버지 만드신 것은 다저리케되고 마느냐"며 "진주가튼 눈물"을 흘린다. 옥황상제는 "아니다"며 희망을 제시한다.

> 만일 그 「사랑ㅅ」약이 어느 구석이라도 남아 있으면 왼 세계에 퍼져 다시 살아갈 수가 잇다. 그리도기만하면 그때에말로 참기라—(판독불능) 따뜻한 세계가 된다. 왜 그러냐하면 「미움」이니하는 약들이 그동안 하나도 업서젓 까닭이다. 내 만든 세계 가운데서 그리된 것도 만타. 이전에 네가 한번 보앗지만 　'해(太陽)라하는 것은 그러케된 것이다. 그러나 「사랑」이 조곰도 남지 아니하야 다시 사라날히말(希望)이 업게 되는 때는 그만 기라— 찬(寒) 세계로 되는 것이다.
>
> 　　　　　　　　　　　　　　　　　　　　—「세상 求景」[15) 가운데서

　　'사랑'의 약이 "어느 구석"이라도 존재하는 한 '희망'은 남아 있다는 것이다. 그리고 희망이 싹튼 세계도 많은데, 그 가운데 "해(太陽)"는 이에 속한다. 그리고 옥황상제는 다시 천랑에게 지구를 다시 보라고 이른다. 천랑은 눈을 비비고 바라본다. "어느 구석", '사랑'의 약이 남아 있는 곳을 찾기 위해서다.

　　천랑이 본 곳이 '배달겨레'의 땅임을 암시해주는 "지구의 동쪽", "산만코 바다만코", "무궁화 입사귀"들로 표현되고 있음을 눈여겨볼 필요가 있다. 거기서 싸움으로 험악해진 지구를 살리는 "보석(寶石)도 갓고 야광주(夜光珠)와도 가튼 빗치"를 천랑은 발견한다. 특히 "얼음판" 위에 "무궁화" 잎사귀가 날아다니는 장면에서는 희망의 빛

---

15) 권경완(1925), 『신소년』 11월호, 중앙인서관, 35～36쪽.

이 드리우는 '사랑'의 약이 세계 어디에도 아닌 조선에서만 발견되고 있다는 사실을 강하게 드러내고 있다.

　　　　　　　　　　　　　　　　　　　　　　　　　　　－「세상 求景」16) 가운데서

지구는 어느새 "아름답고", "따뜻한 세계"로 명예와 돈 욕심이 전혀 없는 사람들이 "질겁게도 노래 부르고 춤추고", "서로 안고 입맞추고", "산들은 제절로 높흐고 물들은 제절로" 흐르는 살기 좋은 세상으로 변한다는 이야기로 마무리된다. 돈 욕심, 명예 욕심으로 살기 힘들어진 지구는 동방의 아름다운 배달나라에서 희미하게 남아 있는 사랑의 힘으로 다시 살아난다는 이야기가 중심 뼈대로 자리 잡고 있다.

여기서 권환은 세상을 파악하는 원리로 사랑과 미움, 증오, 욕심과 같은 추상화된 윤리적 범주들을 끌어오고 있다. 이로 미루어볼 때, 그는 아직 계급의식으로 단단하게 단련되지 않았음을 알 수 있다.

---

16) 권경완(1925), 『신소년』 11월호, 중앙인서관, 36쪽.

권환은 막연하고 추상적인 단어들을 통해서 세상을 바라보고 있는 셈이다. 다만 '돈'이 사람 사이의 갈등을 유발하는 가장 큰 요소임을 인식하고 있다는 점에서는 이 작품이 그가 장차 계급주의자로 나아갈 초보 단계에 머물러 있음을 확인시켜준다.[17]

「베(蹈)가쌀이될째까지」에는 '趣味理科'라는 표제가 달려 있다. 이로 볼 때, 이 우화는 베가 쌀이 되는 과정을 과학적으로 아이들에게 학습시키는 것을 목표로 쓰인 교육 소설임을 알 수 있다.[18] 특히 경상도 지역 말을 그대로 사용하여 독자들에게 친근감을 더하고자 했다.[19]

가을이되야 누런베들이 무거운머리를숙이고 몸이갑분듯이 바람에흔들닌다

---

17) 이처럼 「세상 求景」은 "꽤잇고 힘잇는 놈"과 "약하고 얼숙놈"으로 대비되는 계층사이의 싸움을 다룬 우화 서사물이다. "언 땅"과 "따뜻한 세계"의 구별도 이와 마찬가지다. 무산계급과 유산계급 사이의 대립구도로 이어지는 것이 아니라, 계층이라는 다소 애매모호한 고리설정은 이 작품의 특징으로 다가온다. 당시 권환은 과학적 계급주의에 이르지 않았음을 보여준다. 그의 계급주의자로서의 변모는 경도제국대학을 다니면서부터 서서히 시작되었고, 1929년에 카프동경지부에 정식으로 가입절차를 밟게 되면서부터 이루어졌다고 보는 것이 타당할 것이다. "쓸데업는 일흠과 돈의 욕심"에서 비롯된 싸움은 "꽤"와 "얼숙"으로 대비되어 나타남을 어린 아동들에게 교훈으로 알려주고자 하는 의도가 강한 까닭에서 빚어진 것이다. 곧 이들의 싸움은 명예와 욕심에서 비롯된 일인데 이것은 계급을 뛰어넘어 모든 계층에서 보편적으로 드러나는 윤리적인 문제들이다. 그래서 이 문제의 해결방식도 추상적이고 보편적인 방안을 제시한다. 그것이 "사랑의 약"에 다름 아니다.
18) 1930년대에 접어들면서 권환의 아동문학은 질적인 변모를 가져온다. 앞서 권환의 아동문학이 성기고 다듬어지지 않은 분노를 발산하는 데에서 출발하여, 그 뒤로는 이항 대립적인 단계를 설정하여 작품을 창작해내었다는 점을 살펴보았다. 그런데 1930년 카프 맹원으로서 활동하는 시기에 나온 「베(蹈)가 쌀이될째까지」는 계급주의 인식을 밑바탕에 두고 있다는 점에서 앞서와는 질적인 변별성을 지닌 작품으로 분류된다. 특히 시기적으로 1932년에 발표된 것이 주목을 받을 만하다. 곧 이는 1925년과 1926년에 집중되어 있던 아동문학 작품이 1932년에도 여전히 권환에게 관심의 대상 갈래가 되고 있다는 점에서 그러하다. 이 까닭으로는 『별나라』라는 '아동문예과학전문잡지'가 카프 기관지로서 그 역할을 했다는 점을 들 수 있겠다. '프롤레타리아 동요시집 『불별』의 서문을 권환이 쓰고 있는 것도 같은 맥락이다. 권환은 카프에서 큰 영향력을 행사하고 있었기 때문에 계급주의 조직활동 가운데 하나로 아동문학 활동은 계속된 것이다. 그런 뜻에서 이 작품이 전달하려는 메시지는 더욱 분명해진다.
19) 농민소설 「木花와 콩」(『조선일보』, 1931년 7월 16~24일 자, 조선일보사)에서도 지역 말을 그대로 사용하여 현장성과 친밀성을 돋보이게 한 점도 같은 맥락에 놓인다고 하겠다.

(몃줄어니잇스면 베를비게된다)

베들은 머리가묵어와서 「숨들갑부게쉬면서이것 인제는 왼종일엇슬가업네」

「얼는 내쭉에가 한잠잣스면조켓네」

「에구 얼마아니잇스면 어련히 비여갈줄아나 자는것도조치만 그싯퍼런 낫이들어
와서 아랫두리를 베혀갈째애는몸서리가나데ー」

이리면서 서로 속사거릴째애 개고리한놈이툭튀여나왓다

「아니 베서방들 무슨잡말요」하고 악을바락쓰는바람에 베들은깜짝놀낫다

「에구 우린 누구라고 왕눈백기 개골일세그려……」

개고리는 쌀쌀웃다가 「그런데 여보게들 인제는 자네들하고해여지겟네그례!」

「왜?」

「저ー엇덧케야단이낫는지 우리일가들이수백명이나 이리차저왓네……」

「그런데 베서방을 자네들은 어듸로잡혀가나?」 그중에 제일키가크고 늙은베한아
가 은 듯이 대답한다

「내 약이하려나?」하면서 바람에 나붓기는 수염을만지면서 천천히지내니야
기를한다 「먼저 여긔서 몃츨만지내면 소작인들이와서 우리들을 비여가는것은알지」
모다들 「그럼 그건다알지」

그런데 개고리만이 한참만에

「아니 여보 소작인이뭐ㄴ가 농사군말인개!」

「웅! 소작인이란 것은 논임자가아니요 그냥 논을어더서 농사를지여서 쌍갑으로
도지를주고 겨우겨우살어가는사람들이라네!」

개고리는 그째에 알아들은 듯이

「응ー 그러면 자네들을비여가는 것이 땅쥔이 아닐세그려ー」 베들은모다들웃으
면서

「흥ー그것도몰으나 에구 눈쌀만컷지야조바보구나」하면서 소곤소곤한다

ーⓛ「베(稻)가쌀이될째까지」[20] 가운데서

식물 '베'서방과 '개구리', 곧 '왕눈백이 개골이'를 등장시켜 이야
기를 전개해나가고 있다. 이야기 줄기는 벼가 쌀이 되는 과정에 대
한 설명이다. 그러면서 농민의 계급적 소외현상을 다루고 있다. 곧
농민이 토지로부터 소외되는 과정을 식물과 동물 사이의 대화형식을

---

20) 권환(1932), 『별나라』 9월호, 별나라사, 34～37쪽.

빌려 재미나게 설명해내고 있는 우화가 「베(蹈)가쌀이될째까지」인 셈이다. 그 속엔 세 가지 이야기가 담겨 있다.

시간 배경은 늦가을이다. 장소는 누런 베들이 있는 영남의 한 농촌 논이다. 가을날 누런 베들의 무거운 머리가 서로 바람에 흔들리고 있을 때, 개구리가 나타나 누런 벼들이 베어지는 과정에서 소작농민이 소외되는 현실을 중심으로 첫 이야기가 시작된다. 개구리는 논에서 자란 베들과 헤어지게 된 일을 아쉬워하는 소리를 낸다. "그런데 베서방을 자네들은 어듸로잡혀가나?" 하는 개골이의 질문에 대해 키 크고 수염이 난 늙은 베가 대답하는 내용 속에 계급주의 학습의도를 분명히 하고 있다.

늙은 벼는 며칠 뒤면 소작인들이 와서 베어갈 것이라고 말한다. 그러자 곧장 개구리는 소작인이 뭔가라는 계급적인 질문을 던지면서 사회에 숨겨진 토대들을 폭로하도록 이끈다. 곧, 소작농민들의 사회적 위치를 '늙은 베'는 "논임자가 아니요, 그냥 논을어더서 농사를지여서 쌍갑으로도지를주고 겨우겨우살어가는사람들"이라고 설명해주고 있다. 벼들이 베어져서 수백 명이 한 몸으로 묶이어 다른 곳으로 날라지게 되는데, 벼들은 냇둑이나 들판에서 말리게 되고, 이때 반은 죽는다는 설명을 덧붙이면서 벼가 베어지는 과정을 마무리한다. 이 마디에서는 소작인들이 벼를 길러내고 있지만 결국은 그들이 벼의 주인이 될 수 없음을 분명히 깨우치고 있다.

두 번째 이야기는 벼가 쌀로 바뀌는 과정이다. 이 마디 이야기의 출발도 역시 개구리의 질문으로 시작된다. 개구리는 벼에게 "절구에 다메다치는 것은뭐ㄴ가"라고 질문을 던진다. 그러자 늙은 벼는 '타작'의 과정임을 설명해준다. 이 타작에서 벼들은 "가진모양을다낸 옷

도 다뺏기도 귀엽게위하든ᄉ염도 다ー털어버려”진다. 개구리의 질문
은 이어진다. “그럼 자네들은어듸로 가나?” 늙은 벼는 여기에 이르
러서 소작인들의 토지 소외를 은근히 강조하면서 이 과정에서 계급
적 모순이 들어 있음을 이ᆞ야기한다. “우리들을 심거주고 길러주고
비여다가 쯧쯧하게 말녀주고거츠랑스런 옷을다뺏겨주어서 그야말로
어른(베)이되게 해준” 소작인들은 쌀을 “조금도 차지를 못하고” 모
든 노동의 대가를 “짱쥔에게다 밧치게” 된다는 모순된 현실 폭로가
그것이다.

그러면서 전형적인 지주와 소작인의 관계를 늙은 벼의 말을 빌려
구체적으로 묘사한다. “타적할적에 한편에 담배를피여물고섯는것이
짱쥔”이며 이들의 “심부름꾼”으로서 소작인이라는 표현이 그것이다.
늙은 벼의 입을 통해 강도 높은 노동을 자립적으로 수행한 소작농들
의 노동과 땅으로부터 소외를 알아듣기 쉬운 방식과 상황 설정으로
깨우쳐주고 있다. 정미소에 들어간 베들의 구체적인 상황이 그다음
으로 이어지면서21) 두 번째 이야기도 끝을 맺는다.

세 번째 이야기도 개구리의 질문에서 비롯된다. “응ー그러면 자네
들은 밤낫밝아벗고만사나?”라고 하면서 밥이 되는 과정에 대한 물음
이 그것이다. “사람들은우리들을물에다씨서서 솟에다넛코 살마버린
다”는 대답이 이어진다. 이러한 문답을 마지막으로 베가 쌀이 되고
밥으로 이어지는 과정 이야기는 모두 그치고 우화는 마무리된다. 그

---

21) 베는 기계 속으로 들어가 “것옷(읏게)”이 벗겨지고, 또다시 기계로 들어가 “속옷(게)”까지 벗
　　겨진다. 발가벗은 몸이 된 베는 “그통에 머리도쌔여지고 팔도부러지고말할수업”게 된다. 그
　　리고 발가벗은 베들이 “쌀(白米)”로 탄생된다. 이런 가운데 “등모는 싸로모화두고(쌀애기)”
　　며, “굵고성한놈들만골나서”, “가지각처헤여저서 싸전의곡간속에도잇섯다가 과차도탓다가 긔
　　선도탓다가하고 모다헤여저버리”는 것이다. 유통과정까지 염두에 두었다.

러면서 「베(稻)가쌀이될째까지」에서 더 나아가 장차 「쌀밥과조밥의 싸흠」22)으로 이야기가 연결될 것임을 알려주는 장치를 글 끝에 두었다. 곧 "그럿지……그럿치만나는퍽이상하게생각하네……"라는 늙은 벼의 의문에 대해서 개골이는 "뭐, 이상하단말인가?"라는 반응이 그 것이다. 앞서 드러나는바 '개골이'의 물음과 '늙은 벼'의 답변이라는 형식과 달리 '늙은 벼'의 물음과 '개골이'의 답변이라는 다른 상황 설정이 그것이다. 다음 작품에까지 계속 관심을 가지도록 이끌기 위한 방식이다.

「베(稻)가쌀이될째까지」는 우화 양식을 빌어 어린 아동들에게 농촌 현실 안에 숨어 있는 삶의 진실을 알려주고자 한 목표를 가진 작품이다. 소작인들의 토지로부터의 소외현상을 벼를 매개로 삼아 재미나고도 쉽게 전달하고 있으면서도 이야기 전개의 긴장감을 놓치지 않고 있다는 점에서 권환 아동문학 가운데서도 돋보이는 작품이다.

이상의 논의로 볼 때 권환의 우화 「처녀장미꽃」·「세상 求景」·「베(稻)가쌀이될째까지」의 밑바탕에서는 갈등과 대립이 분명하다. 「처녀장미꽃」, 「세상 求景」에 드러나는 "처녀장미꽃/망나니", "약/강(어리석은/꽤 있는)"의 대립적 인식이 그 하나다. 사랑을 내세워 타락과 싸움으로 얼룩진 세상과 현실을 극복하고 그 가운데서 '희망'을 불러일으키는 계몽적 의도가 그것으로 분명해졌다. 세상의 모순 해결방식 제시다. 세상의 모순은 사람의 마음에서 비롯된 것이고, 그 극복 또한 사람의 마음으로 이루어질 수밖에 없다는 소박한 윤리

---

22) 「베(稻)가쌀이될째까지」의 우화 끄트머리에 "그이상하다는늙은베이야기는다음호의「쌀밥과조밥의싸흠」이란 趣味理科의게속하겟습니다"라는 토씨를 달고 있다. 이를 통해서 연재될 것임을 알렸다. 그러나 다음 작품이 실린 것으로 짐작되는 1932년에 나온 『별나라』 10월호를 글쓴이가 아직 확보하지 못한 탓으로 그 실체를 확인할 수 없었다.

성23)에 해결의 초점을 두고 있다. 이에 반해 「베(蹈)가쌀이될째까지」
는 뚜렷하게 계급 모순과 갈등 속에서 세상을 바라보고, 그 해결방식
을 어린 아동들에게 일깨우고자 했다. 권환의 우화는 아동들을 향한
권환의 계몽적·교육적 의도가 폭넓게 실현되고 있는 양식이었던 셈
이다.

아동의 계급관 확립과 계몽

『신소년』에 실린 권환의 동시
는 세 편이 확인된다.24) 이들은 크게 두 유형으로 나누어볼 수 있다.
그러면서 일본 군국주의 아래에 놓인 배달겨레의 아픈 현실을 담아
낸다는 공통점이 있다.

> 선생님 이 지도 좀 보세요
> 누런 여기가 육지
> 퍼런 저기가 바다라지요
> 붉은 당사실 같이 꼬불꼬불
> 놓여있는 이게 기차가는 철도
> 적은 진주같이 똥골똥골 꿰여 있는 이게
> 고을 이름이지요
>
> 강아지털처럼 송송한 이것은 산이고

---

23) 이에 대한 논의는 권환의 문학비평에서 이루어질 일이다. 그의 이런 소박한 윤리성은 카프의
   비평에서도 중요하게 드러난다. 권환 문학의 지향을 살필 수 있는 중요한 근거다.
24) 『신소년』에 실린 동시는 「지도에 없는 아버지」(1927년 4월호), 「웨 어른이 안되요」(1927
   년 4월호), 「웨 안무서워요」(1927년 4월호)다. 「1920년대아동문학집(1)」에서 그 존재를 확
   인하였다. 그런데 『신소년』 1927년 4월호에 실린 것으로 알려진 「지도에 없는 아버지」, 「
   웨 어른이 안되요」, 「웨 안무서워요」는 『신소년』 1927년 4월호를 확인한 결과 존재하지
   않은 것으로 확인되었다.

한밤에 별처럼 여기저기 허터저 있는 것은
섬이지요

주구리구 꼬부랑이 외처럼 오고랑해 있는 이게
일본이지요
이 바다는 자꾸자꾸가면 많은 나라
이 철도로 자꾸자꾸가면 일꾼많은 아라사이지요?

여기가 우리나라
여기가 일본 가는 동래부산
여기가 이사짐 많이 가는 북간도
그런데 우리 아버지 계신데는
어델까요
여길까요
저길까요
아모리 찾아도 없어요

─「지도에 없는 아버지」²⁵⁾ 전문

이 동시는 지도를 보면서 선생님께 배운 바를 확인시켜주는 어린이의 질문과 답이 이어지는 작품이다. 모두 네 연으로 나뉜다. 작은 단위에서 큰 것으로 옮아가는 지도의 차례대로 연을 갈라놓은 탓이다. 첫째 연은 지도 위에 작게 표시된 것과 '산', '섬'의 모양을 설명하고 있고, 셋째 연은 더 큰 장소로 나아가서 '일본', '아라사'를 가리키며 설명한다. 여기서 주목되는 것은 '일본'을 "주구리구 꼬부랑이 외"처럼 표현한 반면 아라사를 "일꾼 많은" 나라로 대비시켜본 눈길이 다.[26]

마지막 연에서는 배달겨레의 어려움을 시치미를 떼면서 드러내고

---

25) 류희정 엮음(1993), 『1920년대 아동문학집 (1)』, 평양 문학예술종합출판사, 182쪽.
26) 당시 사회주의국가와 제국주의국가를 권환이 뚜렷하게 구별하고 있음을 알 수 있다.

있다. 이삿짐 많이 가는 북간도는 왜로 군국주의자들의 토지수탈과 농촌 붕괴로 빚어진 빈궁으로 뜨내기 길에 나선 겨레의 아픔을 드러내는 매개공간이다. 말할이는 "아버지 계신데는 어델까요" 묻고 난 다음 "아모리 찾아도 없어요"라는 답을 곧장 내고 있다. 묻고 답하는 대화 형식이 아니다. 어린이의 물음 속에 대답이 들어 있다. 말할이로서 어린이는 가난 탓에 가족을 두고 일본, 북간도로 품을 팔러 가는 당시의 안타까운 현실을 잘 알고 있다는 뜻인 셈이다.

이처럼 식민지 배달겨레의 현실 아래에서 심각한 가족해체라는 끔찍한 고통을 겪는 어린 아동들이 집을 떠나, 아이가 알 수도 없는 곳으로 가버린 아버지를 보고 싶어 하는 애틋한 마음자리를 시치미 떼면서 질문하는 방식으로서 그 애잔함을 더욱 강렬하게 드러낸 점에서 이 시는 주목된다. 배달겨레 아동들이 겪는 시대적 아픔을 아버지와 지도를 통해 구체적으로 살피고 있는 빼어난 작품인 셈이다.

①
내가 모이를 주어 기르는 병아리가 벌써 큰닭되여
머리우에 함박꽃같은 벼슬이 났어요
내가 모종을 얻어 싶었던 백일홍은 요번 비에
봄이마다 필때가 다 되었어요

올봄에 땅을 뚫고 올리온 금방주 같은 죽순은
벌써 아버지 길로 두 길이나 되었어요
그런데 저는 왜 이때까지
어른이 안되여요

―「웨 어른이 안되요」[27] 전문

---

27) 류희정 엮음(1993), 『1920년대 아동문학집 (1)』, 평양 문학예술종합출판사, 183쪽.

②
이제 언니는 그렇게 하나도 안무서워요
우른 딱딱그르 대포소리같은
우레가 불고 뿔칼같은
번개가 번쩍 어릴 때도
가만 앉아 글만 쓰시지요

범 여호뿔난 도갑이가 뛰며
소리치는 검은 밤 산길
하늘에 찌르는 양국사람집밑에
전차자동차 대매가
화살같이 갔다왔다 하는 큰거리에도
스덱기 하나만 내두르며 다니지요

산더미같은 푸른 물결이 룡대가리같이
올랐다 내렸다 하는 큰 바다 가운데도
대잎피리만한 배한채 젓고
눈도 안깜작이고 건너가지요

그뿐이면 덜하게요
두눈이 왕방울같은 거인들이
수만명 모여있는 가운데도
주먹을 뚜라리며 소리를 쳐와
어째 언니는 그렇게 하나요
안무서울까요
나도 언제나 그렇게 될 때 있을가

―「웨 안무서요」[28] 전문

①, ②는 모두 얼른 자라나고픈 어린 아동들의 마음자리를 표현한 작품들이다. 먼저「웨 어른이 안되요」는 병아리, 백일홍, 죽순을 보

---

28) 류희정 엮음(1993),『1920년대 아동문학집 (1)』, 평양 문학예술종합출판사, 184쪽.

면서 시적 말할이가 이 대상물과 비교해서 더디게 자라나는 자신에게 조바심을 내는 마음을 고스란히 담고 있다. 말할이는 "모이"를 준 "병아리"가 "함박꽃같은 벼슬"이 난 닭으로 자라나고, "모종을 얻어 싶었던 백일홍은 요번 비에/봄이마다" 피고, "올봄에 땅을 뚫고 올리온 금방주 같은 죽순은/벌써 아버지 길로 두 길이나 되었"는데 '그런데' 자기는 "왜 이때까지/어른이 안되여요"라고 하면서 더욱 빨리 자라나기를 바라는 어린 아이의 순진함을 잘 담았다. 어린 아동들이 무럭무럭 자라나서 배달겨레가 처한 어려운 현실을 극복해주기를 바라는 시인의 마음이 고스란히 들어 있다.

「웨 안무서요」는 앞선 동시와 다르게 상황 설정이 훨씬 현실적으로 묘사되고 있는 작품이다. 말할이는 어린 아이다. 말할이가 우러러보는 이는 용감한 "언니"인데, 그 언니는 "우른 딱딱그르 대포소리같은/우레가 불고 뿔칼같은/번개가 번쩍 어릴 때도", "범 여호뿔난 도갑이가 뛰며/소리치는 검은 받 소길", "전차자동차 대매가/화살같이 갔다왔다 하는 큰거리에도", "산더미같은 푸른 물결이 룡대가리같이/올랐다 내렸다 하는 큰 바다 가운데도", "두눈이 왕방울같은 거인들이/수만명 모여있는 가운데도" 무서워하지 않는 강인한 사람이다.

이 시는 현실적인 어려움을 일일이 제시하여, 그 뒤에 '언니'가 대응하는 태도를 부러워하는 어린 아동의 마음을 드러내었다. '언니'의 행동은 권환이 어린 아동들에게 장차 바라마지 않는 모습에서 멀지 않다. 그 행동은 각 연에서 구체적으로 드러난다. 먼저 1연에서는 주변 현실 상황에 흔들리지 말고 의연히 대처하라는 것, 2연에서는 어떤 대상에 주눅이 들지 말고 당당하게 나서라는 것, 3연에서는 어려운 처지에 놓여 있더라도 현실적 고난을 이겨내기 바라는 것, 마지막 4연에서는 상황 설정을 구체적으로 제시하는데, 그것이 바로 파업이다. 파업을 해산하기 위해 온 일본 경찰로 보이는 "두눈이 왕방울같은 거인"들을 상대로 "주먹을 뚜라리며 소리"치는 '언니'의 투쟁적인 모습을 닮고자 하는 어린 아동들의 마음이 잘 드러나도록 그렸다.

그런 점에서 이 동시는 1, 2, 3연에서 제시한 것들을 마지막 4연을 통해 더욱 구체화시킴으로써, 권환의 시적 의도가 분명해졌다. 파업이라는 구체적인 장소 현장에서 벌어지는 모습 속에서 발견한 투쟁적인 '언니'들의 형상화가 그것이다. 우리들의 노동자 '언니'는 봉건적인 질곡 속에 간혀 꼼짝도 못하는 존재가 아니라, 파업 현장 속에서 힘과 용기를 가지고 싸우는 존재임을 권환은 어린 아이의 입을 빌려 감격적으로 보여주고 싶었던 것이다.

이상과 같이 권환의 동시는 내용면에서 크게 두 가지로 나뉜다. 첫째 일본 군국주의에 의한 민족수탈과 계급모순의 현실을 담아내고 있는 것이 그 하나다. 가족해체를 분명하게 보여주는 아버지 부재는 민족 수탈에서 비롯됨을 보여주었다. 그리고 제도교육으로부터 소외와 배고픔이 빚어내는 이중적 고통 아래 놓인 배달겨레의 어린이들을 내세워 제국 자본의 비윤리성을 드러내기도 하였다. 둘째 어린 아동들의 솔직한 마음자리와 그 어려움을 힘껏 이겨내는 미래 전망을 그려 보이는 일이다. 얼른 어른이 되고픈 어린 아동들의 천진스러운 마음자리와 식민지 민족, 계급 현실의 고통을 극복하려는 마음자리를 담았다. 곧 바람직한 계급관 확립을 통한 미래의 밝은 전망을 보여주는 데로 읽는이를 이끌고 있다.

권환의 아동문학은 『신소년』과 『별나라』라는 두 계급주의 대표

아동매체를 중심으로 이루어졌다. 소년소설과 우화, 그리고 동시에 모두 걸치는 그의 작품들은 그 짜임에서 소박한 곳이 없진 않지만, 당시 식민지 겨레의 계급모순과 민족모순에 눈뜨고 그것을 작품 속에 담아내려고 노력한 흔적기 주제와 양식 모두에서 역력하다. 뿐만 아니라 권환의 아동문학 작품은 아동들의 가난으로 인한 제도교육에서 소외된 현실과 헐벗은 빈궁 상황을 구체적으로 보여주기도 한다. 권환은 자신의 아동문학을 통해 식민지 아동들이 가져야 할 태도와 마음가짐을 구체화시키는 데 힘을 기울였던 것이다. 아직 논리적 틀을 분명히 갖춘 것은 아니나, 계급주의자로 발전되어가고 있는 밑바탕을 권환의 아동문학은 폭넓게 확인시켜준다.

IV

극문학과
부조리한 현실 풍자

　　권환의 극문학은 일본 경도제국대학시절에 발표된 「狂!」(『신민』 1926년 12월호, 신민사), 「印刷한 러브레터」(『신민』 1927년 2월호, 신민사), 그리고 글쓴이가 새롭게 발굴한 「아버지」(『영화연화』 1940년 1월호, 영화연화사)를 합해 모두 3편이 있다. 지금까지 권환의 극문학은 경도제국대학에 재학 중일 때 창작된 것으로 알려져 왔다. 그러나 「아버지」의 발굴로 인해 그의 극에 대한 관심과 창작이 1940년대까지 꾸준히 이어지고 있음을 살필 수 있다. 지금까지 권환의 극문학에 대한 논의는 최근에 들어 한 차례 이루어진 것이 전부다.[1] 그리고 그 논의도 소략한 실정이다. 글쓴이는 이 장에서 권환의 극을 따로 떼어, 그 특징을 살펴보기로 한다.

---

1) 황선열(2003), 「프로극의 한 유형」, 『경남작가』 2003년 상반기, 경남작가회의.

빈궁한 삶과 풍자적 모사

권환의 희곡 가운데 처음에 쓰인 작품이 「狂!」2)이다. 권환이 경도제국대학 재학 중에 창작된 것이다. 무대공연이 이루어진 것인지는 알 수 없다. 이 희곡은 경도에서 가을에 창작된 것임을 희곡 마지막에 추기하고 있어 당시 사항을 알게 해준다.3) 「狂!」은 2幕으로 구성된 작품이다. 1막은 주인공 박덕세가 순사에게 잡혀가는 장면으로 이루어져 있다. 2막은 박덕세가 감옥에서 3년 만에 나온 뒤 일어난 이야기로 이루어져 있다. 구성은 대체로 단순한 편이다. 등장인물은 모두 7명이며, 무대는 소품을 간단하게 놓을 수 있는 소략한 구조로 된 점은 초기 프로극의 특징과 부합된다.

「狂!」의 무대는 어느 골목에 위치한 작은 방이다. '隘少하고 沈陰한室內 五六燭밧게안되는電燈이 놉개걸녀잇'는 곳이다. 그 방 안에는 '電燈미테는 小形의 冊床하나가 그우에는 帳簿가튼 멧卷, 쏘 坐鐘時計하나이잇'을 뿐이다. 시간 배경은 밤이다.

「狂!」의 전개는 2막 구성과 함께 두 부분으로 이루어진다. 첫 부분은 박덕세가 한밤중에 숨을 헐떡이며 몰래 자기가 세든 방에 들어와서는 아내인 순옥에게 다음날 친정 가는 일에 대해 물어본다. 아내가 동생 결혼식에 가는 것 때문에 고민이 이만저만 아닌 것으로 짐작된다. 그러나 아내가 동생 결혼식에 입고 갈 '옷감, 구두, 쇼―

---

2) 권경완(1926), 『新民』 12월호, 신민사.

3) 이 희곡의 마지막 129쪽에는 "一九二六, 秋 京都서"라고 적어 놓고 있다. 권환은 이 시기에 작품 마지막에 창작시기와 장소를 기록하는 습관적인 행동을 보인다. 그의 소설작품 가운데 1927년 무렵에 나온 「썩은 안해」, 「慈善堂의 불」 들도 마지막에 위와 같은 표시를 해놓은 데에서 확인할 수 있다.

르, 손가방'을 마련할 돈이 없다는 금전적인 문제 때문에 아내는 친정에 가는 것을 며칠 망설였던 것을 이 둘 사이의 대화를 통해서 알 수 있다.

그런데 이날 늦게 돌아온 박덕세가 아내가 친정에 갈 돈과 밀린 방세를 마련했다는 이야기를 한다. 그 돈이 어디에서 생긴 것인지 궁금한 순옥은 '오늘무슨큰횡재나생겻나요'4)하면서 덕세에게 물어보자, '내다니는사(社)사장한테 쒸엿지'라고 대답을 한다. 그러면서 '그래도 男子아인가바 男子의수단은 아흔아홉가지라'면서 지식인의 허풍을 드러내며 잠을 청한다. 그런 사이에 순사들이 들이닥쳐 자고 있던 덕세를 체포해간다.

다음은 덕세가 감옥에서 3년 만에 나와서 일어나는 이야기이다. 등장인물은 수열과 영숙이다. 이들은 덕세의 친구 부부로, 덕세가 잡혀간 뒤 며칠 동안 정부(情夫)와 도망간 순옥의 집에 혼자 남겨진 친구의 아들 박우제를 보살피고 있었던 사람들이다. 어느 날 감옥에서 나온 박덕세는 친구가 사는 집에 돌아와 우제를 만났지만, 순옥은 만날 수 없었다. 다른 정부 徐玄津과 며칠 전에 '露西亞'로 도망갔기 때문이다. 이 이야기를 듣고 덕세는 누구 때문에 강도짓을 했는데라고 하면서 순옥의 허영심이 자신을 이렇게까지 만들었다고 신세 한탄한다.

그리고는 복수를 하겠다며 깊은 밤에 밖으로 뛰쳐나간다. 이를 보고 수열이 덕세를 잡자 품에 있던 칼을 빼들고 수열의 어깨를 찌르고 밖으로 뛰쳐나가는 사이에 우제는 놀라 울고, 영숙은 올올 떨며 밖을 바라보고 있는 사이, 덕세의 운명을 예감하게 하는 검은 하늘

---

4) 권경완(1926), 「狂!」, 『신민』 12월호, 124쪽.

에서 소금 같은 눈 뭉텅이가 내리는 장면을 마지막으로 이야기는 끝을 맺는다.

이처럼 「狂!」에 등장하는 주인공 덕세는 여러 정황을 봐서 식민지 지식인이다. 무대배경에서 책상 위에 놓인 책과 옷매무새, 회사에 다닌 것 등을 종합해서 보면, 당시로서는 교육을 상당히 많이 받은, 지식인의 전형적인 인물이다. 덕세가 한밤중에 몰래 자신의 집으로 숨어들면서 극적 이야기가 전개된다. '돈'에 대한 그의 관념은 「狂!」에서 부정적으로 드러난다. 가난하고 무능력한 식민지 지식인 덕세는 아내의 허영심을 채워주기 위해 피스톨을 구입해 강도가 된다. '돈'은 극의 과정상 중심에 놓여 있다.

德世 (벌득니러나서 일부러눈을부비며) 네네 뉘기시오.
巡査 ― 네가 朴德世니?
德世 그래웬말슴이요?
巡査 二 (德世의 쌤으치며) 이놈 이놈 멀정한강도놈!
德世 아니엇잔일이요?
巡査 ― (捕繩으로德世손을묵으며) 이놈그래도 상당한교육바든놈이.그러게 빈궁(貧窮)을못참는단말이니?
巡査 二 (엽헤서서) 법률보다 양심이더겁나지안턴 이놈!
巡査 三 (피스톨을하나보이며) 이놈 이개뉘「피스톨」인줄아니? 자세봐 이놈.
德世은와랏낫빗치푸흐며 아무말없이잇다.
順玉 (벌벌쎨며) 아니여보 이게엇잔일이요응 이게엇잔일이요?
巡査 ― (눈을부릅쓰며) 가만잇세! (하고德世를씌을고나간다)
德世는아모 廻避, 辨明, 反抗도없이 憂鬱과忿怒을 못참는얼굴로 싸라간다.
順玉 (警官들을보고) 무슨까닭이야요 무슨까닭이야요? 박덕세가무슨죄를지엇서요? (捕繩줄을 쓸을하고덤빈다)
巡査 ― (順玉의손을치며)와이리야단이야 감옥이가치고십허.
順玉은 와락물러서서 흑흑늑긴다.
巡査四 (德世의 洋服포켓도안에서 紙幣數十枚을내여德世에게보이며) 이놈!

이게뉘돈이냐응 이게뉘돈이냐응(하고德世의쌤을친다)
順玉 (깜작놀라며德世를보고) 아이구여보세요 이게엇잔일이얘요?
德世 (鬱憤한얼굴로) 가만잇서요! 싯그러워!
警官들은 德世를압세우고나간다.
順玉 (울고싸라가며) 내 죄입니다 이게모다내죄입니다.
적은房은다시고요해젓다.坐鐘은 혼자자는 雨濟의숨소리와 調子를맛춰쌔각거
린다.

―「狂!」5) 가운데서

마침내 덕세의 강도짓은 곧장 들통이 나고, 한밤중에 순사들이 집으로 들이닥쳐 그의 뺨을 때리며 "이놈 이놈 멀정한강도놈!"이라고 덕세를 꾸짖는다. 덕세를 보고 '멀정한'이라고 지칭한 것에서 알 수 있듯이 덕세의 상황이나 조건들을 따져볼 수 있다. 다른 일을 충분히 할 수 있는 처지인데도 덕세는 일에 대한 관념이 잡히지 않은 사람으로, 이는 곧장 뒤에 이어지는 순사의 말이 뒷받침해준다. "상당한교육바든놈이. 그러게 빈궁(貧窮)을못참는단말이니?" 하는 순사의 말에서 덕세의 강도짓이 빈궁으로 인한 것임을 깨닫게 된다.

그리고 '상당한' 교육을 받은 지식인 덕세를 무너지게 만든 것은 '빈궁'이다. 덕세의 빈궁으로 빚어진 강도짓은 "법률보다 양심이더겁나지안턴"이라는 뒤이어진 순사의 말처럼 도덕적이지 못한 행동이다. 작가는 덕세의 강도짓을 양심의 문제에서 바라본다. 당시 식민지 지식인들의 불합리하고 충동적인 행동에 대한 작가의 비판적인 시각에서 비롯된다.

이는 덕세가 삼 년 동안 감옥에 있다 나와서 친구 집에 잠시 들러 내놓은 말에서 이를 확인하게 된다. 덕세의 입으로 "저의 허영심을

---

5) 권경완(1926), 『新民』 12월호, 신민사, 125∼126쪽.

채워주랴고 나는 강도질까지 달게 했네"라는 말은 情夫와 함께 露西亞로 도망간 순옥을 향한 것이 아니라, 작가의 입장에서는 식민지 지식인으로 전형화된 덕세에게 향한 것으로 받아들여진다. 허영심을 부추기는 '돈' 때문에 '멀정한' 사람이자 '상당한' 교육을 받은 식민지 지식인들의 허약한 윤리적 상태를 우회적으로 꼬집고 비판한다.

권환의 「印刷한러브레터」[6] 역시 1927년 일본의 경도제국대학 재학 중에 창작된 극문학이다.[7] 이 극은 1막으로 구성된 단막이다. 등장인물로 강양수, 강애경, 윤명효, 마수연, 그리고 한 여인만을 등장시키는 구조다.[8] 이 극문학 작품은 한정된 인물들의 대화만으로도 주제가 드러난다는 점에서 1920년대에 촉발된 프로희곡이 지향한 소인극(素人劇)[9]의 모습을 띤다.

---

6) 권경완(1927), 『新民』 2월호, 신민사.
7) 이 극 작품의 문제적 주인공 양수의 나이가 "二十二三歲에넘지안는" 것에서 볼 때, '양수'는 다름 아닌 권환 자신이다. 권환은 '지금와서는 옛그有望한 靑年'으로서 자리 잡고 있었던 시기였다. 1927년 당시 권환의 나이도 24세쯤이었다. 따라서 이 극은 작가의 체험을 밑바탕에 두고 이야기가 전개되었다고 볼 수 있다.
8) 이런 등장인물과 무대 배치는 소인극의 특징을 그대로 보여준다. 프로희곡의 무대장치가 간소화되어 있다는 것이 특징이다. 이처럼 소인극의 무대장치에 대해 이상춘은 다음과 같이 언급한 바 있다. "소인극의 무대장치가 엇던 것인가? 간단히 말하자면 전무적인 기술을 갓지 안코 소인들로써 가장 단순하고 비용이 가급적 들지 안케 하여 전문적 연극인들의 하지 못할 독특한 흥미를 자아내는 데에 그의 힘과 가치가 있는 것이다. 더구나 노동자의 공장집회에나 농촌의 농민집회에서나 할 소인극은 단순 이상의 간단을 필요로 하며 호화스런 소뿌르적 예술미보다 ××적 대중의 가장 갓근히 화합되어 선전 ×동의 효과적 역할을 가즘에 푸로레타리아 소인극의 장치의 의의를 가질 것이다. 그럼으로 우리들의 가질 소인극의 장치라 함은 공장농촌에 가장 간편한 이동적 활동의 자유로운 범위에서 해야 할 장치법이라야 할 것이다." 이상춘(1932), 「소인극 무대장치법」, 『연극운동』 창간준비호 5월호 참고.
9) 근대극의 단초라고 할 수 있는 소인극 운동은 1921년 무렵 학생회와 청년회, 그리고 청년종교회 등의 단체들이 펼쳐나간 아마추어 연극운동이다. 1920년대의 소인극 운동 가운데서 1921년 2월 22일 고학생 〈갈돕회〉가 회원들의 학비와 생활비 조달을 위해 연극공연을 가진 것이 효시이며, 이 이후에는 소인극 단체가 급증하였고, 공연활동은 지방에까지 확산되었다. 소인극 운동의 본격화는 1920년 봄 동경유학생들이 조직한 극예술협회가 재일노동자단체인 〈동우회〉와 더불어 전국을 순회하며 공연활동을 펼치면서 시작되었다. 양승국(1992), 「1920~30년대 연극운동론 연구」, 서울대학교 박사논문 참고.

登場人物
姜良洙
姜愛卿(그의 妹)
尹明孝(그의 友)
馬壽然(그의 友)

一女人

時
현대-엇든날의午後
無對光景-良洙의畵室. 良洙는 만해야 二十二三歲에넘지안는純眞하고도 快
活한靑年, 愛卿은 三十歲쯤된 히스테릭_한 老孃, 幕이열니면 良洙는 冊床압
헤안저冊을보고잇다.
그러나마음은쌴것을생각하고잇는듯,冊床우에는 書冊外에큰 面鏡하나이비스듬
이서잇고 그압壁에는아름다운版畵몃장이걸려잇다. 愛卿은그엽헤서編物을하고
잇다.

-「印刷한 러브레터」10) 가운데서

이 극의 이야기의 발단은 작년 가을쯤에 받은 편지 한 통에서 비
롯된다. 순진한 강수는 편지를 받은 지 넉 달이나 된 지금에 이르러
서도 여전히 'H · S · A'라는 한 여인을 그리워하며 갈팡질팡 자신
의 일마저 팽개치며 세월을 보내고 있다. '舌盒에서 便紙한장을내여
소리업시읽는' 양수를 옆에서 편물을 하며 보고 있던 누이 愛卿이
이런 행동에 대해 핀잔을 주면서 서로 간의 갈등을 일으키며 극이
전개된다. 누이의 핀잔의 핵심은 양수의 '네가아직젓먹는어린애' 같
은 행동 때문이다. 정체도 알 수 없는 편지 한 통을 '밤낫들여다보고
잇'는 강수의 어린애 같은 처신이 못마땅한 것이다.
　이런 핀잔을 듣던 양수를 더욱 화나게 한 것은 자신이 애지중지한

---

10) 권경완(1927), 『新民』 2월호, 신민사; 126쪽.

편지를 누이가 몰래 본 것 때문인데, 급기야 '벌서 四十에밋자리짤
어노코도 獨身生活을하고 게시유'라며 누이의 아픈 곳을 찌른다. 누
이는 '지난가을에 ××會堂에서 素人慈善音樂演奏會할재' 온 여인
이 양수에게 편지를 보낸 여인임을 알고 있다. 이 말에 짐짓 놀란
양수는 일부러 시치미를 떼면서 누이에게 다른 말을 한다.

그러자 누이는 현실적인 문제를 끄집어내어 야단을 치기 시작한다.
몇 달 동안 양수는 이 한 통의 편지 때문에 "'소포클레스'니 '유리피
데스'하며研究하는것두치여썬지구 밤낮그것만조이가다달토록들다보
고잇는" 것이다. 양수가 편지 한 통에 빠지는 이유는 이렇다.

그 편지가 양수에게 '그편지의眞髓는 사랑'으로 받아들여지기 때
문에 심한 행동으로 이어지는 것이다. 사랑이라는 말을 그 여인에게
서 처음 들었기 때문이다. 사실 사랑이라는 말은 당시 흔하게 쓰이
는 말이 아니었다. 당시 유행처럼 사랑이라는 말은 남녀 사이에 쓰
이기 시작할 무렵으로 보인다.[11]

추상적인 사랑이라는 말 때문에 '그다지아름답지도' 않고, '그다지
思慕하지도안'은 그녀에게 양수는 마음을 빼앗겼다고 실토하고 있
다. 그러자 누이는 "'사랑'이란말이 海邊가에조개껍질보다더천한말
이야 너내업시지금게집애는 '사랑'이란말은 밤먹고茶마시기보다더잘
하는" 것임을 일러주지만, 그 여인에게 푹 빠져 있는 양수에게 별
반응이 없을 뿐이다. 강수는 더 나아가 버린다. "다른녀자는 모르지
마는 이녀자는 그러치안해요 다른女子의입에서나온 '사랑'은 썩어곰
팽이피엿지만 이女子의입에서나온것은 싱싱한봄풀냄새"가 나는 것쯤
으로 받아들이고 있으니 좀체 이 사태는 수습할 수 없는 지경에까지

---

11) 권보드래(2003), 『연애의 시대』, 현실문화연구, 92~97쪽 참고.

이른다.

良洙와 누이 愛卿 사이에 벌어지는 말다툼에서 사랑에 대한 서로 간의 뚜렷한 차이를 보이고 있음이 확인된다. 누이 입장에서는 너무 쉽게 사랑이라는 말을 하는 현실세태를 비판적으로 바라보는 태도이며, 처음 이런 감정에 사로잡힌 양수에게는 지금으로서는 무엇보다 바꿀 수 없는 고귀한 것으로 사랑을 받아들이고 있다는 점에서 흔히 말해서 소통이 불가능한 자리어 두 사람은 놓여 있다고 보면 정확할 것이다.

둘 사이의 대화는 불가능하게 되고, 결국은 서로를 '精神異常'으로 몰고 가버린다. 그래서 양수는 그 여인을 찾아가기 위해 외투를 껴입고 밖으로 나가려는 동안에 친구들이 찾아오게 된다. 이 둘은 두 사람 사이에서 벌어지는 갈등과 양수의 어린애 같은 행동에 대한 제동과 실마리를 함께 내어주는 친구로서 등장한다.

수연과 명효의 방문으로 화실에 흐르는 냉랭한 기운은 다소 누그러진다. 서로 인사를 나눈 뒤 愛卿은 양수의 일을 두 사람에게 이야기한다. 그러자 친구 가운데 수연이 '事實우리가 오늘온것도 편지니약이하러왓'다는 말을 하게 된다. 그러자 혼자서 면경을 보고 여드름을 짜고 있던 양수가 '洙然이자네도 아즉어리로군 무슨그따위니약이을 니약이라고하고얏서?'고 하면서 핀잔을 준다. 나중에 자신이 우스운 꼴이 될지도 모르는 양수였다. 자신에게 되러 하는 말인데도 사태를 정확하게 파악하지 않은 탓이다. 문제적 주인공 양수는 현실에 대한 인식부족으로 벌어지는 심각성을 전혀 눈치 채지 못하고 있는 것이다.

壽然의 편지 한 통에 얽힌 사연은 이어진다. 오늘 수연은 마음을 단단히 먹고 그 여자의 집을 찾아가지만, 대문 앞에서 들어갈 용기가 나지 않아 대문 옆에 있는 포플러나무를 바라보고 있는데 뜻밖에도 明孝 군도 자신과 마찬가지로 빼빼마른 얼굴로 그 집 대문을 바라보고 있는 것을 보고 놀란다. 서로 여기 왜 왔는가를 물어보고는 똑같은 편지를 주머니에서 꺼내어보고, 속았다는 것을 확인하고 곧장 양수의 화실로 달려온 것이라고 愛卿에게 자세하게 말해준다.

> 良洙 (片紙를바더보더니 감작놀나며) 응 여보게자네들만 속인게아니라 나두속혓네 이것보게 자네들편지와 쪽가튼것을 나도한장바덧네 그래몃달동안을 내혼자이것만생각하고잇다가앗가는 그이한테가보랴고까지햇네(하고 外套포켓트안에서 便紙한張을내여 壽然과 明孝의압헤놋는다)
> 壽然 (明孝와가치 片紙를보고) 응 이게엇잔일이냐 便紙석장이 쪽가트니응 우리가모두속앗구나 모두속혀서 무슨놈의사랑이세모에모두가튼눈(眼)이 생긴 사랑이잇나 우리는모두속앗다.
> 良洙,明孝 (거진가튼째에) 우리가모두어리석어그러치.뉘를怨望하겟니?
> 愛卿 아니예요 그女子가 당신들을 속인게아니예요 그이의 「사랑」은 별과가태서뉘를보고도깜박이는사랑임니다 그이의 「사랑」이란말은 印刷한것과가치 누구한테도 쪽가치써보내는말임니다. H・A・S란女子가 엇든女子인줄은모르지만 이런편지를 當身들게만 준것이아니겟지요. 그새가치演奏한男子, 그말고도 自己가말한마대라도 해본男子에게는 이와가튼 편지를주엇는지도모르지요 쏘이러한 女子가 至今세상에 그이뿐도아니겟지요
> 壽然, 明孝, 良洙(가튼소리로) 참그런줄도모르지요. 엇덧튼 우리가어리석지요 하하 ―幕을 急하―
>
> ―「印刷한 러브레터」[12] 가운데서

양수는 편지 한 통이 자신에게만 부쳐진 것이 아니라, 친구들에게도 똑같은 내용으로 보내진 사실을 깨닫고는 팽팽하게 지속된 긴장감은 어느새 사라지고 그 자리에 웃음이 차지하고 만다. 문제적 개

---

12) 권경완(1927), 『신민』 2월호, 신민사, 132~133쪽.

인 양수의 어리석음을 깨닫게 하는 해결방식이다. 양수에게 인쇄된 상태로 편지가 수령된 사실에서부터, 이 편지는 이미 진지하게 접근할 상황이 아님에도 불구하고 양수는 어리석은 행동을 계속하게 된다.

그런 점에서 이 극문학 작품은 나름대로 일제강점기 순진한 청년 학생들 사이에서 당시 널리 유행처럼 퍼져 있던 사랑에 대한 몽유병적 환상을 진지한 개인 양수와 그의 친구들을 신랄하게 풍자한 작품이다. 그뿐만 아니라 "또이러한女子가 至今세상에 그이쁜도아니겠지요"라는 말에서는 사랑에 대한 환상에 사로잡힌 어리석고 어린애 같은 양수와 그의 친구들에 대한 조롱을 덧붙인다.

이상에서 살펴본 「狂!」과 「印刷한 러브레터」는 암울한 식민지 지식인의 허영을 비판적으로 풍자하는 것을 그 특징으로 삼고 있다. 지식인의 허영심에서 비롯된 갖도짓과 현실을 올바르게 인식하지 못하여 조롱거리로 전락하는 편지사건은 모두 부조리한 시대에 제대로 적응하지 못한 채, 혼돈과 혼란을 거듭하는 당시 지식인에로 향한 풍자적인 시선이었다.

현실 모순과 윤리의 부재

희곡 「아버지」13)는 1940년대 영남지역에서 숱하게 일어났던 아픈 이야기를 중심으로 전개된 단막극이다. 등장인물에는 당시 흔히 불린 누이들인 玉順, 立粉이 들이다. 나라 잃은 시기에 제대로 된 삶을 살지 못하는 열네다섯 살 꽃다운

─────────────

13) 권환(1940), 『영화연화』 1월호, 영화연화사.

소녀들은 흉년마저 든 해에 머나먼 평양 기생집으로 팔려가게 된다. 무대는 영남의 어느 한적한 역인데, 이곳에는 팔려가는 옥순과 입분, 이들을 평양기생집에 넘기는 중간모집 책임자 박두호가 있다. 기차를 기다리는 동안 박두호는 이 처녀들이 도망을 가지 못하게 감시를 하면서 한편으로는 두 처녀의 마음을 달래려고 수작을 부린다.

玉順 (머리를 번적들고) 그래두 난싫다얘 그래두 난부모한테 있는게 좋단다얘 비단옷입고 잘먹으면뭣이좋니 팔려가는게? 좋으면 너나가서 잘먹고 잘입으렴으나.
立粉 흥 그렇게극성을내면 넌안가고될줄아니 남한테 팔린년이.
(박두호가빵을싸가지고들어온다)
朴斗浩 자ㅡ이것들먹어 배고플테니(옥순아는 빵을 안바드니 억지로손에 자핀다) 그러구말이야 색시들이 지금가는 평양이란데는 참좋은데야크구굉장하긴 서울서 댐될뿐아니라 경치좋구 어여쁜 색시많기론 조선서제일 유명한데야 색시들두 아마 평양이라면말은 들어알겠지 능라도니 모란봉이니 부벽루니 모두다 참좋은데야 색시들이 지금 이러사치 가게가서 서너달만있어봐 그땐가라구해두 안올걸뭐.
立粉 난들었어요 음내권번(券番)에다니는 금선(錦仙)이한테 참크구좋대 부산, 대구(釜山, 大邱)보다두크구 음내보담으 여러수십배나된대 그리구 경치좋긴 조선안에선 그런데없다는데요 어서한번가봤으면 좋겠네.
玉順 그래두 난싫어 더러워두부모있는데가 좋아.

―「아버지」14) 가운데서

이 극작품에서는 옥순과 입분이 같은 처지에 놓여 있음에도 불구하고, 자신들이 처한 상황을 다르게 받아들이고 있다. 입분은 "우리집이나 너집이나 집에있으면 뭣먹을것있니 서숙밥은 배대로먹을것있니? 옷은 또 누더기옷말구 이런옷언제입어봤니? 거게가면 이런것보다 더좋은비단옷두 사준단다 애 그런데 넌괜이 울구야단이네"라는

---

14) 권환(1940), 『영화연화』 1월호, 영화연화사, 129~130쪽.

반응을 보인다. 그것도 모자라서 옥순을 면박주기까지 한다.

당시 영남지역의 농촌에서 허다하게 벌어지는 배고픔과 헐벗은 생활을 입분의 입으로 드러나고 있다. 어쩌면 입분의 선택은 훨씬 현실적이라는 점에서 볼 때 1940년 무렵 배달겨레에 닥친 가난의 강도는 심각한 수준이었다. 특히 여성들에게 가해지는 생활의 고통은 이중·삼중으로 드러나 있어, 입분의 말대로 "옷잘입고밥잘먹는데가 좋"은 곳이라는 생각에까지 미치는 까닭도 이해할 수 있다. 이에 반해 옥순은 그래도 "더러워두부모있는데가 좋"다면서 이 상황을 부정한다. 그러나 입분은 이런 옥순에게 자신들의 처지를 상기시켜준다. "그렇게극성을내면 넌안가그될줄아니 남한테 팔린년이." 이 말에서 이 극의 한 축을 담당하고 있는 갈등의 원인을 알 수 있다.

흉년으로 '옥순'과 '입분'은 '박두호'라는 이른바 인신 중개업자에게 팔려 평양 기생집으로 가는 길이다. 당시에는 흔하게 일어나는 배달겨레의 아픈 풍경이라는 점에서, 이 극은 현실성을 바탕으로 하고 있다고 볼 수 있다. 팔려가는 험한 상황에서도 입분은 배불리 먹여주고, 좋은 옷을 입혀준다는 박두호의 감언이설에 속아 자신이 뒷날 어떤 상태에 놓이게 될 것이라는 판단에 이르지 못한 나머지 옆에서 흐느껴 우는 옥순을 타박하기에 이른다.

입분과 옥순이 역에서 평양행 기차를 기다리고 있고, 사람장수 박두호가 잠시 먹을 것을 사러 간 사이에 극의 반전을 이끌 '노파'가 등장한다. 노파는 극에서 문제의 해결자가 아니라 극의 긴장을 더해주는 역할을 하게 된다. 특히 철없이 굴던 입분에게 현재 자신이 놓인 처지의 심각성을 일러주기도 한다. 노파는 두 처녀에게 다가와 자신이 겪은 딸 이야기를 하면서 평양으로 가는 길은 인생을 마치는 길임을 폭로한다. 두 처녀가 평양으로 가게 되면 구체적으로 어떤 일들이 일어날 것인지 알려주는 역할로서 노파는 이 극에서 매우 중요한 인물이다.

노파는 "우리경숙이두 부산(釜山)그놈말에는 부산있을께라구 하드니만 그 뒤 서울로 만주로 돌아다니다가 창병인가 무슨병이들어서 두달전에 그만죽고말었다"는 말은 입분에게는 현실을 직시하는 말로, 옥순에게는 평양으로 절대 갈 수 없다는 확신을 주었다.

노파의 등장은 특히 옥순에게 이 상황에서 벗어나야 한다는 절박감을 던져주었다. 玉順은 "문득 눈물흘리고있더니 머리르번적들어 車票산다고 出札口로向해도라서있는 朴斗浩를 잠간보더니 무슨 決心을햇는지 얼은박그로다라나간다." 그러나 마침 "朴斗浩가 車票를 사가지고나오다가 그것을보고 玉順의팔을와락잡"아버리고 만다. 옥순은 탈출을 시도해보지만 실패로 끝나버린다. 사람장수 박두호는 얼른 개찰구로 두 처녀들을 데리고 나가면서 이 극의 첫 번째 긴장된 순간은 마무리되고, 이 극의 두 번째 긴장은 옥순의 아버지의 갑작스러운 등장으로 이어진다.

老婆 (지화를 이리저리주으면서) 여보시우 여보시우 왜이래요? 이 아까운돈을?
(돈을주어서 준식을준다)
金俊式 (다시팽게질하며) 난안해요 당신들가저가요 누군든지 누구든지 돈가지고 싶은이는 다주어가오 내딸자식판돈이오.
老婆 왜못만났수 시간이지나서못나가구원 조곰만일찍왔으면 만났을걸 차가벌써 떠났지요 조고만 일찍왔으면 사람장수 그놈을부뜨렸을걸 그렇지만 색시는 이왕 멀리보낸 색시구 돈까지 내버려야되우 더구나 딸팔아받은돈을 그리구 기어리데리고올라면 내일이라두 이돈가지구가면 되지안우?
金俊式 그놈이 어디로 데리고간줄을 알어야야지우 또 평양까지가고 올차비는

어디있수 그리고 이돈을 가져가두 내일엔 내손에 남지두못하고 본래 이돈중에
반절은 내일받으러올 빗갚으려는 돈이까요.
老婆 그렇지만 어떻게하든지 이 돈을랑 집어넣으시우(돈을호주머니에너어준다)
金俊式 (다시 핵뿌리치며) 너려요 버려하고싶거근 누구든지 가저가오내가이돈는
가지구 내가먹구 빗을 갚거든 내목을 우리 玉順이팡에 찔러죽여주오 오―옥순아
나는 네 아비가 아니구 네죄인이다 너를 지옥에다 잡아넣은 죄인이다 오―옥순
아 옥순이어디갔니(하고 땅에 쓰러진다) (幕)

─「아버지」15) 가운데서

아버지의 등장은 관객들에게는 팔려가는 옥순이가 구출되기를 간
절히 바란다는 점에서 극적 긴장감의 극대화를 보여주고 있다. 그런
데 아버지가 옥순을 구출하는 길에 훼방꾼이 등장한다. 훼방꾼은 다
름 아닌 옥순의 아버지 김준식이고, 역무원들이고, 시간인 셈이다.
훼방꾼이자 해결자의 이중적 모습을 한 옥순의 아버지 김준식은 정
거장에 부랴부랴 나타나서 역원에게 다가가 옥순의 모양새를 이야기
한다.

그러나 역부는 알 턱이 없다. 그러는 사이 평양행 기차는 떠날 시
간이 다가온다. 그러자 조금 전에 등장했던 노파에게로 김준식은 다
가간다. 역시 노파는 실마리를 제공해준다. 두 처녀를 보았고, 얼른
나가보라고 한다. 여기서 노파는 반전을 꾀하는 중심인물로서 그 역
할을 다하고 있다. 노파의 말이 마치기 무섭게 "싸이렌"16)이 들린다.

김준식은 개찰구로 뛰어가 표를 구해본다. 역시 훼방꾼으로 등장
하는 시간의 지남과 마주치게 된다. 그리고 "改札口 있는대로 뛰어간
다." 그러나 "門이 벌써 닥치였다." 문을 열려고 하지만 훼방꾼 역부

---

15) 권환(1940), 『영화연화』 1월호, 영화연화사, 132~133쪽.
16) 사이렌은 극의 긴장감을 더해주는 소품이기도 하고, 결말이 비극으로 마무리될 것임을 암시
하는 장치로서 등장한다.

가 다가와 옥순의 아버지와 실랑이를 벌이는 사이에 "汽車는 停車場을어더운속울다라"나 버리고 만다. 옥순을 구출하지 못한 김준식은 이젠 두말할 나위 없이 훼방꾼 신세로 떨어지고 만다. 아버지의 무능력과 윤리의 부재를 극적인 상황설정으로 상징화시켜 보여주고자 했다.17)

훼방꾼으로 확정된 아버지는 옥순을 찾지 못한 죄책감으로 자신의 타락을 스스로 폭로하기에 이른다. 옥순을 돈 '삼백원'으로 사람장수에게 팔아버렸다는 사실이다. 그러면서 '이틀동안을 잠한점 못자구밥한술못먹고 울었'다면서 자신의 행동이 인륜을 배반하는 일임을 깨닫고 여기까지 오게 되었다는 반성이 이어진다. 이 반성은 정거장에서 김준식의 "호주머니속에서 지화한뭉치를내여 확" 던지는 장면으로 극대화되어 나타난다.

이 일은 아버지의 윤리적 반성에서 비롯된 일이지만, 이 상황은 딸을 찾을 수 있다는 작은 희망이 남아 있다는 점에서는 올바른 태도로 보이지 않는다. 노파의 말을 빌려 권환은 이야기하고 있는 셈인데, 노파는 "왜못만났수 시간이지나서못나가구원 조곰만일찍왔으면 만났을걸 차가벌써 떠났지요 조고만 일찍왔으면 사람장수 그놈을 부뜨렸을걸 그렇지만 색시는 이왕멀리보낸 색시구 돈까지 내버려야 되우 더구나 딸팔아받은돈을 그리구 기어리데리고올라면 내일이라두 이돈가지구가면 되지안우?"라고 김준식에게 말을 건다.

그런데 김준식은 "어디로 데리고간줄을 알어야야지우 또 평양까지 가고 올차비는 어디있수 그리고 이돈을 가져가두 내일엔 내손에 남

---

17) 여기서 아버지는 개인적인 관계에서 옥순의 아버지가 아니다. 배달겨레를 상징화하는 자리에도 서 있을 수 있다. 아버지의 역할 못함과 타락, 무능력은 바로 당시 나라 잃은 배달민족의 처지와 같은 것이다.

지두못하고 본래 이돈중에 반절은 내일받으러올 빗갚으려는 돈이까요”라고 하면서 딸 찾기에 대해서 포기해버리는 태도를 보이는 것이다. 특히 김준식은 평양까지 으고갈 차비가 없는 탓에 돈을 땅바닥에 뿌리게 되는 상황에서는 관객들이나 읽는 독자들에게는 무능력한 아버지로, 그리고 사람장수보다도 훨씬 윤리적으로 타락한 이로서 아버지 김준식은 놓이게 된다. 곧 김준식은 이 극문학에서의 대표적인 훼방꾼이자 현실감각이 뒤떨어진 사람으로서 자리 잡고 있다.

「아버지」는 당시 조국의 무능력과 나약한 존재를 대신하여 드러내고 있다. 그런 점에서 이 극문학은 자칫 신파극으로 나아갈 여지가 많은 이야기 구성을 지니고 있지만, 김준식의 행동을 비판적으로 그려내는 데에서 이런 우려를 불식할 수 있었다고 보인다. 이를 구체적으로 따져보면 그 이유로는 이런 비극적인 상황을 계속 제기하고 있는 아버지 김준식의 무능력한 모습으로서의 이중성이 들어 있기 때문에 가능한 일이었다.

이것은 아버지가 문제를 만들어내고, 이윽고 그 문제를 해결하기 위해 어설프게 행동에 옮기는 데 있다. 결국에는 평양을 오고 갈 차비 걱정을 할 만큼 소심한 성격이면서 합리적이지 못한 행동 때문에 올바른 선택을 할 수 없는 사람으로 아버지 김준식은 그려지고 있는 것이다. 빚더미가 지속되는 피폐한 삶 속에서 딸을 사람장수에게 팔아넘긴 윤리부재의 한 전형적 인물로서 아버지 김준식은 자리 잡고 있다. 그리고 권환은 이를 통해서 당시 사회에 드리워진 무능력을 비틀어서 고발하고자 한 것임을 짐작하게 해준다.

그런 점에서 「아버지」는 가난으로 인해 사람을 사고파는 현실의 비참한 형국을 드러낸 것에 초점을 둔 것이기보다는, 아버지의 윤리의식 부재를 비판하는 데에 더욱 관심을 두고 있다. 집단, 사회, 계급, 민족으로 범주화시켜 바라보는 사유구조에서 벗어나 개인의 발견으로 나아가는 지점에서 그는 윤리부재를 사회의 비판 원리로 삼고 있다는 점은 변화된 그의 모습을 확인하게 해준다.[18]

이상과 같이 살펴본 바, 권환의 극문학 「狂!」, 「印刷한 러브레타」, 「아버지」 등은 암울한 식민지 사회에서 살아가는 이들의 나약한 모습을 보여주는 데 주력하고 있었다. 출구를 찾지 못한 식민지 지식인의 자의식 파탄을 그려낸 「狂!」과 청년들의 어리석은 사랑에 대한 풍자를 담은 「印刷한 러브레타」, 나라 잃은 시기의 고통스러운 식민지 현실 속에서 사회적 모순과 계급적 모순에서 비롯된 가난으로 말미암아 사람장수에게 딸을 파는 지경에까지 이른 아버지의 타락한 윤리성을 전면에 내세우고 있는 것이 극문학 작품 「아버지」이다. 따라서 권환의 극문학은 부조리한 현실을 풍자하는 것을 그 특징으로 하고 있다. 이러한 풍자정신에는 강한 윤리성이 내포되어 있다는 것이 권환 극문학이 가지는 특징인 것이다.

---

18) 권환의 극문학에는 현실을 비극적이며 비관적인 시선으로 바라보고 있다. 권환의 극문학은 앞서 아동문학에서 보여준 현실 인식과 그 모색에만 머물지 않고, 보다 적극적으로 현실세계를 작가의 비판적인 시각으로 담아내려는 모습을 보여주고 있다. 그러나 이런 방식은 현실에 대한 적극성을 띠고 대응하는 모습을 보여주기는 하였지만, 그 구체적인 실천에 있어서는 현실극복에 대한 전망을 찾지 못하고, 지식인의 과도한 자의식만을 노출하는 한계를 보여주기도 하였다.

V

소설문학과
해체된 현실

　권환의 소설문학은 일본 군국주의의 암울한 시대현실에 적극적으로 맞선 대응물로서 중요한 의의를 갖는다.[1] 그런데 지금까지 권환 소설에 대한 연구들은 『농민소설집』(1933)에 실린 「木花와 콩」만을 다루었을 뿐이다.[2] 글쓴이는 『朝鮮之光』에 발표된 소설작품 「썩은 안해－監獄內의 幻夢」과 「慈善堂의 불」을 새롭게 발굴하여 내놓는다.[3] 「木花와 콩」을 포함하여 모두 세 편이 확인된 셈이다. 이를 계

---

1) 권환의 소설문학은 그의 계급주의문학의 전개 과정에 있어서 중요한 이음매로 작용하고 있다는 점에서 큰 의의를 갖는다. 뿐만 아니라, 그가 이 시기에 가졌던 문학적 전망의식의 한 양상을 구체적으로 살펴볼 수 있다는 점에서도 커다란 보탬이 된다. 그런데 지금껏 권환의 문학연구에서 소설에 대한 본격적인 논의는 전혀 이루어지지 못하였음을 앞서 밝혀둔 바 있다. 이런 바탕 위에서 권환 문학연구의 불구성은 더욱 심화되었다고 보인다.

2) 이미림(1995), 「카프의 『농민소설집』(별나라사, 1933) 연구」, 『강릉대인문학보』 20집.

3) 한 가지 덧붙여 말하자면, 학계에 그동안 소설로 알려져 있는 「앓고 있는 靈」(『學潮』 1927년 2월호)에 대한 갈래 확정문제가 남아 있다. 현재까지 글쓴이뿐만 아니라 다른 연구자들도 「앓고 있는 靈」에 대한 정확한 문헌 정보를 확보하지 못한 상태에 있다. 그 까닭은 텍스트 실체를 파악하지 못하였기 때문일 터이다. 그런데도 원본 확인 작업 없이 이 작품을 소설갈래로 확정하는 태도는 성급한 것으로 보인다. 이런 사정으로 인해 이 장에서는 「앓고 있는 靈」은 논의 대상에서 제외시키고 있음을 밝혀둔다.

기로 그의 소설문학을 따로 떼어놓고 다룰 만한 발판을 마련했다.

절망적 시대상황과 여성의 삶

권환의 초기 작품에 속하는 「썩은 안해-監房內의 幻夢」은 1927년 『조선지광』 7월호에 원소라는 필명으로 발표된 소설이다.4) 그의 소설문학 작품 「썩은 안해」는 감방에 갇힌 주인공이 꿈을 매개로 하여 문제적 주인공 B의 생각과 고민을 현실에 바탕을 두어 전개시키고 있는 작품이다. 줄거리를 살펴보면 이렇다. 소설의 주인공 B는 현실에서 일어나고 있는 불안의식을 꿈속에서 드러내고 있다. 그리고 꿈을 꾼 뒤 곧장 감방의 현실로 되돌아오는 틀로서 사건이 이루어져 있다.

주인공 B는 현실에서는 감옥에 갇혀 있는 상태이다. 이야기를 전개시켜주는 공간으로서의 꿈은 이제 막 감옥을 나오는 것에서부터 시작된다.

> 무겁고거문쇠문이 실거머니열 다. B는문밧게기다리고잇든 두서넛同志의마집을바더 ××감옥문을나왓다.
> 二年五個月이란세월이 그다지긴동안도아니엇만 B에게는 멧 世紀나지내온드시 주위의모든 것이 다 눈에실엿다. 길이니 산이니 집이니 거리에다니는사람이니모든 것이 다.
> B는 이런니약을생각해보앗다─엇든사람이 壓迫, 鬪爭, 殺戮이찻든세상에살다가 痲醉劑를먹고 地下室에갓더니 그뒤멧백년뒤에쌔여보니 세상은 모다 鬪爭, 殺

---

4) 이 소설의 작가는 '元素'로 되어 있다. 『조선지광』에 뒤이어 수록된 「慈善堂의 불」의 작가는 '權元素'로 된 점으로 미루어 '元素'라는 필명을 가진 작가는 권환밖에 없음이 명백한 것이다. 이런 생각을 뒷받침해주는 것은 이 소설의 끝에 경도에서 이 소설을 창작했다는 사실이 이를 뒷받침해준다.

戮이란말조차업는 유-토피아가도엿든란니약이를

B는 전차창문밧게잇는거리를 한번내다보앗다. 항여나 二年五個月동안에 二年五

個月의 그만치 세상이좀더 유-트피아로변해갓는가를보려고.

과연변하기는변하엿다. 그전에들어갈적에는한눈이말은나무가지를덥고잇든××공

원에 붉은사구라꼿푸른잔듸풀이덥헛잇는 것은 自然界의변천이니까말할것도업지

마는 이거리저거리에 그전안보이든 이삼층되는벽돌집이서잇고 이쪽저쪽에 그전

에못보든 現代式큰 看板들이걸녀잇는것만봐도 변하기는과연변하엿다.

—「썩은 안해」5) 가운데서

주인공 B의 독백에서 우리는 성급함을 발견하게 된다. 이런 성급함은 미래에 대한 구체적인 전망이 부재하는 상황에서 단지 의식의 과잉이 빚어낸 현상이라고 보이며, 이는 또한 지향하고자 하는 미래에 대한 작가 의식이 성급함을 보여주는 부분이다. 주인공 B가 "二年五個月동안에 二年五個月의 그만치 세상이 좀 더 유-토피아로 변해갓는가를보려"는 태도에서 이를 확인할 수 있다. 여기서 우리는 주인공 B가 감옥에까지 잡혀갈 만큼 갈망한 것이 '유토피아'임을 읽을 수 있다.

유토피아는 이상적인 공간에 불과하다. 유토피아는 현실세계에서는 도저히 이룰 수 없는 신기루와 같은 상징적 공간일 따름이다. 유토피아에 대한 주인공 B의 이러한 공상은, 이 소설 후반부의 사건들에 대해 현실적이지 못하고 추상적인 행동묘사로 대처하는 까닭이 된다. 이를 통해 작가는 유토피아라는 변화된 세상을 갈망하는 주인공 B의 의식과잉과 파탄적 행동을 그려내는 데 중점을 두고 있다.

주인공 B는 자신이 변화시키고 싶은 현실세계보다는 그의 아내가 어떻게 되었는지가 훨씬 궁금하다. 그래서 감옥에서 나오자마자 그

---

5) 元素(1927), 『조선지광』 7월호, 조선지광사.

의 숙모를 찾아가, 그의 아내 소식을 물어보고, 그의 숙모가 아마도 죽었을 것이라는 말에 낙담을 하고 만다. 이 대목은 주인공 B가 가족에 대한 강한 애착을 지닌 인물임을 알게 하는 대목이다.

이 시기 권환은 사상적 혼란 속에서 앞으로 나아갈 길을 찾기 위한 갈등과 번민의 시간을 보낸 것으로 보인다. 이런 갈등과 번민의 시간 속에서 가족이라는 울타리는 분열되는 자의식을 통합시켜주는 기제가 될 수 있다. 주인공 B의 감옥행이 혁명적 실천으로 인해 발생한 것임에도 이런 부분에 대한 언급보다는 그의 아내 찾기에만 골몰하는 점은 바로 작가의 불안한 자의식이 가족이라는 울타리 안에서 통합된 자의식을 갈구하는 욕망임을 알 수 있다.

따라서 이 소설의 중심 이야기는 아내 찾기이다. 주인공 B의 아내 찾기는 꿈속에서도 이루어질 만큼 강한 애착으로 다루어지고 있다. 그러나 숙모에게서 아내의 죽음을 암시하는 말을 듣고는 대상을 잃은 주인공의 애착은 공허함에 빠진다. 무작정 바깥으로 뛰쳐나와 길에서 우연히 만난 C와 술집에서 울적한 마음을 달래는 것은 그러한 공허함의 표현이다. 대상을 잃은 공허함이 새로운 대상을 만나는 건 주인공 B가 그전에 자주 다녔던 것으로 보이는 막다른 골목의 허름한 술집에서이다. 그 술집에서 주인공 B는 술대접하는 젊은 여성을 만나게 되고 이야기는 새로운 국면으로 접어든다. 여기서 말하는 새로운 국면은 남성 노동자들에 의해 학대받는 여성의 비참함을 여과 없이 드러내고 있다는 점에서 그렇다.

그들은 서로압뒤를쩌미며 창문을함부로열고 짓석짓석들온다. 그러나 그들은 다 각다른공장에서 일하든 職工들인 것을 첫눈에알수잇섯다. 푸른로동복에 揮發油

투성을쌧쌕야윈 職工은 印刷所 머리고옷세고 셰멘트가로를 부헌이쓰고잇는늙은 職工은 세멘트 工場, 방에들어서자말자 늬코징냄새가 색시머리기름를 투새할만치나는 얼굴누른 職工은 煙草工場. 두다리에 누른흙을 石膏彫刻가치칠하고잇는 고무카라한 勞動者는 녹가다ㅅ근 모다한번보고알수잇섯다.

—색ㄱ시 어데잇나 우리마누라어데잇나 응 자—영감이오면 썩니러나서맛는게아니라.

揮發油투성이는 △△가타오르는눈으로 B를 한번흘겨보더니 B가안고잇는색시를 쌔서가저간다.

—이자식이외이러니 외남의먀누라를안고야단을직이니 이자식이참환장을해두 예사루안햇구나. 인줘 이오라질자식.

취해붉은낫을 더욱붉히며 색시팔을잡고 쌔스러한다.

그것을보고 初期精神病者가치 기상한 表情으로 양쪽억개를들석이며 싱긋싱긋웃고잇든 늙은세멘트투성이가 나年)에도맛사지안는쏠로 와락달라들며

—이자식들외이러니 이젊은자식들이 나먀는어룬을두고 외이야단이니 참그자식들 환장일세 제어미를잡고야단을직이네 옛이자식들 세상이아무리망해들어가는말세라구 그런법이어데잇니 서양놈X놈의예법은그러니 옛이오라질녀석들 너들은가만잇서서그러면네가다훌늉한색시한테장가들들여줄테니. 하고 서로잡고싸우는 두젊은놈들을 한쪽으로퉁겨버리고 색시를쌔서제가안는다.그러니쏘두젊은김생은 미친개가치 와락다라오더니 색시팔다리를 한쪽식잡고 줄다리드시끈은다 치맛자락을쓸고머리채을단기고 젓통을잡고 목을빗틀고 서로제팔안에너으랴애를쓴다.

이런쌔는 색시는 바스켓볼처럼 이팔에갓다저팔에왓다 이가슴에털ㅋ하며논다. 색시는 너머 苦痛을 못익인드시 눈물을흘니며 哀乞을한다. 그러나그들은 들은체만체하고 試合하는마당가치 아니굼주린즘생들가치 숨을 헐덕이며 서로제소유맨들려고싸운다. 치마. 저고리. 솟것이모다찌저지고 하얀허리가쌔자나온다.

이쌔까지혼뭉세계가돼서 이웃나라에 亂動나는줄도모르고 혼자누어서 무슨군소리를하고잇는 고무카라녹아도군이 와락니러나더니 이 光景을보고는 타오르는 獸慾과 嫉妬를못익인드시 두팔을쌤스로 고란장판에달려든다.

—이자식들 이게무슨짓이야 兄嫂도모르고 아주머니도모르고 아무리무식한막버리ㅅ군놈들이라구아이구이 宋영감조차 여보 宋영감 낫개가자신이가 이게무슨짓이야 버릇업는젊은놈들중계식딜중은모르고 아이구 宋영감도 창창피하게 孫婦가튼 계집을잡고 이야단을직이지. 쏘이자식들은 멀정한 저여편애놔두고들 괜이남의마누라를쌔스러네 그자식들 참밋친개망낭이자식들일세.

—「썩은 안해」⁶⁾ 가운데서

이 부분에서 두드러지는 것은 여자를 차지하기 위한, 아니 여자의 몸을 차지하기 위한 남성들의 잔인한 폭력성이다. 짐승처럼 여자를 탐하는 이들이 대부분 기층 민중으로 대변되는 사람들이라는 것이다. 푸른 노동복을 입은 노동자들이 여자를 못살게 구는 이 장면을 작가가 부각시키고 있다.

일본 경도제국대학에서 계급주의사상 학습에 몰두하고 있는 와중에 이 작품을 썼다는 정황을 염두에 둔다면, 여성을 강제로 추행하는 남성 노동자들의 폭력을 과장되게 드러낸 것은, 작가의 마음 한 구석에 노동자들에 대한 불신감이 들어 있었기 때문이다. 이는 결국 그가 당시에는 계급주의사상에 대한 강한 애착을 보여준 것과는 다르게, 실제 현실에 있어서는 남성 노동자들에 대해서는 부정적인 시선을 두고 있었다. 타락한 남성 노동자들의 야수적 폭력으로 결국 술집의 한 이름 없는 여성이 죽음에 이른다. 작가는 이를 통해 현실의 도덕적 타락뿐만 아니라 개인 윤리의 극단적 해체를 고스란히 드러내었다.

-惠淑씨 惠淑씨 당신이 惠淑씨아니요?
서너번이러케부르니 색시는 눈은 그냥죽은드시감고 모기가튼소리로
-외 惠淑이 면뭣하게요?
-응 당신이 惠淑씨요 정말惠淑씨요 여보惠淑씨 나좀봐요 눈쓰고나좀봐요 나는 慶秀요 慶秀오늘 監獄에서나온 慶秀요 자눈을쓰고나좀봐요
B는 밋친드시부르지젓다.
그말을들은색시는 벌쩍니러나서 B를한참동안물끄럼이보더니
-慶秀씨요? 慶秀씨요 慶秀씨지만벌서 느젓슴니다.전벌서 肉體고 情神이고다 썩어진 女子얘요 罪덩어리된 女子얘요

---

6) 元素(1927), 『조선지광』 7월호, 조선지광사.

　－아니 그러치만 惠淑씨! 엇저다가이러케　서요.응 엇저다가?난이러케된줄은 想像도못햇서요.
　－물을것뭣잇세요 다저의 罪지요 이러케맨든 社會도죄가잇지만 그들을원망할것업지요 다저의죄지요 전벌서썩은지오래얘요 肉體고 情神이고다썩어저냄새가나요 그러니깐전 썩은고기가치내버리고 다른 저와가튼 悲慘한 경우에 잇는만흔 女性들 아직썩지안은사람들이나 구원해주세요 그만흔불상한 女性들을!
　하고 다시뒤로 슬그머니누으랴한다.
　B는 쏘자긔안해의팔을 와락잡고
　－아니 惠淑씨 그러치만그러치만……자……나하고…….

－「썩은 안해」7) 가운데서

　문제적 주인공 B는 야수적인 남성들을 물리치고 비극적 상황에 놓인 여성을 구출해낸다. 그리고는 방금 자신이 구출한 여성을, 자신이 감옥에 가기 전에 눈물을 흘리던 아내로 착각하기에 이른다. 술집 여성이 그의 아내로 보인다는 것은 그의 아내와 술집의 여성이 똑같은 처지에 놓여 있음을 인식하는 데에서 나온 것이다. 자연적인 동일화 과정이라기보다는 의식적인 태도에서 비롯된 것이다. 이는 작가의식의 발현으로 볼 수 있다. 그 이유는 주인공 B가 여성을 구한 뒤에 내뱉는 독백에서 찾을 수 있다. 곧 "이러케된 運命도어느 女性이든지다만낼수잇는 運命이다. 살길을차저가다가 막다른길에다드면 다이러케될수잇는일이다. 聖母의 素質은다가젓다. 그러나 冷酷한이 社會가 屠獸場에가는 소처럼 깁흔 地獄에압뒤로쓰을고가면 뉘란안돌어갈 女性이업다. 검푸르고안모늬아냄새나는 地獄에서 呻吟하는수만명 女性들은 도도다그러케눈물을흘니며쓸녀간 女性들이다. 아무리 理智的이고사랑 깁흔안핸들 이런 運命에 안쌔질만한힘을

---

7) 元素(1927), 『조선지광』 7월호, 조선지광사.

가젓다고 保證할리는업다. 내안해다 아마도 내안해다. 可憐한 이 女
性은 疑心할수업는내안해다. 그러치만 이게정말내안해면엇잘가” 하
는 대목이 그것이다.

주인공은 “신음하는 수만 명 여성들이 지옥과 같은 곳으로 자발적
으로 걸어 들어온 이가 누가 있겠는가”라고 반문한다. 곧 지옥과 같
은 이런 곳까지 온 것은 당시 냉혹한 사회가 여성들을 강제로 끌고
온 것이라는 사회적 비판을 가한다. 그러면서 이런 경우는 당시 여
성들이라면 다 함께 겪는 운명이며, 이는 당시의 사회상황이 여성들
을 어쩔 수 없이 지옥으로 내모는 상황이라는 점을 부각시키고 있는
것이다.

이런 인식에 도달하자 주인공 B와 젊은 술집 여자는 남편이 되고
아내가 되는 관계설정으로 이어진다. 그러자 혜숙은 “肉體고 情神
이고다썩어진 女子얘요 罪덩어리된 女子”라면서 스스로를 자책하기
에 이른다. 사회가 이렇게 만든 것을 이야기하지만, 결국 모든 것이
자기 탓이라는 말로 경수에게 말한다. 마지막으로 그녀는 “저와가튼
悲慘한 경우에 잇는만흔 女性들 아직썩지안은사람들이나 구원해주
세요”라는 말을 마지막으로 남기며 죽음을 맞이한다. 주인공 B인 경
수에게 남긴 혜숙의 말에는 숱한 여성들을 막다른 데로 내몰아 세우
는 비극적 현실에 대한 극복과 이를 해결해주길 바라는 애원이 담겨
져 있다. 이 시기의 여성들이 이중·삼중의 고통과 소외로 신음하고
있었음을, 작가는 혜숙이라는 인물을 통해서 그려내고 있다.

이때의 현실에 놓인 여성의 문제는, 작가의 말대로 운명적으로 비
극성을 띨 정도로 심각한 수준에 도달해 있었다. 그러나 이 소설에
서는 혜숙이 어떻게 술집에 가게 된 것인지에 대한 구체적인 상황

설정이 없는 관계로, 여성들의 비극적 현실을 보다 구체적으로 드러
내는 데에는 미흡한 것이 사실이다.

이처럼 「썩은 안해」는 식민지 체제 아래에 놓인 여성들에 대한 권
환의 애정과 관심이 빚어낸 조품이다. 또 이 작품에는 당시 여성들
의 힘겨운 삶이 단편적으로나마 제시되어 있는데, 여성의 상대적 존
재인 남성이라는 집단이 차별을 강요하는 권력체로 제시되고 있음이
그 한 보기이다.

한편, 1927년 『朝鮮之光』 12월호에 실린 소설작품 「慈善堂의
불」[8]은 자선당 건물에 큰불이 나면서 발생하는 이야기를 다루고 있
다. 이야기의 줄거리는 자선당의 활동과 운영자의 평판, 그리고 불이
난 원인에 대한 사람 사이의 갈등이다. 또한 작가의 개성이 많이 표
출되는 삼인칭 서술로서 이야기가 전개된다.

---

8) 權元素(1927), 「慈善堂의 불」, 『조선지광』 1927년 12월호, 104~116쪽. 이 소설문학 작
　품 마지막에는 "1927. 7. 일본 경도하갑서"라고 적혀 있다.

基地總坪數四百五十坪 二層木製집은 硫黃가치질타오른다.
적은 都市의 하눌을 무섭게울니는 火鐘소리.
붉은 防火帽쓰고 勇敢하게 불꼿속으로왓다갓다하는消防夫들
驚異와 好奇心으로 모허드는 群衆들!

─「慈善堂의 불」9) 가운데서

　이야기의 첫머리부터 상징성이 두드러진다. "붉은 불"이라는 용어가 주는 강렬함이 그것이다. 일상에서는 표출하지 못하는 감정들을 붉은 불을 매개로 하여 드러내고 있는 것이다. 여기서 자선당의 불은 일상적인 세계를 뒤집어엎는 계기가 되는 바, 자선당에서 생활하는 사람들에게는 매우 충격적인 사건이다. 이러한 충격적인 사건이 일탈감을 주는 까닭은 자선당의 당시 역할에서 찾을 수 있겠다.

　자선당에서의 불로 인해 이곳에 수용된, 이른바 몸과 마음이 정상적이지 못한 사람들은 졸지에 보금자리를 잃어버린다. 이들은 몸이 성하지 못한 탓에 불난 건물 앞에서 어쩌지 못하고 그저 당하고 만다. 그래서 이들은 김남작의 동상과 그의 송덕비 밑에서 아무런 대책도 마련하지 못한 채 그저 멍하니 불을 바라다볼 뿐이었다. 그런 가운데서 다시 거리로 나앉게 될 자신들의 처지를 걱정하며, 김남작이 다시 집을 지어줄까 하는 기대감도 이야기하다가, 자선당이 불에 타 없어지는 것을 안타까워하며 두 손 모아 불이 빨리 꺼지기를 기원하고 있다. 이는 자선당이 소외된 계급들에게 있어 단순한 거처가 아니라, 오갈 데 없는 이들에게 있어 삶의 보금자리요, 자기 몸을 대신 태울 수 있을 만큼의 정신적인 상징물임을 보여준다.

　기능적인 측면에서 본다면 자선당은 빈민과 병자, 사회적 약자들

---

9) 權元素(1927), 『조선지광』 12월호, 조선지광사.

을 구원하기 위해 만들어진 자선사업체일 따름이다. 이런 자선당은 김남작이라고 불리는 김선재가 만든 곳이다. 조선의 유일한 자선가인 김선재는 어느 지방 어느 계급이든지 모를 사람이 없을 정도로 이름이 나 있다. 그래서 그를 백만장자라고 부르기도 한다는 장황한 설명들이 그 뒤 이야기를 구성하고 있다.

이 소설에서 작가는 김남작의 자선활동을 상세하게 설명해놓고 있다. 김남작은 많은 자선사업을 하여 상을 수차례 받았고, 그의 행적을 기리는 동상이 세워지기도 했다. 그리고 김남작은 명예를 매우 소중히 여기는 사람으로 그려진다. 그런데 이런 동상이 세워지는 것을 작가는 처음부터 부정적인 시선으로 바라본다. 이는 자선을 “女王의 金冠가티 거룩”한 것으로 보는 작가가, 자선당의 화재가 이미 예정된 것이라는 복선을 깔고 있었던 것임을 제시한 바 있기 때문이다. 자선당의 불이 사람에 의해 일부러 저질러졌음을 암시하는 말이 나오면서 사건은 새로운 국면을 맞는다. 그들이 지목한 사람은 손서방이다. 평소에 자선활동에 대해서 부정적인 생각을 가지고 있다는 이유에서 일부 자선당 사람들은 그가 자선당에 불을 질렀다고 생각한다.

그러나 자선당의 역할을 워낙 거룩한 것으로 알고 있는 사람들에게 ‘방화’는 도저히 상상할 수 없는 것으로 이해된다. 그리고 김남작이 잠시 뒤 자선당에 도착하여, 자선당 사람들과 나누는 대화에서도 ‘방화’의 가능성은 되도록 배제된다. 김남작은 자선당에 ‘방화’란 있을 수 없는 일임을 다시 한 번 확인시킨다. 그는 그의 자선사업이 “社會民衆을 爲해서 純희생적 事業”임을 강조하고 있다. 그래서 ‘방화’는 가당치도 않은 일이다.

이처럼 '방화'라는 단어조차 머릿속에 떠올리는 것을 용납하지 않는 김남작의 태도에서 자선사업에 대한 그의 신념을 엿볼 수 있다. 자선당에 대한 방화는 "世上을 惡魔가티 咀呪하는놈이나 末期된 精神病者가아니면"은 도저히 일어날 수 없는 것으로 김남작은 생각하고 있다. 그래서 방화에 대한 그 어떤 의심도 용납되지 않는다. 곧 김남작의 자선활동은 그 스스로도 정당하고 성스러운 것으로 여기고 있음을 알 수 있게 하는 대목이다. 김남작은 방화와 관련하여 의심스러운 사항을 조사해보라는 자선당 일부 사람들의 권유를 물리친다. 그는 방화로 인해 자선당에 불이 일어난 것을 용납할 수가 없었던 것이다. 그러나 잠시 뒤 방화범이 잡히면서 김남작의 자신만만함은 반전된 결말에 이른다.

더욱 焦燥하는 金男爵의말은 썰니엇다.
―사람이면 사람으로 알고 사람으로 取扱헤줘야안됨니까.
―그럼이쌔까지 사람 取扱을안해주드란말이냐?
―모르지요 그러치만 이 慈悲가넘친다는 慈善堂에서 어린 孤兒들의 섧게우는 소리를 나는무시로들엇서요 神經쌔른 老病者들이 분해쩌러트리는 눈물쌩울을 나는날마다　서요 피ㅅ긔가아직쒸는 不具者들의분노를못익여서 부럭쥐는 주먹을 나는날마다　서요 그리고도못견대서 脫營하는 軍人처럼 逃亡해다라난사람이 각금각금잇는 것을 堂主님도잘알앗겟지요 南貢米반좁쌀반 그밥한술도고맙기야고납지요 그러치만 그밥한술보다도 우리도사람이니까 우리도(완전 삭제) 心이 잇는사람이니까 무엇보다도 사람으로 取扱해달난말이요 우리는 不具와 窮乏두가지의 不幸자대 그러나 이 두가 不幸이 모다 ××××바든 運命아닌 運命이다 咀呪할 ×××× 우리들 不具者가난뱅이로(완전 삭제) 이니하지안내! 그래서 自己들의 名譽慾, 自尊心만채우지안내! 그런 慈善 그런 同情은 우리는 感謝하기는커녕(완전 삭제) 人間에서남의 慈善이니 同情을 밧고사는이처럼불상한사람은업다 우리는 그런 二重의 불상한 사람은 되고십지안대! 우리는 慈善이니 同情×××××××!거룩하고 神聖한 金善哉堂이여! 慈善堂녀는

자선당의 불이 손두렬의 방화로 인해 발생한 것임을 확인하게 되자 김남작은 흥분과 분노로 가득 찬다. 건물이 불에 탄 것에 대한 흥분이 아니라, 자신의 거룩하고 자비심 넘치는 자선사업에 대한 도전에 맞닥뜨린 흥분이자 분노였다.

그런데 여기서 방화범 손두렬의 말에서 자선당의 이면을 엿볼 수 있고, 이는 곧 김남작의 이중성으로 이어진다. 가난한 사람, 병든 사람들을 구원하는 자선당이었지만, 실상 그 안쪽에서의 소외계급들은 여전히 비극적인 삶을 살고 있다. 곧 손두렬의 진술은, "어린 孤兒들의 섧게우는소리", "神經싸른 老病者들이 분해써러트리는 눈물쌍울", 그리고 "피ㅅ긔가아직쒸는 不具者들의분노를못익여서 부럭쥐는 주먹"들이 사실 자선당의 모습이라는 사실을 폭로하는 것이다. 현상에 나타나지 않은 본질을 작가는 손두렬을 통해 드러낸다.

손두렬이 방화를 하게 된 이유로는 제일 먼저 자선당 내의 사람들을 사람으로 대하지 않는 데서 비롯된 불만이었다. 추위와 굶주림을 면하게 해주는 것도 중요하지만, 무엇보다도 사람으로 대하여 주기를 손두렬은 간절하게 바라는 것이다. 그들을 사람답게 다하여 주지 않은 자선당은 겉으로만 자비심 넘치는 장소일 뿐 그 실상은 가축의 우리나 다름없다. 손두렬의 말에 대해 김남작은 자신의 은덕을 받는 자가 어찌 이런 짓을 할 수 있었는지, 어이없어 할 따름이다.

---

10) 權元素(1927), 『조선지광』 12월호, 조선지광사.

방화의 원인이 더구나 사람답게 대하여 주지 않은 것에 있었다는 사실은 김남작으로서는 이해되지 않았다. 김남작은 자선당에 있는 사람들은 그저 추위만 막아주고, 배고픔만을 면하게 해주면 모든 것이 해결되는 것이라 여기기 때문이다. 그러나 손두렬과의 대화에서 자선당 활동이 자선이 아니라 김남작의 동정심에서 비롯된 것이었음이 드러난다. 이상에서처럼 자선당의 본질은 손두렬의 방화라는 방식으로 폭로[11]된다.

이상에서 살펴본 바와 같이, 「썩은 안해」는 여성에게 있어 진정한 유토피아의 실현은 남성들의 핍박과 학대로부터 해방될 때 가능하다는 작가의 생각을 보여준다. 「慈善堂의 불」은 자선당에 저질러진 방화를 통해서, 그 주인인 김남작의 실체를 고발하는 동시에, 당시 자선의 본질에 숨어 허영심을 폭로한 작품이다.

농촌의 피폐와 저항 의지

「木花와 콩」은 1931년 『조선일보』에 발표되었던 작품이다. 『카프詩人集』과 『카프작가 7인집』에 이어 1933년 <별나라사>에서 간행된 『農民小說集』에 재수록 되었다. 이에 함께 한 작가로는 이기영, 송영 등이다.[12] 「木花와 콩」은

---

11) 이명희(1986), 「韓國小說에 나타난 리얼리티 研究」, 숙명여자대학교 석사논문, 15쪽 참고. "가진 자에 대하여 이루어진 비판은 사회적 제도의 비판으로 이어지고 이러한 비판과 함께 가진 자, 크게는 일제의 식민지정책에 반항적 요소를 지니게 되면서 사회적 문제가 폭로되어진다"고 지적하고 있다. 이처럼 1920년대 후반의 계급주의소설문학은 사회 현실에 대한 폭로에 초점을 맞추고 있었다.

12) 『농민소설집』에 실린 차례에 의한 발표연대와 출처는 다음과 같다. 이기영 「洪水」(『조선일보』, 1930년 8월 21일~9월 3일 자), 「賦役」(『시대공론』, 1931년 9월), 권환 「木花와 콩」(『조선일보』, 1931년 7월 16일 자), 송영 「군중정류」(『현대평론』, 1927년 3월), 「누

권환의 고향 진전면 오서리를 무대로 하여 그곳 농민들과 군청 사이
에서 벌어진 이야기를 중심으로 하고 있는 작품이다.[13]

> "래일 군청서 목화심으러오우 무엇을 심엇든지다뽑버리고 목화심은다우…"
> 동리밧 느틔나무우에서 동리소임(洞里所任)의외치는소리가 초저녁바람에 흘녀서
> 흐릿하게들린다.
> "뭐라고 웨는소린가?"
> 두윤(斗尹)이가 엽헤안저잇는 정선달한테물엇다.
> "글세 래일군청사람들이나와서 목화안심은밧헤 목화심는다는말아느야 감자나콩
> 이나 무엇을심엇든지 다뽑아버리고 목화심는다는말아니야 그소리야"
> "응그소리야 앗가구상(구장)한테들어서 벌서알엇서"
> 등잔밋테누어서 이야기책보든 재선(在善)이가 벌덕이러낫다.
> "아니 심어논곡식을 뽑아버리고 목화를심에!"
> "그러믄 (그럼) 본래 군청서심으란걸 안심엇거든"
> "뭐시! (웨!) 아무리 군청사람들이라고 심어논곡식을 쌔고 목화를심에! 말인가뭣
> 인가"
>
> ―「木花와 콩」[14] 가운데서

　"래일 군청서 목화심으러오우 무엇을 심엇든지다뽑버리고 목화심
은다우"로 시작되는 「木花와 콩」은 전달하려는 작가의 메시지가 무
엇인가를 단박에 알 수 있도톡 구성되어 있다. 관청에서 목화를 심
으라는 명령을 마다하고 농민들은 이미 밭에다 콩을 심어놓았다. 밭

前九時」(출처 확인 안 됨, 1931년 6월 3일).

13) 진전면 오서리에는 목화 재배가 많았다. 권환의 시에서는 고향을 생각나게 하는 매개물로 목
화가 중요하게 자리 잡고 있다. 『自畵像』(조선출판사, 1943)에 실린 「故鄕」(88~89쪽)은
이를 뒷받침한다. 「고향」 시에는 '내 故鄕의/욱어진 느틔나무숲/가이없는 목화밭에/푸른 물
결이 출넝거린다"는 표현이 들어 있다. 그밖에도 「木花와 콩」 마지막 이야기에는 경화동이
라는 지명이 나온다. 이곳은 당시 행정구역상 창원군 경화동이다. 오서리도 당시 창원군에 속
해 있었던 점으로 미루어 봐서 「木花와 콩」은 진전면 오서리 권환의 고향에서 일어난 일을
매개로 삼아 창작한 단편농민소설임을 확인하게 해준다.

14) 권환(1931), 『조선일보』, 7월 16일 자, 조선일보사.

에 심어놓은 콩잎들이 봄비에 잘 자라 바람에 산들산들거리면서 한창 싱싱함을 자랑하는 때인데, 군청에서는 내일이면 콩밭을 강제로 갈고 거기에 목화를 심겠다는 통지를 해온다. 마을은 그 통지를 받아 들고 긴장에 휩싸인다. 동리의 한구석 방에선 '두윤'과 '정선달', 그리고 유일한 농민조합원 '박대성'과 면장대리인 '재선'15) 등이 모여 앉아 내일 군청에서 나오는 문제로 골머리를 앓고 있다.

필성은 "한패쩌"고 있을 것으로 예상되는 동리 사람들을 만난다. 필성이라는 인물은 내일 일어날 일에 대책 없이 걱정만 하고 있는 동리 사람들에게 해결의 실마리가 되어주는 인물이다. 그러나 필성은 내일 일에 대해서 이미 알고 있음을 처음부터 동리 사람들에게 말하지 않고, "심심해 놀너왔다"며 딴청을 피운다. "날근중절모를방 가운데 휙던지고 호주머니에서 단풍토막하나를내여피운" 필성의 행동에서는 지식인이 풍기는 지적 허영심은 찾아볼 수 없다.

필성의 등장으로 인해 지금까지의 이야기는 새로운 국면을 맞는다. 동리 사람들은 필성을 "이째까지는 그저책만좀읽엇지 세상일은아무것도 모르는줄로만아럿다 농사다짓기실혀서 농민조합이나뭣이니하며 써들고도라다니다가 각금각금경찰서에나불녀가는사람인줄로만 아럿다 그리고 농민조합에서안다는여러가지는 다올키는하나사실되지도안코 관청사람에게미움만밧는" 사람으로만 알고 있었다. 그러나 필성은 내일 군청 사람들이 나와 멀쩡한 콩밭을 강제로 갈아엎을 일을 걱정하고 있는 동리 사람들에게 해결 방도를 제시해준다. 이때의 필성은 전위로서 전형적인 몫을 다한 인물이라 할 수 있다. 또 인용된

---

15) 박승극(1933)은 면장대리 '재선'을 이 소설에 집어넣은 것은 기술상으로 보아 잘된 점이라고 지적하고 있는 점이 흥미롭다.

이 부분에서 계급주의자들의 현장 지도 방식을 전형적으로 보여주고 있다는 점은 필성이 당시 현장 활동가들에게도 모범적인 인물로 기능하고 있음을 보여주는 것이다. 즉, 작가는 필성이라는 인물에게 카프문학에서 중요한 창작방식으로 자리 잡은 목적의식성을 고스란히 적용하여, 하나의 전형적인 인물을 만들어냈다는 데서 이 소설이 지닌 의의는 주목된다.

필성은 작년에 목화가 헐값으로 공동판매장에서 팔려나갈 수밖에 없었던 현실적 상황을, '단풍' 담배를 물고 차근차근 "아라듯기쉬운 말"로 동리 사람들에게 설명한다. 그 가운데 "(略)에서 농민들을목화나뽕을강제로 심으게하는 것은 농민들의리익(利益)을위해서그런것이 아니라 부산(釜山)이나 서울이나 동경(東京)이나 대판(大阪)에잇는 제사회사(製絲會社)방적회사(紡績會社)의실만들고　　벼짜는가음(原料)만들기위해서 그러는 것이다. 쏘공동판매장(共同販賣場)이란것은 농민들의편리를 위해둔것이아니라 제사회사나 방적회사들에게 헐케 사주기해둔 것이다"라는 대목은 조선이 처한 당시의 모순을 폭로하는 가장 핵심적인 내용이라 하겠다. 이는 일본 군국주의자들의 식민지 농민정책이 농민들의 이익을 위해서가 아니라 자본가들의 이익을 위한 것에 불과하다는 내용이다. 또한 공동판매장을 동리마다 앞다투어 세운 까닭도 농민들의 편의를 위해 만들어진 것이 아니라, 그 이면에는 방적회사와 제사회사로 대표되는 자본가들의 잇속을 위해 만들어진 것임을 깨우쳐주고 있다.

그런 점에서 '필성'으로 분장한 작가는 당시 식민지 아래에 놓인 농민의 상황과 농촌의 현실을 정확하게 파악하고 있다고 보아진다. 필성은 농민의 처지를 설명하는 것에 끝나지 않고, "농민이란건 현

사회(現社會)에서는 엇더한처지에잇스며 엇지하지안흐면 도저히사러 나갈수업다는 것"을 동리 사람들에게 분명한 목소리로 전달하여 그 들을 깨우치려고 노력한다.

이처럼 필성은 식민지 농업정책의 허구성을 알아듣기 쉬운 말로 농민들에게 충실하게 전달하는 사람이다. 또 필성은 계급적 목적의 식을 밑바탕으로 삼는 계급주의자의 면모를 뚜렷하게 보여준다. 이 런 점에서 필성은 전형적인 혁명전위운동가인 셈이다.

임화는 「木花와 콩」에 대해서 '그 소박 간결한 형식에 있어서나 조선의 농민문학의 새로운 방향을 제시하는 것으로 또한 조선의 문 학형식에 있어서 전혀 다른 어떤 것을 보이고 있는'16) 작품으로 추 켜세웠다.17) 굳이 임화의 말이 아니더라도 이 시기 카프농민소설이 보여준 문학의 기능적 측면은 뒷날 1980년대 노동소설과 농민소설 로까지 이어졌고, 권환이 「木花의 콩」을 통해 그 한 전형을 일찍이 보여주었다는 점에서 권환의 소설은 계급주의문학의 한자리에 놓이 는 이유를 갖는다.

권환은 "우리 예술가의 임무는 노농대중을 주체적 대상으로 한 ×× 사상의 아지프로, 투쟁감정의 경앙조직이며 그래서 그들을 ××의 길 로 인도하는 것"이라고 예술가의 임무에 대해 논설을 쓴 바 있다.18) 이 논설을 두고 본다면 그의 소설 「木花와 콩」은 이러한 그 자신의 주장을 뒷받침하는 작품이라고도 할 수 있겠다. 또한 당시의 농업정

---

16) 임화(1931), 「1931년간의 카프藝術運動의 情況」, 『조선중앙일보』, 12월 11일 자, 조선 일보사.
17) 현인은 「木花와 콩」이 "현재××목화증식의 ××적 勵行으로서 받는 빈농의 고난과 ×× 치밀한 筆로서 여지없이 묘출"한 쾌작이라고 지적한 바 있다. 현인(1931), 「프롤레타리아 藝術運動」, 『시대공론』 1월호, 시대공론사.
18) 권환(1930), 「조선예술의 당면한 구체적 과정 (8)」, 『중외일보』, 9월 13일 자, 중외일보사.

책이 식민지 한국 농민들의 이익과는 동떨어진 채 오로지 일본 자본
가들의 이익을 위한 것이어서, 농민은 농작권을 통제 당하는가 하면
농작의 자유마저 박탈당한 채 정책의 희생양이 될 수밖에 없었다.

「木花와 콩」은 이러한 당시 사회의 경제적 모순구조를 담고 있다
는 점에서 당시 농민의 이해와 요구에 즉각적으로 대응한 '현장소설'
로서의 의미도 지닌다고 하겠다.19) 이는 당시 박승권(1933)이 이 소
설에 대해 "朝鮮南道의 實情을 取材한 生生한 作品"으로 평가한
데서도 알 수 있다. 또 복자처리 된 곳이 유난히 많고 검열에 의해
많은 부분이 삭제되면서까지20) 일본 군국주의자들의 농업정책을 고
발하고자 하였고, 농촌 경제의 파탄과 생존을 위한 농민들의 몸부림
을 적극적으로 표출하고 있다.21)

1920년대 배달겨레의 통괴 위기는 서민들의 일상적 삶으로까지
번져 심각한 수준으로 치닫고 있었다. 식민지 상황에서 겪는 배달겨
레의 삶은 비참한 현실의 연속이었다. 특히 1920년대부터 자행된 산
미증산계획은 농민들의 삶을 강제로 재편하면서 수많은 유이민을 양

---

19) 「必成」의 木花와 콩은 栽培獎勵等과 共同販賣에 對한 正體說明과 아지프로적 談話로
말미암아 覺醒이되고단합을해서 드디여일을 일으켯다는 것은 自然스러운 描寫이며 그를 契
機로하여가지고 ××농조 ××지부경화동반이 成立되엿다는것도 必然的 歸結이라고할
것이다. 박승극(1933), 「Book Review 『農民小說集』 農民文學問題와關聯하야 (三)」, 『
조선일보』, 12월 14일 자, 조선일보사.
20) 이 소설의 마지막에 『附記』를 마련해두고, "이 小說의 原名은 『목화강제재배』인 것을 事
情上 『木花와 콩』으로 發表한것입니다"라고 설명한다. 제목 그대로 게재하기 힘든 상황이
었음을 강조한 것이다.
21) 임화(1931), 「1931년간의 카프예술운동의 정황」, 『조선중앙일보』, 12월 1 일 자, 조선중
앙일보사. 임화는 '그 제재에 잇서서나 또 소박간결한 형식에 잇서서나 조선의 농민문학의
새로운 방향을 제시'한 것으로 평가하였다. 이갑기(1932)도 '권환 및 김남천군은 아직 소설
노작에 많은 경험을 가지지 못하였음에도 불구하고 최근에는 어더보지 못할만한 걸작(『예술
운동의 전망』, 『비판』 1월호, 비관사)'이므로 노동자와 농민에게 주었으면 하는 소설이라고
평하였다. 또한 송영(1932)도 이 소설에 대해서 '어느정도까지의 부분적 성공을 한 작품(「
1932년의 창작의 실천방법」, 『즈선중앙일보』, 1월 10일 자, 조선중앙일보사)'이라고 평가
한 바 있다.

산해내는 데까지 이르렀다.22) 더불어 일본은 1930년대 초부터 식민지 공업화 정책을 실행하였다. 이는 식민지 공업화를 위한 원료공급기지화 정책으로 농정의 중심이 옮겨진 것이라 할 수 있다.23) 이러한 일본의 식민지 농정 정책 변화로 농민들의 배고픔은 이전보다 더욱 심각한 수준에 이르게 된다.

이 시기는 식민지에 대한 총독부의 강압적 경제정책으로 인해 왜곡된 산업구조가 형성되었고, 이와 더불어 비자본제적 생산양식이 다양하게 병존하면서 식민지 경제구조의 틀이 갖추어졌던 때이다. 이러한 식민지농업정책과 그에 따른 생산구조는 식민지농민을 소작농민화하였으며, 농민의 빈곤을 가중시키는 원인이 되었다. 즉, 이 시기의 토지조사사업, 산미증산을 위한 수리조합사업들이 식민지농촌에서의 토지겸병을 촉진시켰고, 이는 중소지주층, 자작농, 자소작농을 급격히 몰락시켜 급기야 대부분의 농민계급을 소작농민으로 전락시켰다. 이러한 사회경제적 구조를 인식한 권환은 「木花와 콩」을 통해 식민지의 농촌을 구체적으로 그리고자 하였고, 그 터에 얽매여 사는 농민계급의 삶을 그리고자 하였다. 이런 점에서 이 소설은 당대 계급주의문학의 앞자리에 놓일 만큼 그 목적의식과 투쟁성을 담아내는 데 충실한 작품으로 평가받을 만하다.

권환의 소설 「木花와 콩」이 갖는 의미는, 일본 식민지 농업경제가 불러일으킨 본질적인 문제들을 구체적으로 다루고 있는 것과, 이에 대해 대응하는 방식이 구체적으로 제시된 점이다. 아울러 당시의 검열제도를 감안할 때, 식민지 농촌의 현실을 단순한 구조를 통해

---

22) 한국민중사연구회 엮음(1986), 『한국민중사 Ⅱ』, 풀빛, 151～162쪽.
23) 정연태(1995), 「1930년대 일제의 식민농정에 대한 재검토」, 『역사비평』 봄호, 역사비평사, 121～122쪽.

알아듣기 쉬운 일상어로 폭로하고 있다는 점도 이 소설이 갖는 장점
이다.

　지금까지 글쓴이는 1927년에 발표된 「썩은 안해－監房內의 幻夢」
과 「慈善堂의 불」을 발굴함으로써 권환의 소설문학에 대한 본격적
인 논의를 펼쳤다. 그가 일본 경도제국대학 시절에 집중적인 관심을
보인 갈래임을 새롭게 밝혀낸 것이다. 경도제국대학 시절의 권환이
현실에 대한 본격적인 계급적인 대응을 실험적으로 시도하고 있음을
그의 소설문학은 보여주고 있다. 이를테면 작가는 현실에 대해서 개
인적인 대응과 극단적 방안을 보여주는 것이 1927년에 창작 발표된
소설문학이다. 그런 반면에 그가 경도제국대학을 졸업한 뒤, 일본 동
경 카프지부에서의 조직적 활동 경험을 쌓게 되고, 또 계급의식이
공고하게 되면서 그의 의식은 앞 시기와는 다른 질적인 변화를 불러
일으켰다. 마침내 그는 '과학적 계급주의'라는 이념의 별을 발견하였
고, 그러한 각성이 있은 다음에야 「木花와 콩」 같은 작품을 쓸 수
있었다.

　이런 점에서 권환의 소설문학은 당시 현실세계와의 개인과 사회
사이에서 일어난 불화의 구체적인 양상, 곧 남성들의 무자비한 폭력
과 그로 인한 여성의 삶의 해체, 반항으로서 방화, 그리고 농민들의
집단적인 저항 등을 드러내었다.

VI

시문학과 급진적 계급의식

    1930년대의 권환 시문학의 전개는 카프의 운명과 그 맥을 같이 한다. 식민지 현실과의 접점에 서 있었던 권환에게 시문학은 모순된 현실의 대응에 큰 몫을 지니고 있었다. 카프의 활동과 해산, 그리고 광복기로 이어지는 흐름 속에서 시문학은, 현실에 적극적인 응전의 모습을 갖춘 갈래로 자리 잡는다.[1] 따라서 이 장에서는 권환의 시작품을 연구 대상으로 삼아 문학세계의 전개 양상을 구체적으로 살피고자 한다. 그리하여 그의 계급주의문학의 실천과 성과에 대해 상세하게 고찰하고자 한다.

---

[1] 권환(1930), 「시평과 시론」, 『대조』 1930년 6월호. 권환은 투쟁의 무기로서 시를 선택한 까닭은 가장 단촉하고 간약한 말 가운데 가장 강렬한 감정을 담아 그것을 다른 대중에게 전달, 흡입시킬 수 있었기 때문이라고 말하고 있다.

계급 실천으로서의 아지프로시

권환의 카프조직 참여는 그의 시를 더욱더 계급적이고, 사회적인 영역으로 나아가게 했다. 권환은 계급문예운동의 한 방편으로서 시가 자리 잡게 될 때, 비로소 그 시적 가치를 부여받는다는 인식에서 출발하였고, 그리하여 과거의 문학적 흐름과는 다른 새로운 흐름을 이끌었던 시인이었다. 1929년 카프동경지부에서 발행된 『無産者』에 실린 「이꼴이 되다니」는 그의 첫 작품에 해당된다.

> 尹아―
> 그러면 잘잇거라
> 同志들의 사랑속에잘잇것라
> 우리는 일이밧버가야겟다.
> 그래서 우리가우리고국에도라가면
> 네이약이를 우리수백만勞動大衆의게소리처주리라.
> 그래서 우리의게도너갓흔담대무적한투사가잇섯든걸
> 우리는×들을미워하는마음으로 힘과熱을지으란 이
> 라―치의말을아르케주마.
> 尹아 그러면잘잇거라
>
> ―「이꼴이 되다니」[2] 가운데서

'尹'이라는 성을 가진 구체적인 청자는 일본에서 계급활동을 하다가 경찰에 잡혀 모진 고문을 겪은 사람이다. 말할이인 나는 고국으로 돌아가기에 앞서 그를 찾아본 뒤, 그에게 이별의 인사를 던지면서 그의 안녕을 빈다. 이별 인사라는 극적 형식을 지니고 있는 시다. 윤이라는 동무는 1928년, "작년 2월부터 맵고 센 외바람이 불어" 많

---

2) 권환(1929), 『무산자』 6월호, 무산자사, 42∼43쪽.

은 동지들이 일본의 경시청에 잡혀갈 때 그들 가운데 끼어 있었다. 尹은 그 가운데서도 "가장 용감하고 대담 무려한 투사"였다. 그러나 1928년 10월, '놈'들의 폭압적인 취조에 "병신된 몸"으로 나와 기동이 어려워 누워 있는 신세다. 말할이는 진즉에 그 일을 알았지만 "길이 멀고 일이 바빠"서 오지 못한 일을 무척 미안해하고 있다.

이 시에서 "가장 사랑하는" 혁명투사의 전형화된 인물로 그려지고 있는 '윤'이 겪었을 일들이 실제 상황처럼 구체적이다. 현실성과 현장성이 돋보인다. 게다가 청자 지향적인 목소리는 독자들에게 시의 극적 현실감을 더한다. 말할이의 메시지가 들을이에게 고스란히 전달되도록 했다. '놈'들과 붙였던 고투어린 정황이 박진감 있게 드러난다. 따라서 말할이가 다짐하고 있는 바와 같이, "우리가우리고국에 도라가면" 수천 노동자들에게 '윤'이 고난스럽게 투쟁한 모습을 알려주겠다는 목소리는 그대르 그러한 투쟁을 읽을이들에 부추기는 권고의 목소리로 되돌아온다. 계급시의 선동적 요소가 잘 드러나는 작품이다.

못난「스갑푸」가 쥐색기 치럼 빠저 나간다고
妨害돼서 못할진대야
너들의 가진 ××에 떨려서
中途에 ××할진대야
우리는 애초에 ×××× 시작 안했슬게다
「나폴레온」의 ×××도 무서운「××」의 ××가 우리에게 없
섯드라면
우리는 애초에 금번 ×을 시작도 안햇슬게다

機械가 쉰다
우리는 손에 팔줌을 끼니

돌아가든 **數千 機械**도 命令대로 一齊히 쉰다.
위대도 하다 우리의 ××틱!

—「停止한 機械」³⁾ 가운데서

이 시는 공장 노동자와 자본가 사이의 계급 모순을 파업이라는 구체 행동을 통해서 드러내고 있다. 따라서 "停止한 機械"는 파업을 감행한 노동자의 집단 행동을 뜻한다. 자신들을 끊임없이 소외시키는 생산도구, 곧 '기계' 앞에서 소처럼 묵묵히 일만을 강요당한 노동자들의 사보타주와 파업의 정당성, 그리고 그들의 투쟁을 격려하는 목적을 분명히 하고 있는 시다. 식민지 조선 노동자들의 처지에 대한 강한 공감을 지니지 않으면 결코 이를 수 없는 표현이다.4)

"가죽 調帶에 감겨 뼈까지 가루된 兄弟를 보고도/아무말 업시 눈물찬 눈물만 서로 깜박이며 그냥 돌니든 機械"로 표현된 현장 노동자의 슬픈 마음자리가 고스란히 전해져 온다. 시인은 '기계'로 대표되는 자본가계급에 대한 분노와 저항을 파업이라는 구체적인 사건을 통해 담아내는 데에 소홀하지 않았다. 식민지 자본가 계급의 본질을 '폭로'하고자 하는 권환의 의도가 잘 살아나는 시다. 게다가 이 시는 임금투쟁이라는 경제투쟁 단계를 넘어 정치투쟁의 단계로까지 나아가려는 노동자들의 의식 전환 과정을 이야기하고 있다. 볼셰비키시의 전형이라는 평가를 받아 모자람이 없다.5) 정치실천 또는 정치운

---

3) 권환과 여럿(1931), 『카프詩人集』, 집단사, 19~24쪽. 이 시는 1931년 『朝鮮之光』 90호에도 수록됨.

4) 권환(1930), 「무산예술운동의 별고와 장래의 전개책」, 『중외일보』, 1930년 1월 22일 자, 중외일보사. 권환은 이 글에서 "우리 예술가도 될 수 있는대로 노농대중과 같이 ×××생활을 실제로 체험하여 또 그들 속에 들어가서 그들의 생활을 실제로 관찰해 보아야 힘 있고 생기있고 파끓는 산 우리의 예술작품을 지을 수 있다"는 점을 강조한 바 있다.

5) 이런 평가와 한편 김억은 이 시를 '표현으로서의 힘과 熱이 없는 시'라고 비판하고 있다. 김억(1932), 「『카프시인집』 서평」, 『동광』 2월호, 동광사.

동으로서 볼셰비즘을 충실히 반영하고자 함으로써, 혁명적 계급투쟁의 무기로서 시가 어떻게 활용될 수 있는가를 모범적으로 보여주고 있다.

> 뼈와 심줄이 아즉도
> 봄바람에 자라난 풀대처럼
> 연하고 부드러운 나어린 少年
> 부자집 자식 가트면
> 따뜻한 해빛이 덥펴잇는 풀밧 우에서
> 단 菓子 씹어가며 뛰고놀 나어린 少年
> 부자집 자식 가트면
> 공기조흔 솔숲 놉흔집 안에서
> 글배우고 노래부를 나어린 少年이다
>
> ―「少年工의 노래」[6] 가운데서

　권환의 선동적이고 선전적인 모습은 어른들의 세계에만 국한되어 있는 것이 아니라 어린 노동소년들에게까지 확대되어 나타난다. 이 시에 나오는 '부잣집 자식'은 "따뜻한 해빛이 덥펴잇는 풀밧 우에서"와 "공기조흔 솔숲 놉흔집 안에서" 살고 있다. 그에 비해 가난한 우리의 어린 소년은 "햇빛 업고 검은 먼지찬 製鐵工場안/무겁고 큰 기계 아페서" 땀 흘리고 열심히 일하며 산다. 그러나 결국 "아무것도 어더간 것 ×는" 우리 "少年工"과 부잣집 자식을 서로 대립시켜 묘사한 뒤, 이러한 빈부 사이의 모순을 극복하기 위해서 싸우자는 강한 전투의지를 보여주고 있다.

　1연과 2연의 대조적인 "부와 빈"의 모순 앞에서 어린 소년들은 결

---

6) 경환(1930), 『조선지광』 11월호, 조선지광사, 14~15쪽.

코 서러워하거나 아쉬워하며 자탄에 빠지지 않는다. 이들은 선배들이 보여준 투쟁의 모습을 거울삼아 이제는 "××아프다고 울기만 하지 말고", "우리도 얼른 힘차게 억세게 잘어나서/용감한 그 아저씨들과 가치", "수백만 우리처럼 가난한 사람들"을 위해서 투쟁하는 용감한 어른이 될 것을 다짐한다.

또한 이 시는 나라 잃은 시기에 제도 배움으로부터 소외된 어린 소년공의 현실과 열악한 노동 현장에서 고통받는 어린 노동자의 참상을 동시에 담아내고 있는 작품이다. "글 배우고 노래 부를" 기회마저 박탈당하고, "가난"으로 인해 "해빛업고 검은 먼지칸 제철공장안 무거운 기계 앞"으로 내몰리는 식민지 현실 아래에서 어린 노동자들이 계급모순의 최대 희생자임을 폭로한다.

뿐만 아니라 "아침부터 느진 저녁"까지 이어지는 노동의 대가가 모두 주인영감에게 돌아가는 자본제적 모순관계를 목격하고, 그에 맞서 싸우는 아저씨들이 일본 군국주의의 상징인 "경찰서"에 잡혀가는 폭압적인 현실도 보여준다. 이런 상황에서도 어린 소년공은 울고 있을 게 아니라, 얼른 힘차게 자라나서 "주인영감"으로 전형화된 자본가계급과 싸우는 데 힘써야 한다는 속내를 이 시는 효과적으로 보여주고 있다.

堕落奸婦
背叛者
그놈들을 모조리 모라내버리고 쏘차내버리고
이놈의 ××에나 이기도록 하자
그래서 열번을지면 열번을
백번을지면 백번을

일으나고 일어나서
익일째까지 싸워보자
×××머리를 쌍까지 숙일째까지
…(六月)…

―「머리를 쌍까지 숙일째까지」[7] 가운데서

이 시에서 권환은 '그놈'들로 지정된 타락간부, 배반자, 곧 소부르주아지들에 대한 원한과 분노를 격렬한 어조로 터트리고 있다. 그런 뒤 "그러치만 우리는 지고난××을 공연히 분하다만 하지말고/다시 니러날 準備나하자"면서 조직의 전열을 다시 가다듬는다. 그리고 "그놈들을 모조리 모라내버리고 쪼차내버리고/이놈의 ××에나 이기도록 하자"면서, 계급주의적 원칙에 벗어난 행동으로 조직에 손해를 끼치는 무리들을 우리 조직 안에서 말끔히 일소하자는 적의를 보여준다. 이것은 이른바 분리 뒤 결합 원칙인 '복본주의'를 권환이 철저하게 관철시키고 있음을 보여준다. 비타협적인 계급주의 원칙은 "그래서 열번을지면 열번을/백번을지면 백번을/일으나고 일어나서/익일째까지 싸워보자"며 전위적 행동을 옹호하는 방식으로 나아간다.

권환은 흔히 경제주의 투쟁이나 사회민주주의를 주장하면서 계급투쟁전선을 교란하는 자들과 여러 사업을 함께 하면서 얻은 교훈으로 그들과 결국엔 함께 할 수 없음을 주지시키고 있다. 그런 점에서 계급투쟁전선에서 훨씬 위험한 적들은 부르주아지가 아니라 소부르주아지들이라는 사실을 인식하고 있는 셈이다. 사회민주주의자들로 포장된 소부르주아지들이야말로 계급투쟁 전선에 합류하여 목표를 흩트리고 결정적인 순간에 타협을 모색하여 전체 노동자계급의 사기

---

7) 권환(1930), 『음악과 시』 9월 창간호, 음악과시사, 12~13쪽.

를 저하시키는 계급임을 폭로하는 것이 이 시의 주된 목소리이다.
이처럼 권환은 카프 안에서도 소부르주아지들의 행동과 언동이 위험
수위에 도달했다는 판단에 이르자 이들 계급의 비겁성을 폭로하는
데 힘을 쏟았다.

그런 점에서 이 시는 긴급한 현실적 사안에 대응한 시로서 그 역할
을 충실히 하고 있다. 이처럼 아지프로시는 분초를 다투는 긴박한 상
황에 즉각 대처할 수 있는 양식상의 틀을 지녔다. 구체적 시간과 장
소, 사건들의 적절한 배치를 통해서 현실성을 강하게 드러내고 있다.

우리들을 녀자이라고
가난한 집 헐벗은 녀자이라고
밀초처럼 누른 마른 명태처럼 뺏뺏 야윈
가난한 집 녀자이라고
×들 마음대로 해도 될 줄 아느냐
고래가튼 ×들 욕심대로
마른 우리들의 ×를
젓 빨 듯이 마음대로 빨어도 될 줄 아느냐
×들은 만흔 리익을 거름(肥料)가치 길러가면서
눈꼽짝만한 우리 싹돈은
한없는 ×들 욕심대로 작구작구 내려도
아무 리유 조건도 없이
신고 남은 신발처럼
마음대로 들엇다 ××처도 될줄 아느냐
　　　　　　　　　　　　 ―「우리를 가난한집 녀자라고」[8] 가운데서

먼저 이 시는 「우리를 가난한집 녀자라고」 하는 제목에서부터 계
급적인 색채를 물씬 풍기고 있다. 또한 "이노래를 工場에서이라는

---

8) 권환(1930), 『조선지광』 6월호, 조선지광사, 3～5쪽.

數萬名 우리姉妹에게보냅니다"라는 부제에서는 구체적인 독자들로 공장에서 일하는 여성노동자들을 지목하고 있고, 그들을 고무, 선동하기 위한 목표로 쓰인 작품임을 알 수 있다. 1920~30년대 일제강점기 이 땅에서 '가난'과 '여자'라고 하는 이중적 불평등, 곧 계급모순으로 인한 불평등과 남녀 사이의 불평등이라는 두 가지 매개고리를 효과적으로 활용해서 계급의식을 고취하고 계급투쟁을 선동하려는 시이다.

이 시는 내용상 세 단락으로 구분할 수 있다. 곧 "될 줄 아느냐(굶주리게 하느냐)"가 반복되는 첫째 단락과 "먹어봐라(식혀봐라)"가 반복되는 둘째 단락, 그리고 "겁낼줄아냐─싸우리라"로 맺어지는 마지막 단락이 그것이다. 그러고 보면 이 시는 내용적인 면에서 "될줄아느냐/안된다", "해봐라/못할 것이다" 그러므로 "겁내지않고/싸우리라"라고 하는 의미상 호응관계를 내포하고 있다. 따라서 이 시가 단호한 거부와 부정, 그리고 결의에 찬 다짐이라는 비교적 단순한 짜임새를 지녔다.9) 안남미 밥과 쌀밥, 기숙사 집, 커튼과 피아노가 있는 집들에서 보이는 현실에서의 구체적인 대조 관계를 통해서 자본가와 노동자 사이의 계급적 대립의 근원을 감정적으로 보여주고 있다. 특히 이중·삼중의 고통 속에 신음하는 여성노동자들에 대해 자본가들이 자행한 억압을 폭로하고 있는 점은 여성해방이라는 관점으로 볼 때 눈여겨보게 되는 시적 시도로서 현재적 의미까지도 지닌다.10)

---

9) 김재홍(1990), 「볼셰비키 프로 시인, 權煥」, 『카프시인비평』, 서울대학교출판부, 198~205쪽.

10) 앞서 살펴본 바와 같이 권환의 소설 「썩은 안해」도 식민지 여성의 고난과 아픔에 대해 관심을 보인다.

한바탕꿈-허황한 꿈이엿다
나는 두눈을 부비며 머리를흔들엇다
붉은표딱지부튼 목패가
여전히 벼가운데 서잇다
그것은 모진 염나대왕의 화신(化身)갓다
나는
「꿈이엿구나 꿈을 깨여겟구나」부르지즈며
괭이를 잡고 일어낫다

-「언덕우의꿈」11) 가운데서

　이 시에는 "짓는게라고는 이것뿐인 닷마지기소작답"을 가지고 사는 소작농이 말할이로 등장하고 있다. 앞서 노동자들을 대상으로 삼은 것과 달리 소작농을 내세운 시라는 점이 남다르게 보인다. 가을 바람이 부는 언덕 위에 올라 대대로 지어온 자신의 소작답을 바라보는 소작농민은 피곤한 몸이지만 꿈에 차 있어 보인다. "구수-한 벼 익는냄새를/코안에 슬슬 불어들인다/나는 벼를 착착 비엿다/한것 비엿다/그래서 도급긔(踏扱機)로 △△ 흘럿다/금사락이가티 하-얀쌀이/산덤이가티 쏘다적나온다/"라는 말할이의 목소리에는 희망으로 부푼 마음이 담겨져 있다. 1년 동안 땀 흘려 수확한 벼가 "금사락이가티 하-얀쌀"로 바뀌는 풍경은, 농민들에게는 힘든 농사일로 지친 무거운 팔다리를 시원하게 풀어주기에 충분하다. 이 쌀은 허기진 아내에게, 그리고 아이들에게 웃음을 가져다주는 보물이다.

　이처럼 농민들의 마음자리는 소박하고 순박한 것이다. "보기만해도 대고(大鼓)가티" 배부르게 하는 쌀을 만들어내는 '다섯마지기 소작답'은 말할이에게는 자신의 삶에서 너무나 소중한 땅임을 이 시는

---

11) 권환(1933), 『조선중앙일보』, 11월 12일 자, 조선중앙일보사.

보여준다. 그러나 시적 말할이는 여기까지가 꿈이었다는 사실에 무척 실망한다. 그리고 현실로 되돌아와 "여전히 벼가운데 서잇"는 "붉은표딱지부튼 목패"를 보면서 "모진 염나대왕의 화신(化身)갓다"는 말을 한다. '목패' 일본 군국주의자들이 배달겨레의 토지를 착취하기 위해 자기 식대로 시행했던 토지조사사업의 표식이다. 결국 '목패'는 농민을 토지로부터 떠나게 만들었던 상징적인 의미다.

> 그래서 일만 마치면 노름과 싸홈박게 한줄 모르는 이 광
> 산에
> 우마가튼 대우도 충실하게 바들줄 박게 모르든 이 광산에
> 불평과 ××와 화×을 뿌리주며
> ××과 싸우는 우리들의 軍鱉-組슴을 맹들이 노코간 그대를
> 그래서 늙은 배암 가튼 광산주가 음흉한 꾀로 우리를 속
> 이러 할대
> ……불경긔 핑계 대고 적은 임금을 또 내리러 할때
> ……리유 조건도 없이 동무들을 쪼치 내러 할때
> 밤잠을 안자고 가만 가만 우리들을 차저 다니면서
> 우리들 가슴속에 가지고 잇는 불평과 ××의 하×에다 류
> 항불을 부쳐주어
> ××과 끗까지 싸우게 하는 그대를
> 우리는 다만 한 광부 우리들의 즈흔 동무만으로 알엇더니라
> 다만 침착하고 세상일 잘알고 정다운 동무만으로 알엇더니라
> 다만 한 조흔 동무만으로 알엇더―라
>
> —「그대」[2] 가운데서

　　위의 시 「그대」는 노동자가 투쟁을 통해 단련되어, 어느 순간에 혁명전위로서의 행동에 이르게 되는 과정을 보여주고 있다. 광산이

---

12) 권환과 여럿(1931), 『카프시인집』, 집단사, 25～28쪽.

라는 구체적인 장소를 배경으로 두고 거기에서 함께 일하는 동료 노동자의 눈을 통해서 혁명운동가의 당당한 자세를 드러내고 있는 시이다. 이 시에는 1929년을 전후하여 '노동자 속으로! 공장으로! 광산으로!'라는 행동 슬로건 아래 본격적인 현장 침투활동을 벌인 혁명 전위들의 전형적인 형상들이 충분하게 들어 있다.

이때껏 "조혼 동무만으로 알엇"던 동료 광부는 "우리들이 일 마치고 모혀 안즌 자리 한구석에서/×들이 엇더케 엇더케 우리들의 ×××××어 먹는가/또 우리 로동자는 엇덧케 엇더케 그들과 싸워야 한다든/차근 차근하게 잘 알어듯게 친절하게 말해주는 다만 한 조/혼 동무만으로" 알려져 있었다. 그런데 그는 튼튼한 노동조합을 만들어 놓았고, "늙은 배암 가튼 광산주가 음흉한 꾀로" 불경기를 이유로 임금을 삭감하거나, 이유 조건도 없이 동무를 쫓아내려고 할 때 "밤잠을 안자고 가만 가만 우리들을 차저 다니면서/우리들 가슴속에 가지고 잇는 불평과 ××의 하×에다 류항불을 부쳐주어/××과 끗까지 싸우"게 만들어준 이였다. 그를 "×××에 끌녀 보내고 난뒤 한달된 인재야", "땅미릅 파고 다니는 숨은 지도자/朝鮮의 ××의 한 사람인줄을" 알았다고 말할이가 뒤늦게 깨닫는 과정이 극적으로 드러난다. 좋은 동무로만 알고 있었던 그는 이 시 마지막 연에서 드러나고 있는 바와 같이 지하에서 비밀스럽게 활동하는 혁명전위가였다.

시인은 놈들에게 잡혀간 투사를 두고 "그대는 우리의 가장 미더운 지도자의 한 사람"이었다고 회상하고 있다. 이렇듯 이 시는 "지하운동가의 활동상을 통해 노동계급의 사상적 결속을 확고히 다지고 운동 목적의 명확성과 그 실제 활동의 통일성을 확보하고자 하는 볼셰비키의 투쟁노선을 선명하게 제시한 작품"13)이다.

이처럼 1930년대 초 권환의 시에 나타나는 선전성과 선동성은 여느 계급주의 시인들의 시들과 구별되는 뚜렷한 특징이다. 권환 시는 생생한 노동현장을 바탕으로 삼아 그 속에서 삶을 영위하고 있는 근로대중의 삶을 구체적으로 형상화하여 드러냈다. 노동 현장성에 기반을 둔 창작방식은 당시 낭만성을 띤 단편서사시와도 뚜렷한 차이점을 보여주면서 이들의 관념성을 뛰어넘는 데까지 나아갔다. 이 시기에 나온 권환의 시들이 생활의 밑바탕에서 자기의 서정을 분출시키고 있다.

1920년대 말 프로문학에서 제창된 사실주의 길로의 창작적 지향을 선구적으로 실천해 나아갔던 것처럼 그는 이 시들에서 '그들'이 아니라 '우리'의 처지와 생활을 노래했고, 무산계급의 입장에서 무산계급의 목소리로 각오와 투쟁을 뿜어 올렸다. 이는 마치 무산계급이 직면한 생활의 실상을 펼쳐 보여 그 근원을 밝히고 아울러 무산계급으로 하여금 각성을 촉구하여 그들을 깨우치려는 데까지 나아가고 있는 것처럼 보인다. 더구나 시에 사용된 생활자의 감정과 말투는 계급의식의 고취와 계급투쟁에로의 선동을 일반적인 외침이나 호소로서 머물게 하지 않고, 생활의 울림으로까지 나아가 시가 설득력을 갖게 하는 데 기여하고 있다. 이런 면에서 이 시기 그의 시는 프로시 문학의 대중화에 실천적인 기여를 하였다고 평가할 수 있다.

---

13) 김재홍(1990), 「볼셰비키 프로시인, 權煥」, 『카프시인비평』, 서울대학교출판부, 218쪽.

1935년 9월 무렵, '카프 해산'과 '전향서약서 제출'이라는 외부적 요인과 더불어 1년여 동안 계속되었던 재판, 게다가 미결수로서의 감옥생활로 인해 폐결핵은 점점 악화되었고, 결국 공적 담론이었던 아지프로시 창작은 결말을 맺고 만다. 이 시기 그의 시가 개인 내면에 대한 탐구로 옮아간 것은 당대 현실의 폭압적인 요인과 폐결핵이라는 개인의 투병에서 비롯된 까닭이 큰 것이라고 볼 수 있는데, 이것은 그의 시가 앞서 있었던 아지프로시와는 다른 방향으로 나아갈 수밖에 없는 이유이다.

> 明日이 萬— 없다면
> 이 썩어가는 두肺쪼각을 그냥 그대로 물끄럼이 보고만 있을 게다
> 酸素를 「칼슘」을, 「비타민」을 주려고 애쓰지도 않고
>
> 明日이 萬— 없다면
> 나는 푸른등불밑 커다란 芭蕉옆에서 人形같은 그女子와함께
> 마음껏 한것 알콜瓶을 빼고 춤을추며 노래할게다
> 발바닥이 아프도록 숨이차고 눈물이 나도록.
> 누구를 꺼려서 누구를 위해서 그렇게 못하겠니?
>
> —「明日」[14] 가운데서

이 시는 암흑기 현실 아래에서 좌절한 한 계급주의자의 삶을 아슬아슬하게 지탱해주는 지렛대가 무엇인가를 단적으로 보여준다. 폭압적인 시대 상황 속에서 시인은 그래도 나름대로 현실을 극복하고자 하는 삶의 의지와 방향을 제시한다. 이 시에서 말할이가 굴욕적인

---

14) 권환(1943), 『자화상』, 조선출판사, 3~6쪽.

삶을 살아가는 이유는 '명일이 잇다'는 믿음 때문이다. "명일이 만일 없다면" 말할이는 "이 쓴 웅담을 당과처럼 달게 꺽꺽 씹그 있지 않을" 것이고, "명일이 만일 없다면 이 썩어가는 두 폐조각을 그냥 그대로 물끄러미 보고만 있을 게다 산소(酸素)를, 칼슘을, ㅂ타민을 주려고 애쓰지도 않았을" 것이라고 말할이는 힘주어 말한다. 반드시 미래에는 꿈을 성취해내고야 말겠다는 굳건한 마음은 말할이가 어려운 시대를 견디며 살아가는 이유이고, 이는 곧 권환 자신이 마음 한 구석에 묻어둔 굳은 의지였다.

五色玲瓏한 水晶宮이
風船같이 커진다
겨드랑밑에 올라가는 水銀柱-따라
…… (줄임) ……
구름같은 「달리아」 다
노랑나비여 마음대로 날어라

나는 푸른 별을 찾아서
힌 안개 속을 헤매나볼가?

-「病狀斷想」[15] 가운데서

이 시도 정신을 혼미한 지경까지 이끈 폐결핵이 시적 동력으로 작용한 작품이다. 여기서 말할이는 병원에 누워서 "겨드랑밑에 올라가는 水銀柱-따라" "五色玲瓏한 水晶宮이/風船같이 커지는" 육체의 파탄을 그린다. 온드계의 붉은 줄이 오르내리는 것, 즉 온도계의 변화에 따라 육체는 시인의 의지와는 상관없이 '풍선'처럼 부풀어 올랐다 내렸다를 반복하고, 말할이는 그것에서 파탄의 기미를 느낀

---

15) 권환(1943), 『자화상』, 조선출판사, 46~47쪽.

다. 그럼에도 말할이는 마지막 연에 와서 고통을 극복하려는 의지를
보인다. 곧 "힌 안개 속" 같은 현실의 혼미한 상황에서도 "푸른 별"
을 찾아 나서는 강한 의지력과 죽음에까지 몰고 가는 고통 속에서
현실적 대응에서 물러서지 않는 강인한 정신력을 보여준 시가 이 시
라고 하겠다.16)

　　동사(銅絲)처럼 굳은 혈관
　　달빛같이 식은 정열
　　빙주(氷柱)처럼 얼어붙은 심장

　　외 아름다운
　　황랍(黃蠟)같은 미ㅡ라여

―목내이(木乃伊)17) 전문

　내心腸은

　　새까만 石炭덩어리
　　내 血液을봐도알 것이다

　　새까만 石炭!
　　그렇지만 불에 탈때면
　　새빨가지는 石炭

―「石炭」18) 전문

　　위의 시는 혈관이 굳고 심장이 얼어붙을 정도로 폐병이 악화된 몸
을 미라로 상징화시켜 드러낸 작품이다. 혈액을 석탄덩어리로 드러

---

16) 권환(1941), 「병상단상―R에게」, 『조광』 12월호, 조선일보사.
17) 권환(1943), 『自畵像』, 조선출판사, 50쪽.
18) 권환(1943), 『自畵像』, 조선출판사, 60쪽.

낸 것도 폐결핵 때문이다. 폐결핵의 고통은 권환 스스로 개인 탐구의 서정으로 나아가는 것을 방해한다. 그러나 글쓴이가 주목하고자한 것은 권환이 자신의 몸에 퍼져 있는 폐결핵을 대상화하여 접근한점이다. 이것이 이 시기 권환 시에서 발견되는 특이한 시적 발상이다. 폐결핵을 대상화하여 바라보는 태도에서 "황랍(黃蠟)같은 미-라여"와 "새까만 石炭!/그렇지만 불에 탈때면/새빨가지는 石炭"과 같은 표현이 살아날 수 있었다. 육체와 질병이 한데 있다고 인식되는순간, 목숨은 물론 시적 긴장도 파탄 지경에 이를 수 있다.

결핵으로 발생하는 열은 그의 내면에서 일고 있는 격렬한 신호였다. 결핵환자는 열정, 곧 육체의 소멸을 가져오는 열정으로 인해 단지 '소모되는' 사람으로 인식되기도 한다.[19] "불에 탈 때", "새빨개지는 석탄"의 비유도 자신의 몸에서 일어나는 폐결핵균의 격렬한 활동을 매개로 한 객관적 상관물이다. 열을 심하게 앓고 난 뒤 결핵환자 권환의 몸은 소진되어갔다. '소모되는' 몸과 열정의 이미지는 결핵이라는 병을 통해서 카프 해산으로 빚어진 자기반성의 강도를 더욱 높이는 계기로 작용한다.

이렇듯 권환은 폐결핵을 대상으로 삼아 이를 격리시킨 뒤 그것을바라보는 방식을 통해 시적 파탄으로 나아가기도 하였다. 이 시적방식은 자연스러운 과정에서 비롯된 것이 아니라 권환의 의식적인노력에서 빚어진 결과물이다.

이 시기 권환을 개인 서정으로 이르게 한 매개물은 '과거'다. 이매개는 카프 해산 뒤에 드러나는 시들이라는 점에서 눈여겨볼 만하다. 과거의 시간 속에서 오랫동안 갇혀 내면의 갈등을 빚어내는 풍

---

19) 수전 손택, 이재원 옮김(2002), 『은유로서의 질병』, 도서출판 이후, 36쪽.

경은 이때 나온 시에서 발견된다.

> 거울을 무서워하는 나는
> 아침마다 하ー얀 壁바닥에
> 얼굴을 대보았다
>
> 그러나 얼굴은 영영 안보였다.
> 하ー얀 壁에는
> 하ー얀 壁뿐이었다
> 하ー얀 壁뿐이었다

ー「自畵像」[20] 가운데서

이 시는 아무 것도 할 수 없는 극한 상황에서 몸부림치는 시인의 자의식 파탄을 극명하게 보여준다. 일본 군국주의 탄압과 감시는 시인의 행동과 말, 심지어 자신의 내밀한 자의식마저 흔들어놓을 만큼 끝 간 데 없이 심하게 이루어진다. 이 현실적 상황 때문에 "어떤 꿈 많은 詩人"은 "하ー얀 壁"에 꼼짝달싹하지 못한 채 갇혀 "「第三의나」……「第四의나」……「第○○의나」까지 둘러싸여" 괴롭힘을 당하고 있는 것이다. 한편으로 이런 극한 상황을 권환은 극한 자의식의 표출을 통해 "'第二의나'가 따라 다녔드란다/단 둘이 얼마나 심심하였으랴"고 애써 아무렇지도 않은 것으로 진술한다. 그러나 이것은 이를 극복하기 위한 안간힘으로 이해되어야 마땅하다.

이 시는 자의식의 분열로 고통받고 있는 권환의 내면풍경을 엿볼 수 있는 대표적인 작품이다. 권환의 자의식 분열은 이미 그가 극한 상황에 도달했다는 증거로 받아들여진다. 이 시기에 와서 권환은 바

---

20) 권환(1943), 『自畵像』, 조선출판사, 25~26쪽.

깥세상과 담을 쌓고 있었던 것으로 보인다. "거울을 보기 무서운"
것은 패배에 사로잡힌 흉한 내면의 자신을 보기가 싫었던 탓이다.
이런 패배감은 당연히 곧장 왜소화된 시인의 고독감으로 드러나기
마련이다.

> 푸른 꿈도 다 깨어버리고
> 누른 悔恨도 다 살아버리고
>
> 黙黙할 검은 電信柱를
> 行列을 지어들어간다
>
> 힌눈을 소리없이 밟으면서
> 비ㄴ 골속을
> 빈ㅡㄴ 골에는
> 까치(鵲)한마리도 날지 않는다

-「電信柱」21) 전문

'푸른 꿈'을 깨어버린 자리에 선 시인은 현실에서 벗어나 자꾸 좁
은 곳으로 들어가려 한다. 그만큼 자의식은 바깥세상과 문을 닫고
앉았다는 뜻이다. 이는 자기 왜소화에서 비롯한 것이기에 곧장 삶에
대한 포기로 나아갈 위험성을 안고 있는 듯하다. "힌눈을 소리없이
밟으면서" 시인의 내면 깊숙한 "비ㄴ 골속"으로 들어가 보지만, 시
인을 대면해주는 이 없고 "까치(鵲)한마리도 날지 않는" 장소에 이
르러서는 진한 고독감에 둘러싸인 작아진 시인의 마음자리와 마주치
게 해준다.

　이처럼 내면의 자의식에 대한 권환의 창작활동은 계급주의 문학운

---

21) 권환(1943), 『自畫像』, 조선출판사, 54쪽.

동에 대한 자기반성이 아니다. 곧 자신으로 인한 가족들의 고통에 대한 자기반성인 셈이다. 특히 맏이로서의 책임과 부모의 기대에 미치지 못한 아들로서 껴안는 죄책감은, 이 시기에 접어들면서부터는 부쩍 도드라져 보이기 시작한다. 아래의 시는 내면 성찰의 길 위에 선 시인의 마음자리를 보여주는 본보기이다.

―「까마귀」[22) 가운데서

이 시는 까마귀를 등장시켜 시적 화자와 까마귀 사이의 대화를 중심에 놓고 있다. "나는 어쩐 일인지 가을철 特有의 센티멘탈한 感興에 사로잡혀 부―현 아침 煙氣가 허허리를싸고 있는 앞山을 바라보며 노래를 불러" 보는데 갑자기 까마귀가 나타나서 "그만 두어요ㅅ"라는 말을 하게 된다. 가을빛으로 물든 하늘 아래에서 말할이는 노래를 부른다. 이때 불길한 까마귀가 느닷없이 나타나 꾸짖듯이 말을 한다. 말할이는 "기가 막혀 어안이 벙벙"하고 "가슴엔 붓그러움과

---

22) 권환(1944), 『倫理』, 성문당서점

분한감정이 뒤범벅되어 차을라'왔다. 그 까닭은 까마귀가 "날짐승中
에도 가장 拙劣한 歌手인때문"이라고 말하고 있지만, 사실은 노래
때문만은 아니다. "그러턴 저리턴 당신 노랜 단한사람인 당신 愛人
도 울리지 못한 노래"를 브르고 있다는 점에서 까마귀의 해코지는
시작된 것이다. 덧붙이자면 가까운 사람들조차도 설득하지 못한 채
대단한 구호와 담론만을 생산해낸 카프는 까마귀로 비유된 존재에
의해 비난을 받고 있다. 말할이는 이처럼 까마귀를 내세워 담론 생
산에만 집중된 카프를 비판하그 그것을 통해 자기반성의 계기를 마
련하고자 한다.

<blockquote>
幸福의 色彩를 보압습니까?
幸福의 重量을 달어봤읍니까?
幸福의 公定價格을!
또―幸福의 配給制度를 아십니까?
運命의 規律을 아십니까?
運命의 理想과 心情을 아십니까?
運命의 領域가 歷史를?
또 運命의 方向과 速力을 아십니까?
높은 장대우에 걸린 運命의 기빨
灰色 구름속에 펄렁거린다.
</blockquote>

―「운명」23) 전문

이 시에는 말할이의 내면 갈등이 심각한 상태에 놓여 있음이 드러
난다. 말할이는 '행복의 색채, 중량, 공정가격이 존재하는가'라고 묻
고 있다. 그에 대해 말할이는 이미 답을 생각하고 있다. 행복은 눈에
보이지 않는 추상체일 뿐이다. 그래서 행복 추구의 욕망은 헛된 것

---

23) 권환(1943), 『自畵像』, 조선출판사, 80~81쪽.

일 수 있다. 그러나 추상체이기 때문에 누구나 개인의 내적 욕구에 따라 행복을 느낄 수도 있고, 그렇지 못할 수도 있다. 문제는 당시의 현실 속에서는 사람이 가질 수 있는 최소한의 내적 욕구마저도 충족될 수 없다는 사실이다. 결국 개인적 자아는 추상적인 행복의 추구와 그 좌절만을 반복할 따름이다.

말할이는 운명에 대해서도 물음을 던진다. 운명의 방향을 개척하지 못하기 때문에, 이상과 심정, 영역과 역사, 더욱이 운명의 방향과 속도를 말할이의 손으로 제어할 수 없는 지경에 빠져 있다는 것을 보여준다. 말할이의 내면 성찰이 갈등으로 진전되면서부터 "높은 장대우에 걸린 運命의 기빨"은 "灰色 구름속에 펄렁거리"는 처지에 놓이고 만다. 그런 점에서 이 시기에 증폭되는 갈등의 강도는 훨씬 커져 자기 스스로의 의지로 극복할 수 없을 것 같은 패배감이 시 내부에 도사리고 있다. 그러나 권환은 자아의 파탄으로 나아가는 것을 늘 경계한 까닭에 고결한 정신주의로 이를 극복하고자 노력한다. 이런 극복 노력은 그의 시 안에 서정의 공간을 잠시 만들어놓기도 한다. 이 시기에 와서 권환의 시에 개인 서정이 도드라져 보이는 까닭은 이 때문이다. 이는 앞서 전향서 제출과 은둔으로 이어지는 과정에서 그가 보여준 지식인의 내면갈등과 그 가운데 드러나는 좌절의 고통을 겪은 뒤에 얻어진 성찰이다. 따라서 그가 이 시기에 빚어내는 개인서정의 공간 역시 계급적인 현실인식에 뿌리를 두고 있다고 말할 수 있다. 그러나 이러한 서정으로의 도피는 오래 지속되지 못한다. 왜냐하면 현실에 거리를 두는 것 자체가 식민지 지식인의 태도로서는 적합하지 않다는 생각을 권환은 떨칠 수 없었던 탓이다.

　　박꽃같이 아름답게 살련다
　　흰 눈(雪)같이 깨끗하게 살련다
　　가을 湖水같이 맑게 살련다

　　손톱 발톱밑에 검은때 하나없이
　　갓 탕건에 먼지 훨훨 털어버리고
　　축대 뜰에 띠끌 살살 쓸어버리고
　　살련다 박꽃같이 가을湖水같이

―「倫理」24) 가운데서

이 시는 말할이가 내면갈등의 과정을 거쳐 삶에 대한 긍정적 세계
관을 갖게 되고, 더불어 오랫동안 눈길을 둘 수 없었던 서정적인 대
상물의 소중한 가치를 새삼 깨닫게 된 것을 노래한 것이다. 시인의
맑은 심성과 그 삶의 모습을 가장 극명하게 표현한 고백적 작품이다.
지극히 신변적인 내용을 다루고 있으면서도 시인의 정서는 맑고 깨
끗한 이상 추구에 삶의 궁극 목표를 두고 있다. 이 시의 밑바탕에는
유교적 순결성이 놓여 있다. 「倫理」의 시에는 고결한 정신주의가 그
밑바탕을 이루고 있다. 권환은 당시 어쩔 수 없이 선택한 전향으로
인해 "손톱 발톱밑에 검은때 하나없이", "갓 탕건에 먼지 훨훨 털어
버리고", "축대 뜰에 띠끌 살살 쓸어버리고" 싶을 정도의 정신적인
깨끗함을 추구하는 것이다.

권환의 개인 성찰의 서정시를 이어내는 마지막 매개물로서 '고향'
에 대한 향수는 중요한 자리에 놓인다. 그 가운데서도 고향집과 어
머니는 중요한 시적 주제이자 대상이다. 이 자리에선 권환의 시에
아름다운 서정의 폭이 넓어지고 깊이가 더해지는 것을 발견할 수 있

---

24) 권환(1944), 『倫理』, 성문당출판사.

다. 그 또한 이 자리에 머물러 있었을 것으로 짐작된다.

저건너 江언덕
감나무숲 욱어진속
한낫에 닭우는소리
은은히 들리는 그 동리엔

걱정두 미움두 아무것도 없고
색시란 색시는 다 海棠花같이 아름다운

어릴 때 난 언제나 생각하엿습니다.

—「추억」25) 전문

이 시에서는 말할이는 미래로 나아가는 것을 전혀 보이지 않는다. '저'라는 수식어를 통해서 말할이는 과거의 옛 장소로 눈을 돌린다. 강 언덕 감나무 우거진 속에 한낮에 닭 우는 소리가 은은하게 들리는 곳은 "걱정두 미움두 아무것도 없고", "색시란 색시는 다 海棠花 같이 아름다운" 장소이다. 그러나 이곳은 어릴 때의 장소이다. 말할이가 자꾸만 눈길을 과거의 시간 속으로 돌리려는 것은 현재의 자리에서 미래와 현실에 대응할 힘이 소진된 상태임을 말해준다.

오늘도 두할머니
홰나무 밑에 나와앉엇다

청파 다섯단 물크러진 홍시 일곱 개
아즉도 남엇다 흙먼지 부—허케

---

25) 권환(1944), 『윤리』, 성문당서점

經學院 긴 골목은 벌서 저구러
밧부게 오고가는 사내들 색시들
뉘하나 돌보지도 않엇다

외 두할머니에게 福이있으읍소서

—「두할머니」26) 전문

　이 시는 "經學院 긴 골목"에서 한나절이나 앉아서 "청파"와 "홍시"를 팔고 있는 두 할머니를 가슴 저미게 바라보는 시인의 시선이 담겨 있다. 특히 "다섯단 남은 청파"와 "일곱 개의 홍시"가 "아즉도 남"아 "흙먼지 부─허케" 쌓이는 장면에서는 시인이 발걸음을 한참 동안 멈추고 서서는 우두커니 바라다보기도 했을 것이다. 그러면서 한평생 자신 때문에 마음 졸이면서 고생하시는 어머니 생각에 홍시마냥 가슴 한쪽이 뜨거워지기도 했으리라. 곧 두 할머니와 시인의 어머니는 서로 겹쳐지면서 동일화로 나아간다. 그러다가 날은 저물고 "뉘하나 돌보지도 않는" 그 할머니의 신세는 곧 자신이 현재 처한 처지와도 이어진다.

　이렇듯 개인 서정으로 나아간 권환의 시들은 대부분 1935년 카프 해산 뒤의 작품들이다. 이 시들에는 자기반성과 갈등, 그러면서도 미래에 대한 작은 소망이 현실과 욕망의 형태로 갈등관계를 이루고 있다. 카프가 해산된 뒤 권환의 문학은 개인 서정성으로 나아가는 경향을 보여주었다.

　뿐만 아니라 일본 군국주의의 무차별적 탄압에 대한 권환의 시적 대응은 내면영역에 대한 철저한 탐구로 이어졌다. 좀체 변할 것 같

---

26) 권환(1944), 『윤리』, 성문당서점.

지 않은 폭압의 현실 속에서 그는 누구도 침범할 수 없는 내면의 마음 한쪽에 자신을 정위시키고 암울하기 짝이 없는 당대 시대현실과의 지속적인 대응 관계를 유지하고자 하였다. 그리하여 권환의 시는 이 시기에 이르러 병마에 시든 자신의 육체에 대한 반성과 과거 행동에 대한 성찰을 통해 유년시절의 고향으로 되돌아가려고 하였다. 공적인 현실 문제에서 물러서 개인 영역으로 나아가려는 양상에 다름 아니다. 그 양상은 집단과 민족, 그리고 계급 범주에서 벗어나 개인 범주로 옮겨가는 과정이었다.27)

광복기 현실의 비판적 시정신

을유광복(1945. 8. 15)은 권환을 새로운 대응국면으로 이끌어내었다. 그 국면은 남북의 분단을 확정하는 두 외세의 등장에서 비롯되었다. 일본 군국주의 아래서 40년간 제대로 된 삶을 살 수 없게 만들었던 식민지 처지에서 벗어나 새로운 국가 건설의 기회는 미국과 소련이라는 두 외세의 세력 다툼으로 인해 원천적으로 봉쇄당하고 만다. 광복기(1945. 8. 15~1948. 8. 15)는 남북분단을 고착화시키는 데 명분을 쌓아가는 과정이었다. 북한엔 김일성을 중심으로 한 친소련 정권이 들어서고, 남한은 이승만을 중심으로 한 친미 정권이 들어서, 그 대립은 극에 이르게 되었다. 정치적으로 볼 때 광복기는 이미 배달겨레의 분단이 예견되던

---

27) 권환의 전향서 제출과 카프의 해산, 그리고 은둔적 생활로 이어지는 현실에서 그의 시가 개인 내면의식으로 집중되는 것은 현실도피로 보일 수도 있다. 그러나 내면탐구로 가는 도피의 길은 권환에게 있어서 그리 순탄치가 않았다.

시기였다.28)

―「獅子같은 羊」29) 가운데서

이 시는 광복된 뒤 처음 맞이하는 기미만세의거를 마음속 깊이 기뻐하는 말할이의 흥분된 어조로 구성되어 있다. 흥분된 어조로 말미암아 '판에 박힌 증오유발적인 상투어구'30)라는 평가를 받기도 한 시이다. 이런 평가를 위해 임화의 시 「三月一日이 온다」31)가 비교되기도 한다. 절제된 어조를 사용한 임화에 비해 권환의 위의 시는 격정적인 어조와 상투적 구호들로 이루어졌다는 지적도 있다. 그러나 광복을 맞이한 뒤 처음 맞는 기미만세의거 기념시라는 점을 염두에 둔다면 격정적인 어조는 당연한 일로 받아들여질 수 있다.

특히 "三十年동안 우리가 단한번 살아본 그날"이 기미만세의거로 다가오는 것이고, "놈들이 갖어 무서워히던 그날"이므로 "三月一日"은 "永遠히 잊지못할" 그날인데도 나라가 빼앗겼기에 우리 겨레는

---

28) 광복기에는 각기 다른 정치노선을 가진 세력들이 숱하게 조직을 만들어내고 있었다. 하나같이 45년 만에 찾아온 새로운 국가건설이라는 목표를 두고, 자신들의 정치목크에 부합된 나라를 만드는 데 온 힘을 쏟았던 시기였다. 이 흐름에는 문학인들도 예외가 될 수 없었다.
29) 朝鮮文學家同盟詩部 역음(1946), 『三一紀念詩集』, 建設出版社, 6~9쪽.
30) 유종호(1995), 「시와 정치적 전언」, 『시란 무엇인가』, 민음사, 219쪽.
31) 朝鮮文學家同盟詩部 엮음(1946), 『三一紀念詩集』, 建設出版社, 34~38쪽.

마음껏 노래도 부르지 못하고 무거운 쇠 굴레에서 벗어나지 못하였
다. 그런데 광복은 "마음껏 노래할" 수 있는 날이기에 그 의미는 크
다고 할 수 있다.

―「노들강」[32] 가운데서

광복을 노래한 이 시에는 감격과 환희가 노들강처럼 철철 넘쳐흐
른다. 자유 조선에 넘쳐나는 조선민중들의 환희와 기쁨이 노들강으
로 도도하게 흘러, 하나의 거대한 역사로 길이길이 남아 있도록 하
는 바람이 절절하게 표현되어 있는 시이다. 다시는 일제 강도들에게
나라를 빼앗기는 수모를 당해서는 안 된다는 단단한 각오의 마음도
이 시에 녹아 있는 것이다. 광복되기 전 일본 군국주의의 압제 아래
에서 고향의 감나무 동산에는 자장가 소리마저 끊긴 지 오래다. 일
본의 폭압적 착취로 농촌이 해체되면서 토지로부터 배제된 많은 소

---

32) 권환(1945), 『建設』 제1호, 新建設社, 6~7쪽. 이 시는 1946년에 나온 『解放紀念詩集
　　─홰ㅅ불』(우리 文學社)에 다시 수록되어 있다.

작농들이 남부여대하여 동북삼성으로 유랑 길을 떠났기 때문에 사람들이 떠난 고향에는 아이들의 자장가 소리는 들리지 않았다. 그런데 광복이 되자 조선의 산과 강들도 생기를 얻어, 일본 군국주의 아래의 억압된 삶을 상징하던 "누른 개수물", "비리내", "썩은내", "구린내" 들이 온전하게 먼 바다로 흘러 들어가기를 원하는 것이다. 그리고 썩은 노들강이 맑고 푸르게 되어 배달민족의 공동체가 다시 복원되기를 비는 마음은 "한낮"에 "닭우는 소리"로 상징화되어 나타나기도 한다. 이처럼 자장가 소리와 닭 우는 소리는 훼손된 배달겨레의 삶을 상징적으로 복원하고자 하는 매개로서 자리하고 있다.

> 외 얼마나 苦待하였느냐
> 이날이 오기를
> 얼마나 기다렸느냐
> 數많은 朝鮮의 대중들은
>
> 험ㅎ고도 멀었다
> 그대의 걸어온 가시 길
> 또다시 그러나 멀고 험하리라
> 앞에 놓여 있는 가시 길도
>
> 자라나거라 그대여
> 씩씩하게 튼튼하게
> 우리들의 터전 우에서
> 붉은 기ㅅ빨 아래서
>
> —「그대」[33] 가운데서

이 시 「그대」는 광복을 닺이하여 지하에서 활동하던 혁명전위들이

---

33) 권환(1946), 『解放紀念詩集-홰ㅅ불』, 우리文學社, 12~15쪽.

바깥세상으로 나오는 모습을 보고 감격스러워하는 목소리를 담고 있다. 농촌에서 공장에서 광산에서 민족해방을 위해 싸워온 투사들이 광복을 맞이하여 지하생활을 마감하고 다시 민중에게로 돌아온 것이다.34) 이들을 바라보는 말할이의 목소리에는 미래에 대한 희망이 들어 있다. "이제야 나왔구려 그대는 大地를 울리는 解放歌와함께 씩씩하게 나왔그려 蒼空을 덮은 붉은 기빨 아래"라는 대목에서는 구체적으로 감옥에서 나오는 혁명전위들을 보여준다. 모진 일본 군국주의 폭압에 맞서 꿋꿋하고도 건강한 모습으로 나오는 그들에게 조국의 미래를 기대하는 듯 그들을 "찬란한 太陽"으로 표현하고 있다.35) 이처럼 권환의 시는 광복기에 이르러서 민중들의 구체 현실에서 제기되는 미래에 대한 설계를 고스란히 보여주고 있다. 당시 배달겨레의 숙원은 민족의 자주통일이며, 나라를 제대로 만드는 일이었기에 낭만성을 제기할 여력이 없었던 것이다.

---

34) 박세영(1946), 「解放以後의 詩壇槪評」, 『우리문학』 1946년 2월호, 우리문학사, 105~106쪽. 박세영에 따르면 "권환 作. 「그대」(『해방일보』). 過去에있어서 權煥氏는카프詩人으로서 數많은 傾向詩를發表한분이다 일즉이 「나는북쪽거리로」와같은 좋은 作品을쓴분이다. 이詩人는 그言語에 잇서서 多少貧困을느끼게 되나, 그 自身이 創作에 對한 成實과 熱에서나오는 眞實한 態度로서 이를 補充하게된다. 그러므로그의 詩는 繁華한 修辭도없는 마치 素朴한 木器를 對하는것같다. 弱한듯하면서도 가장 強하고 革命的이다. 오늘의 沈鬱은, 苦痛은, 明日의 光明을 探求하려는 意圖가 숨어잇다. 그리고 內容을 具體的으로 表現하는데는 一長이잇는 것이다. 「그대」속에서보면 「퍼붓는 눈보라 비ㅅ바람속에/百번이나 일어난그대/千번이나 일어난그대//나왔구려 이제야 씩씩한 그얼굴/나왔구려 아침하늘의 찬란한太陽같이」 革命鬪士의 荊蕀의 鬪士生活을그렸다 오랫동안 地下運動을하든 우리의 革命鬪士들의모습을 이렇듯表現하기도 어려운일이다. 그 鋼鐵같은 鬪志와 百折不屈의 精神은 빛나는 太陽같은 「解放」을 가저온것이란 意圖일 것이다. 이 詩에서보는바와같이 「鐵」속에서 같은 것은 좀더 再考할必要가잇다고 生覺한다. 어쨌든 傾向詩에잇서서 「그대」는 높이評價할만한 作品이다"라고 밝히고 있다.
35) 혁명투사를 찬양한 시에서 더 나아가, 북조선노동당과의 세 대결을 염두에 둔 시들을 권환이 발표하기에 이른다. 그것은 「朴동무」(『해방일보』, 1946년 1월 26일 자, 해방일보사)이다. '朴동무'는 남조선노동당의 총수였던 박헌영이다.

그리고 춤추자
얼시구
절시구

동무야 그렇지만
醉하진 않으련다
醉하진 말어라
오늘밤 이 술엔

한잔은 남기자
來日을 위하여
한곡존 남기자

來日을 위하여
또 한가닭 아직도 남은
「土着」의 쇠사슬을
마저 끈어버릴 그 날을 위하여
썩은 새끼처럼 산산이 마디마디

오늘엔 醉하지 말어라
來日에 한껏 醉하련다

—「쇠사슬」36) 가운데서

이 시는 광복된 지 한 달여가 지난 시기에 나온 것이다. 권환은
당시 무엇을 가장 시급하게 해결해야 할 것인지를 명확하게 밝히고
있다. "三十六년 동안 얽매고 감었던 '하노마루'의 모진 쇠사슬이
썩은 새끼처럼 끊어진 이 날에" 얼씨구 춤을 추는 것은 당연한 일이
고 마땅한 것이다. 그런데 말할이는 "醉하진 말어라"라고 한다. "오
늘엔 취하지 말어라/내일에 한껏 취하라"는 말을 잊지 않는다. 이는

---

36) 권환(1946), 『해방기념시집─횃ㅅ불』, 우리文學社, 16∼18쪽.

곧 광복이 되었다지만 민중들의 시급한 요구에 대해 권환은 "또 한 가닥 아직도 남은/「土着」의 쇠사슬을" 끊어버리는 과제가 남았음을 분명하게 이야기하고 있다. 여기서 말하는 토착의 쇠사슬을 끊어버린다는 것은 반봉건상태에 머문 농민의 해방을 뜻하는 것이고, 또한 일본 앞잡이들에 대한 심판을 뜻한다. 이처럼 권환은 1945년 8월 15일 을유광복을 완전한 광복으로 받아들이고 있지 않았다. 배달민족 앞에 가로놓인 숱한 난제들을 제기하고 이를 극복하고자 하는 노력을 권환은 시를 통해서 드러내고자 하였다.

> 아서라 어서 가거라
> 한 마리도 덤비지 못하리라
> 民主主義의 잎을
> 民主主義의 꽃을 갈거먹는 벌레
> 民主主義의 뿌리를 파먹는 벌레
> 팟쇼, 獨裁, 支配慾의 化身인 벌레
> 힛틀러 뭇소리니 化身인 벌레
> 모조리 밟아버리라 쫓아버리라
> 朝鮮花園의 모든 검고푸른 害蟲을
>
> 그래서 봉싱봉실 피리라
> 아름답게 피리라
> 朝鮮의 꽃
> 民主主義의 꽃
> (一九四六, 三, 二0, 病席에서)
>   –「古宮에 보내는 글—美蘇共同委員會에」37) 가운데서

이 시에서 글쓴이는 권환이 당시 미소공동위원회에서 남북의 통일

---

37) 朝鮮文學家同盟詩部委員會 엮음(1946), 『年間朝鮮詩集』, 雅文閣, 13~16쪽.

문제를 논의하는 일에 있어서 큰 관심을 나타내고 있음을 확인하게 된다. 아직 미소에 대한 기대감이 있었기 때문에 "힛틀러", "뭇소리니"를 몰아내는 화신으로서 미국·소련은 존재하는 것이다. 미국과 소련이 "世界에 民主主義의 씨를 뿌리고/世界의 民主主義꽃에 물을 주는" 국가로 비추어지는 것이 흥미롭다. 권환은 이 시에서 미·소공동위원회가 조선의 민주주의를 꽃피울 수 있도록 협력하라는 뜻으로 이 시를 병석에서 창작한 것으로 보인다. 민족의 통일에 대한 염망과 민주주의에 대한 갈망이 녹아 있는 것이다. 그래서 조선의 곳곳에 민주주의 꽃이 만발할 수 있도록 그 꽃을 갉아먹는 반민족적인 무리들을 몰아내는 데도 역량을 집중시켜야 한다고 보고 있다.

어서 가거라 가거라,
너이들 갈대로 가거라,
물샐 틈 없이 바위처럼 뭉치려는
우리 民族의 統一을 爲하여
맑은 玉같이 틔끌 없는
우리 나라의 建設을 爲하여
聖스러운 朝鮮을 爲하여

외 벌서 찬란한 太陽이 떠오른다.
동녘 하늘이 밝어온다
요란히 들리다 참새 짖는 소리
어서 가거라 도깨비들아
무서운 魔鬼들아
어둠의 나라로
머언 地獄으로

―「어서가거라―民族叛逆者, 親日分子들에게」[38] 가운데서

---

38) 권환(1946), 『해방기념시집―횃ㅅ불』, 우리문학사.

광복기에 놓인 배달겨레에게 있어 남북의 통일은 지상 과제였다.
그러나 각 분파로 나누어져 서로 갈등과 오해가 증폭되는 바람에 대
립만 심화되는 혼란한 시기였다. 이런 지상과제를 획득하는 데 가장
큰 방해물로 권환은 일본 앞잡이들을 꼽았다. 일본 앞잡이들의 청산
의지는 당대 지식인들이 모두 공감하고 있던 터이다. 위의 시는 "帝
國主義 품안에서 살이찐" 부왜인들은 광복이 되자 잠시 몸을 숨기
고 있다가 시간이 지나면서 서서히 다시 나라를 만드는 데 중요한
자리를 차지하는 엉뚱한 방향으로 나아가는 것을 경고하는 데에 목
적을 두고 쓰인 시이다.

민족반역자들과 부왜분자들은 그래서 말할이에게 "늙은 구렁이",
"미친 수캐", "도깨비", "무서운 마귀"로 각인될 뿐이다. 이들은 민
족의 통일을 가로막는 수구들로서, 통일을 위해서라면 이들을 몰아
내야 함을 힘주어 말하고 있다. 그리하여 이것이 "聖스러운 朝鮮을
爲"한 것임을 분명하게 밝혀두고 있다. 광복기 내내 권환은 남북의
통일과 이를 가로막는 방해꾼인 민족반역자와 부왜인들의 준동을 철
저하게 막아내지 못한다면 진정한 의미의 광복과 새나라 건설은 있
을 수 없다는 절박한 시인의 심정을 드러내고 있다.

夜學校 좁은 강당에선
박수 소리가 요란하개 일어나다
學兵서 돌아온 德洙君의
角帽를 휘두르며 부르짖는 演說會다
이 넓은 '삼거리' 들(野)도 모두
우리들 땅입니다 인젠
濟藤이 논도 鈴木이 밭도 아닙니다
왼 들에 구수하게 풍기다

익은 곡식의 향내가

만세 소리가 때때로 바람결에 들리다
이마을 저마을서

―「故鄕」[39] 가운데서

이 시에는 광복으로 다시 되살아난 시인의 고향 오서리의 떠들썩한 풍경이 한눈에도 기분 좋게 드러나 있다. 태어나고 자라난 오서리 들녘으로 10년 전 "등에는 괴나리 보ㅅ짐"을 지고 떠나 '양주', "두손엔 바가지 들고" 떠난 '박 첨지', "도수장에 목을 옭혀간 소처럼/九州탄광으로 끌려갔던" 고향 등진 '金春甫'도 광복이 되자 살아서 들어선다. 그때 기분은 당해보지 못한 사람이라면 알 ㅅ 없을 노릇이다. 양주, 박 첨지, 김춘보들은 가난하고 헐벗은 순박하기 짝이 없는 농민들의 전형이다. 그들이 고향을 떠나게 된 이유를 시인은 아래에 일러두는 것을 잊지 않는다.

광복되기 전에 오서리 "삼거리들"[40]은 왜놈 '濟藤'의 논이었고, '鈴木'이 밭 주인으로 되어 있었다. 농민들은 왜놈들에게 논과 밭을 빼앗겨 자신의 정체성을 박탈당하자 고향을 등진 것이다. 그래서 이들 농민들에게 광복은 무슨 ㄱ창한 뜻이 있어 만세를 부르는 것이 아니다. 왜놈들에게 괄시받고 빼앗겼던 논과 밭을 '인젠' 도로 찾는다는 구체적인 의미로서 광복은 다가올 뿐이다. 시인에게 광복은 "故鄕을 파먹던 모진 야수(野獸)들"이 "쫓겨가고", "故鄕을 잃은

---

39) 권환(1946), 『해방기념시집─횃ㅅ불』, 우리문학사, 9~11쪽.
40) 목진숙(1993; 47)은 '권환의 고향인 창원군 진전면 오서리 일대의 넓은 들판을 일컫는 듯. 이 들판 초입(初入) 지점에 마산, 고성, 진주 등 세 곳으로 갈라지는 국도가 위치해 있는 까닭으로 현지 주민들은 이 일대의 들판을 아직도 「삼거리들」이라고 부르고 있다'는 점을 살펴, 이 시의 배경 장소가 오서리임을 이미 밝혀두었다.

백성들이" "찾아오는" 이유가 된다. 광복의 의미를 순박하게 드러내는 시인의 마음자리가 더욱 크게 가슴에 와 닿는 까닭은 아마 이 때문이 아닐까 생각한다. 그래서 이 시는 가난하고 소박한 농민들의 마음자리에 다가선 사람이 아니면 "익은 곡식의 향내가", "왼 들에 구수하게 풍기는" 까닭을 심정적으로 이해할 수 없음을 보여준다.

광복이라는 시간, 그것은 혼돈이라기보다는 수많은 가능성이 열린 자유의 시간이었다. 광복은 다른 무엇도 아닌 "맑고푸른하늘" 아래서 마음껏 자유의 의미를 온몸으로 느낄 수 있는 것에서 그 의미를 찾을 수 있다. 광복은 열린 공간이자 배달민족의 억눌린 감정을 해방시키는 공간이었다. 그러기에 모든 것이 가능한 시기였던 것으로 그는 받아들였다. 흥분된 시기에는 미래의 전망만이 시에 남아 있을 뿐이다. 일제 강점으로부터의 무거운 짐들을 벗을 수 있게 한 것이 광복이라는 것을 권환의 다른 시에서도 찾을 수 있다.

앞서 살펴본 바와 같이 권환의 1930년대 초반의 시문학은 계급주의문학의 전형적인 양상을 보여주고 있다. 그의 시는 투쟁의식을 고취하고 혁명전위의 전형적인 모습을 그려내는 데 힘을 쏟았던 것이다. 이러한 혁명성과 투쟁성을 강조한 방향으로 나아간 까닭은 당대 민족적 현실을 문학적 방식으로 대응하는 데에 있어서 이 두 범주의 설정이야말로 시가 가지는 한계를 뛰어넘어서 현실을 변혁할 수 있다는 생각 때문이다. 새롭게 제기되는 전위적 창작방법론을 앞장서서 이를 실천한 전형으로서 그의 아지프로시는 우리 근대 계급주의문학에서 뚜렷한 전통으로 세워둘 만한 성과물이기도 하다.

그런데 1935년 카프 해산으로 그의 시는 자기성찰에 서정적 고뇌를 드러내었다. 그의 시는 늘 미래에 대한 밝은 전망을 간직하고자 하는 시적 의도를 밑바탕에 두고 있음으로 해서 개인 내면의 탐구에 이르고 있었다. 그러자 광복이 되면서 그의 시는 '나라건설'이라는 구체적 목표를 두고 다시 한 번 현실의 변혁과 실천의 장으로 나아가게 된다. 또한 그의 시는 형식이나 내용에 얽매이지 않고, 자신의 염원을 가식 없이 드러내는 데로 나아가고 있음을 확인할 수 있었다. 특히 새로운 국가건설에 있어서 방해가 되는 부왜분자와 분열을 조장하는 세력들을 꾸짖고 이를 일소하는 데 그의 시는 주목한다.

VII

비평문학과
미래지향적 공동체 의식

권환의 문학활동에서 중요한 부분을 차지하는 것이 비평문학이다. 권환의 비평문학은 1930년대를 거쳐 1947년까지 겨레가 당면한 현실문제를 해결하는 데에도 중요한 몫을 담당한 갈래라 할 수 있다. 그런 점에서 그의 비평문학은 시문학과 마찬가지로 크게 세 시기로 나누어볼 수 있다. 첫 번째 시기는 1930년대 초 카프의 맹원으로 활동한 시기이고, 두 번째 시기는 일본 파시즘이 그 폭압성을 드러내기 시작한 1935년 뒤이다. 그리고 세 번째 시기는 을유광복기이다. 이런 점을 감안한다면 권환의 비평문학은 식민지와 광복기 현실을 거치면서 끊임없이 현실과 시대의 변화에 적극적으로 대응하면서 쓰인 갈래다.

이제껏 계급주의 비평을 이끈 비평가로서 권환의 중요성은 어느 정도 감지되어 있었다. 그러나 그에 대한 논의는 단편적인 수준에 머물러 있거나, 카프비평사 속에서 소략하게 언급되는 실정에 머물렀다. 이 장에서는 권환 비평문학의 전개양상에 초점을 두어 그 전모를 살펴보고자 한다. 지금껏 제대로 된 논의가 없었던 부분이다. 각 시기마다 드러나는 그의 비평적 쟁점이 갖는 특징과 그 변화 과정을 일목요연하게 들여다볼 수 있을 것이다.

신문학기술론과 당파성 전개

권환이 1930년 1월에 발표한 「無産階級 藝術運動의 瞥顧와 將來의 展開策」[1]은 당시 카프문학뿐만 아니라 근대문학사에 있어서도 중요한 전환을 가져오게 한 텍스트로서 자리 잡고 있다고 글쓴이는 생각한다. 그 까닭은 이 글이 이전에 논의된 카프에서 제기된 논의와는 질적으로 다른 시각을 담고 있기 때문이다. 이 글은 권환이 동경에서 돌아와 '권윤환'이라는 필명으로 국내 계급주의문학의 방향을 처음으로 제시한 비평이었고, 또 문학실천 문건으로서도 중요한 가치를 지닌다. 특히 카프 안에 포함되어 있는 소부르주아지 문학인들의 계급적 한계성을 유감없이 폭로한 글로서, 계급주의문학의 지침서로서도 손색이 없을 정도이다. 또한 카프의 재정비를 가속화시켜낸 기념비적 글로서도 평가될 수 있다.

권환은 이 비평문에서 국민문학, 부르주아문학, 카프문학 진영 안에 상존하고 있는 소부르주아문학에 대한 계급적 폭로를 드러내 보

---

1) 권윤환(1930), 『중외일보』, 1월 10일~31일 자, 중외일보사.

여, 카프조직의 볼셰비키화를 꾀하는 데 목표를 두었다. 권환은 카프 문학의 실천성을 회복하기 위한 방안을 제시하기에 앞서 이전의 카프활동에 대한 반성과 문제점을 먼저 지적하고 있다.

> 1927年을『프로레타리아』受難期하하면 1929年은階級分析期 小『부르주아』淸算期라할수잇다
> 발서 우리가協同鬪爭하기어너무도利害가乖離되는 부루階級은 더욱그頭角을 놉히들어 ××帝國主義者의野合하기를 公然히하며中間에서動搖하는 小브루쏘一時的으로 우리陣營에 附촑해잇든小부루는 秋風에 落葉가티 부루陣營으로 沒落해다라갓다
> 이것이1929우리朝鮮푸로레타이리運動의過程現象이엿다
> ―「無産藝術運動의 瞥顧와 將來의 展開策」2) 가운데서

일본에서 돌아온 권환은 카프문단사를 중심에 놓고 우리 문단의 역사를 아주 간명하게 규정한다. 그는 카프문학이 수난기와 분석기를 거쳐 이제는 소부르주아지의 청산기를 맞이하는 시기이기 때문에 1930년의 새로운 목표를 설정해야 한다고 주장하였다. 그 한 방편으로써 카프 진영 안에서 소부르주아지들을 몰아내는 것에 목표를 두고 있음을 글 앞머리에서 밝혀두고 있다. 그래서 대부분 소부르주아지 문학의 계급적 본질을 폭로하는 데 힘을 쏟는다. 이는 그들이 카프 진영 안에 있으면서 노동자, 농민들의 투쟁적 힘을 없앤다는 현실적인 판단 아래에서 이르어진 것이다. 더 넓은 의미에서 카프가 그들의 역할을 문예운동에 국한시킬 것이 아니라, 조선의 계급운동을 지도하는 데까지 확대할 것을 염두에 두고 있다. 다시 말해 권환은 이 글을 시작으로 해서, 좁은 의미에서 문학의 사회적 실천을 뛰

---

2) 권윤환(1930), 『중외일보』, 1월 1〇일 자, 중외일보사.

어넘어 조직적이고 이론적인 방침을 제시하는 데까지 카프의 조직을
넓히려는 조직적 전망을 드러내 보인다.

> 그리고 우리들의 개인적 沈退원인은 진정한 생활을 하지 않은데 있는 줄 안다
> 생활이 의식을 규정한다 함은 우리가 뉘보다 잘 아는 맑스주의 ABC이다 따라
> 서 어떤 사회의 예술은 그 사회의 물질적 생활의 반영인 것과 마찬가지로 개인
> 의 창작 예술은 역시 그 개인 물질적 생활의 반영일 것이다 그러므로 어떤 개인
> 이 ××× 예술을 창조하려면 그는 반드시 생활을 한 뒤에야 가능할 것이다
> 만일 그이가 소부르·부르 생활을 하면서 소부르·부르세계에 소요하면서 프롤
> 레타리아적 예술을 창조하려면 망령이 인간이 일을 하려는 것처럼 너무 潛越하
> 고 불가능한 일일 것이다
> 그러므로 우리 예술가도 될 수 있는대도 노동대중과 같이 ×××생활을 실제로
> 체험하며 또 그들 속에 들어가서 그들의 생활을 실제로 관찰해 보아야 힘있고
> 생기있고 파끓는 산 우리의 예술작품을 지을 수 있으나 그렇지 않고 그들의 생
> 활이라든자─같은 것을 전연히 머리 속 상상만으로 날조하면 그야말로 순 관념
> 적 환영적 작품밖에 짓지 못할 것이다.
>
> ─「無産藝術運動의 瞥顧와 將來의 展開策」³⁾ 가운데서

문학창작에 있어서도 이젠 머리로만 상상해내는 글은 아무런 쓸모
가 없는 것이라고 비판하고 있다. 곧장 노동현장으로 들어가 노동자,
농민들과 함께 생활을 하며, 실제로 현장을 체험하는 데에서 출발하
는 창작이 우리 시대 문학가들에게 요구되는 임무라는 것을 분명히
밝히고 있다. 이는 소부르주아지의 풍모를 버리지 못한 카프 진영
안에 도사리고 있는 다수 지식인 그룹을 주목한 것이다. 노동자와
농민들의 생활에 대해 "전연히 머릿속 상상만으로 날조하면 그야말
로 순 관념적 환영적 작품밖에 짓지 못하여" 결국에는 투쟁의지를
갉아먹는 데까지 이를 수 있기 때문에, 당파성을 중심에 놓고 세계

---

3) 권윤환(1930), 『중외일보』, 1월 25일 자, 중외일보사.

를 인식하는 계급주의자들에게 있어 이들은 못마땅한 계급들이었다.

<blockquote>

以上과가티 우리 文藝의 讀者大衆은 부루·小부루가아니고우리 勞動者農民
인것을 强調해말한것은 過去의 우리푸로文藝를보면 讀者大衆을 小부루조아로
한作品이만치아는가한 感이잇는째문이다 例를들어말하면林和君의詩에 「어머
니」「우리옵바의 火爐」가튼것은엇든센티멘탈한 女性을머리에두고쓰지는안햇는가
한생각이난다 勿論이것은나의憶推에기네지안치마는적어도勞動者農民의感情으
로그들을 읽히기爲해쓰지안흔것단은어느讀者이든지다同感일것이다
그래서 그作品은 엇던小부르文士로하여곰 歇價의感想的同情의눈물은 짜나게
하엿지만 勞動者農民으로ㅎ어곤 주먹을부럭쥐고 니(齒)를갈며 戰鬪의불꼿속으
로 들어가게하지느못햇다.
—「無産藝術運動의 瞥顧와 將來의 展開策」[4) 가운데서

</blockquote>

이 대목에는 임화의 시 형태에 대한 권환의 비판이 놓여 있다. 이
는 권환이 단편서사시와 아지프로시의 차이에 대해 정확한 기준을
가지고 있었기 때문이다. 이를 통해 볼 때, 카프 안에서도 창작방식
론에 있어서 미묘한 차이를 보이고 있음이 확인된다. 권환은 임화의
시편들을 통해서 현장성과 혁명성이 부족한 단편서사시의 한계를 끄
집어내었다. 단편서사시는 이야기성을 확보하기 위한 새로운 양식적
탐색으로 낭만성을 중심에 두고 있는 것이다. 이에 대해 권환은 "엇
든센티멘탈한 女性을머리에두고쓰지는안햇는가한생각"이 들뿐이라고
말한다. 그래서 결론적으로 "엇던小부루文士로하여곰 歇價의感想的
同情의눈물은 짜나게"하는 것밖에는 임화의 시가 기여한 바 없다고
맹렬히 비판하고 있다. 권환이 문학의 현장성을 매우 중요시하였다
는 점을 이 대목에서 알 수 있다. 그리하여 그는 또한 "勞動者農民

---

4) 권윤환(1930), 『중외일보』, 1월 13일 자, 중외일보사.

으로하여곰 주먹을부럭쥐고 니(齒)를갈며 戰鬪의불꽃속으로 들어가게” 만들 때 프로시가 올바른 평가를 받는다는 점을 분명하게 밝히고 있다. 이를 구체적으로 드러내고 있는 것이 아래의 글이다.

　　　　　　　　　　　－「無産藝術運動의 瞥顧와 將來의 展開策」5) 가운데서

　당시 권환의 비평문학은 문예비평이라고 할 만큼 넓은 영역에 걸쳐 전개되고 있었다. 그가 목표로 둔 문예운동의 방향은 위의 슬로건을 통해 상징적으로 제시되고 있는데, 여기서 주목되는 것은 “우리는文壇意識을버리고 讀者大衆을 勞動者農民으로하자”는 슬로건이다. 문단의식이라는 게 지식인들만의 끼리끼리 소통되는 문학이라는 점에서, 권환은 당시 문단을 장악하고 있던 기성 문단에 대해 분명한 거부감을 드러낸 것이라 하겠다. 그때껏 기층 민중을 독자로

---

5) 권윤환(1930), 『중외일보』, 1월 25일 자, 중외일보사.

삼는 문학을 힘써 창작해내지 못했던 바탕 위에서, 그의 이런 슬로건은 상당한 반향을 일으키기에 충분했다.

일본 유학과 카프동경지부에서의 조직적 활동 경험이 권환으로 하여금 1930년 벽두부터 식민지 조선 문단에 대한 대대적인 비판의 칼날을 들이대게 한 것이다. 그래서 먼저 내세웠던 슬로건 "우리는 투쟁목표를 부르주아예술에만 두지 말고 부르주아 전체에 두자"6)는 이와 같은 맥락에서 살펴볼 필요가 있다. 특히 이 슬로건은 카프의 조직적 범위를 벗어나는 것으로 받아들여진다. 여태껏 카프의 대상은 부르주아예술이었지만, 권환은 생각을 달리했다. 곧 예술에 국한된 활동이 아니라 사회변혁 주체 조직으로서 카프를 세우자는 것이 권환의 이 무렵 생각이었다.

따라서 이 글은 권환이 카프 조직에서 계급주의 문학비평가로서 자리매김하는 데 결정적인 역할을 하게 했다. 카프 안에서는 권환에게 새로운 역할을 부여하게 만들었고, 전체적으로 카프가 나아갈 바로는 혁명적 방향전환을 촉구하는 첫 번째 문제제기가 된다는 점에서도 주목되는 글이다. 이 글을 출발점으로 권환은 동경에서 함께 조직적 훈련을 받은 임화와 신진 맹원들은 힘을 모아 대대적 이론투쟁을 전개하기 시작한다. 그 뒤 카프는 1930년 4월 중앙위원회를 개최하여 중앙위원을 보선하고, 회비의 개정과 조직개편을 단행하여 1국 4부의 조직으로 확대 개편된다.7) 그 가운데 권환은 기술부라는

---

6) 권윤환(1930), 『중외일보』, 1월 18일 자, 중외일보사.
7) 중앙위원회 아래에 서기국(송영→박세영→홍우식→신응식), 조직부(윤기정), 교양부(박영희), 출판부(이기영), 기술부(김기진→권환)를 두었고, 그 밑에 문학부(권환), 영화부(윤기정), 연극부(김기진), 미술부(강호), 음악부(결원)를 두어, 프로 문학운동을 본격화하기에 이른다. 그리고 1931년 3월에는 카프 확대위원회를 개최하여 조선프롤레타리아예술단체협의회로 조직 개편하여, 상부조직을 협의회 성격으로 하고 있다. 하부조직은 조선프로작가동맹(이기영), 조선프로

문학사에서 특이한 조직의 책임자로서 활동하게 되는데,8) 이는 그의 문학에 대한 새로운 해석을 열어주는 것으로 눈길을 끈다. 카프 조직 안에서도 권환은 이미 기존의 문학개념을 뛰어넘는 단계에 올라 있었다는 좋은 본보기이다.

> 그러면 우리는 「藝術運動의 ××××化를 부르지질째우리의作品에取扱할題材은어쩌케 規程하며整理해야할가
> 1. ××의活動을 理解하게하여그것에注目을 換氣시키는 作品
> 2. 社會民主主義, 民族主義 ×治運動의 本質을 ××폭록하는 것
> 3. 大工場의 ××××제너날 ×××
> 4. 小作××
> 5. 工場, 農村內組合의組織, 御用組合의 ××, 刷新同盟의組織
> 6. 勞動者와農民의關係를理解케하는作品
> 7. ××××의 朝鮮에對한 ××××(例하면民族的 ××, ××××擴張, ×××××組合等의役割……)等 ××시키며 그것을 맑스主義的으로批判하여 프로레타리아-트의 ××을 結付한作品
> 8. 朝鮮土着부르주아지와及그들의 走狗가 ×××××외野合하야 붓그럼업시 姿行하는 絶對的行動, 反動的行動을 暴露하여쪼그것을 맑스主義的으로 批判하여 프로레타리아-트의 ××을 結付한作品
> 9. 反 ××××××의 ××을內容으로하는것
> 10. 朝鮮 프로레타리아-트외日本 프로레타리아-트의 連帶的關係를 明確하게하는作品 푸로레타리아-트의 國際的 連帶心을換氣하는作品
> 　　　　　　　－「朝鮮藝術運動의 當面한 具體的 過程」9) 가운데서

극장동맹(임화), 조선프로영화동맹(윤기정), 조선프로미술가동맹(강호), 조선프로음악가동맹(결원)과 서기국으로 하는 동맹으로 만들어 전일적 지도가 가능하도록 하는 제2차 방향전환을 완성하기에 이른다.

8) 기술부 신설은 카프동경지부에서 이미 있었다. 1928년 1월 25일 카프동경지부는 기술부 책임자에 김두용을 선임한 바 있다. 『조선일보』, 1928년 2월 2일 자. 조선일보사.

9) 권환(1930), 『중외일보』, 9월 4일 자. 중외일보사. 그런데 이 10개 항목은 〈일본프롤레타리아작가동맹〉이 「예술대중화에 관한 결의」에서 제재대상으로 삼은 10개 항목과 거의 일치한다는 점이 눈에 띈다.1) 그 가운데 7항목과 8항목만이 조선 안 현실을 중심에 두고 문제 삼고 있을 뿐이며, 그밖에는 거의 그대로 수용하고 있다. 이처럼 카프문학의 볼셰비키화 방침은 당시 〈일본프롤레타리아작가동맹〉의 결정을 그대로 받아들인 것으로 볼 수도 있다. 하지만 이런 평가는

한편 권환은 카프 문학운동에 있어서 긴급하게 해결해야 할 방침을 제시하고 있다. 권환은 카프 문학운동의 노선이 창작기술로부터 투쟁으로 나아가야 함을 현실적 엄혹성에서 찾아내었다. 곧 그는 문학 창작에 있어서의 담당층을 기술이 미숙한 노동출신 작가와 직업적 요소에까지 확장시켰고 그 결과, 창작기술은 비록 미숙하더라도 인텔리성이 없고 희생심이 강한 운동가에게 重任을 담당시켜야 한다10)는 것을 염두에 두게 된다. 그리하여 작품을 제작함에 있어서 내용은 프롤레타리아트의 해방을 목표로 하는 맑스·레닌주의, 곧 전위의 사상으로 이루어져야 하고, 그 제재 선택 또한 이 목표에 부합되어야 함을 강조했다. 또한 형식문제에 대해서는 내용이 혁명적이고 선동적이기 때문에 현실적·직설적이어야 하고 독자 대상이 노동자, 농민이므로 간결하고 평이하여 그들이 알아듣기 쉬워야 한다는 것이다. 이러한 이데올로기를 노동 대중 속에 주입시키기 위해서는 아지프로적 정기간행물 또는 단행본을 출판하여야 하고 연극, 영화, 회화, 가곡들의 다양한 갈래를 제작하여 대중 속으로 주입시켜야 함을 힘주어 말하고 있다.11)

계급주의문학에 대한 권환의 접근이 맑스·레닌주의 원칙에서 출발하고 있음은 분명하게 알 수 있다. 당시 권환은 모든 목표를 계급

계급주의가 갖는 이념적 특징을 올바르게 파악한 뒤에 나온 결과물이 아니라는 점에서 성급한 판단으로 보인다. 곧 계급주의 안에는 민족개념이 거의 존재하지 않는다는 특징을 지니고 있다. 맑스가 『공산당선언』의 마지막 구절에 '전 세계 노동자여 단결하라'는 슬로건을 내세운 것도, 민족개념이라는 것이 실상은 신흥 부르주아지들의 경제적 이익을 위해서 만들어낸 추상적 이데올로기에 불과하다는 점을 분명하게 파악했기 때문이었다. 그런 점에서 계급주의를 공격하는 가장 큰 요소로서 자리 잡고 있는 '공식주의'라는 비난은, 이 계급주의 이념이 지닌바 특징을 올바르게 파악하지 못한 데서 느온 것으로 봐야 할 것이다.

10) 김윤식(1988), 「한국근대문예비평사연구」, 일조각, 92쪽.
11) 박명용(1992), 『한국프롤레타리아문학연구』, 글벗사, 201～202쪽.

해방에 두고 있었기 때문에 문학의 생산담론 또한 노동자와 농민에 초점이 맞추어져 있을 따름이었다. 현재의 시각에서는 이것이 이론적 편향성을 지닌 길이었다고 판단될 수도 있을 것이다. 그러나 당시 상황에서 권환은 이것을 최선의 방안으로 여기고 이를 실천하는 데 주력한 것으로 보인다.

위의 글에서 주목되는 것으로는 제도의 문제를 문학범위에 끌어들인 점을 꼽을 수 있다. 당시에는 문학이 제도와 직접적인 관련을 맺고 있지 않은 것으로 여겨졌었다. 그런데 권환을 비롯한 몇몇 카프 맹원들은 실상 문학이라는 게 여느 제도와 마찬가지로 한갓 제도에 불과하다는 인식을 드러내 보이고 있다. 제도로서의 문학에 접근하는 순간에는 문학이 현 사회에 담당하는 몫이 얼마나 큰 것인지 인식하게 될 터이고, 이 문학을 이른바 '부르문학'이 장악하고 있는 상황인식은 권력으로서 문학제도를 획득하고 있다는 생각에까지 미치게 한다. 그런 점에서 제도로서의 문학을 이른바 계급주의문학 진영의 헤게모니 아래에 두는 일은 계급해방을 앞당기는 데 쓸모가 있는 것이다. 이제 권환에게 문학이 제도로서 자리 잡게 되자, 기존의 문학고유성은 자취를 감추고 문학 범주의 폭은 훨씬 넓어지게 된다. 그래서 문학하는 사람들은 문학인으로서가 아니라 제도를 잘 다루는 기술자로 인식이 가능하게 되는 것이다.

(1) 우리는 그러한 不純分子를다 廢淸시키는 同時에 쏘우리 在來의 組織을 곳처야할것이다 組織에 對해서는달니 詳論하겟지만은 첫째우리組織을 純全한 技術者로만으로하자

　　　　　　　－「無産藝術運動의 瞥顧와 將來의 展開策」12) 가운데서

(2) 카프의 조직에 관해서는 조직의 형태보다도 구성인원의 선택문제가 보다 더 중대하고 긴급한 것을 알아야 한다.

우리 카프는 기술단체다. 構成員은 물론 기술가로 할 것이다.

-「朝鮮藝術運動의 當面한 具體的 過程」13) 가운데서

권환의 문학비평에 있어 핵심적인 대목은 문학인을 기술자로 보는 태도이다. 사르트르가 지식인, 작가를 모두 기술자로 본다는 점에서 권환의 이러한 눈길도 같은 흐름에 놓일 수 있다. 지식인들 스스로 자신들의 계급적 한계를 인식하고 있었기 때문에 그들의 입장에서 타자로 대상화된 노동자, 능민들의 이익을 대변하는 문학을 한다는 것 자체는 곧 자의식의 과잉임에 틀림없는 것이다. 그래서 결국은 노동자, 농민들을 위한 문학은 타자화된 인식에서 출발할 수밖에 없는 한계를 지닌다.

문학이 제도로 인식된다는 것은 문학의 핵심범주가 바뀐다는 것을 의미한다. 여태껏 문학에 대해 말할 때 중요하게 제기되는 방식은 제도와 직접 관련이 있어 오면서도 이를 은폐시켜 오는 방식이었다. 그래서 문학은 사회와 무관하게 존재하는 것이라는 결론에 도달해온 것이 사실이다. 제도와 문학이 서로 무관하게 존재한다는 것은 실상 허상에 불과하고, 문학의 중심 범주에는 '당파성(the partisanship)'14)이 중요하게 자리 잡고 있었다는 점을 권환은 분명하게 제기한 것이다.

당파성으로서 문학은 권환 문학을 보는 중요한 열쇠이기도 하다.

---

12) 권환(1930), 『중외일보』, 1월 22일 자, 중외일보사.

13) 권환(1930), 『중외일보』, 9월 2~14일 자, 16일 자, 중외일보사.

14) A. Hauser에 의하면 예술은 철저한 사회적 성격에 기초하여, 예술은 항상 누군가에게 말하며 어떠한 특정한 사회적 입장에서 보여주기 위하여 그러한 사회적 입장으로 본 현실을 반영하므로 당파성을 지닐 수밖에 없다고 본다. A. Hauser, 황지우 옮김(1983), 『예술사의 철학』, 돌베개, 42쪽.

당파성은 단지 묘사된 세계, 또는 작품에서 예술적 수단을 통해 형상화된 태도결정만을 중요시한다.[15] 쉽게 풀이하면 권환에게 문학활동은 선택의 문제로 다가왔다는 뜻이다. 삶의 방향을 잡을 시기에 태도를 결정하는 것은 지식인들에게 상당한 압력으로 작용하였을 것이다. 곧 당파성에서 말하는 태도결정은 이데올로기 선택 문제이기 때문에, 선택은 불가결한 것이고 그 선택에는 상당한 진통이 수반될 수밖에 없다.

권환이 제기한 당파성은 객관적 현실을 가능한 한 충실히 모사하는 일의 문제였지만, 또 한편으로는 이 경우 보편적 법칙성을 추상적으로 파악하는 일이 아니라 어떤 전형성을 확연히 드러나게 하거나, 혹은 상징적으로 형상화하는 일이 도달해야 할 목표이기도 했다. 당파성으로 조성된 전형성은 누구나 체험할 수 있게 되는 상태에 도달할 때 그 존재이유를 갖는 것이다.[16]

덧붙여 권환은 소재 선택에서부터 카프문학이 나아갈 방향을 정해준다는 입장이다. 소재를 선정한다는 단순한 사실이 이미 현실에 대한 비판적 태도결정을 포함하기 때문이다. 따라서 목가적인 것을 형상화하는 데에도 당파성이 내포된다는 점을 설득력 있게 증명하고 있다. 모든 텍스트에 당파성이 내재해 있다는 것은 텍스트의 담론성을 염두에 둔 것으로 보인다. 그래서 문학인들의 태도결정은 텍스트에 모두 담론성이 들어 있다고 볼 때에 불가피하게 제기되는 것이고, 이를 관철시키는 데에는 타자에 대한 인식이 필요하므로 기술자로서 문학에 기여하는 것이다.

---

15) 루카치, 홍승용 옮김(1987), 『미학서설』, 실천문학사, 202쪽.
16) 루카치, 홍승용 옮김(1987), 『미학서설』, 실천문학사, 204쪽 참고.

한편 권환은 「예술운동의 구체적 과정」(『중외일보』, 1930년 9월 3일 자, 중외일보사)에서 (1) 내용을 혁명적 프롤레타리아트의 이데올로기로 할 것, (2) 카프가 국제적·국내적 당면과제를 제재로 할 것, (3) 노동자 농민에 이해가 쉬운 형식을 갖출 것 등을 내세웠다. 곧 당파성으로서 문학이 카프가 지향해야 할 방향임을 보여주고 있다.

프로문학을 말함에 있어 '카프문학답다'는 것은 '작품으로서의 문학' 범주, '운동으로서의 문학' 범주, '텍스트로서의 문학' 범주를 일컬음이다. 이 세 범주 가운데 카프문학은 '운동으로서의 문학' 범주에 기울어져 있다.17) '작품으로서의 문학' 범주는 작가의 창작방법론을 바탕으로 하여 생산된 것이기에 그것에 대한 해석은 하나만 있는 셈이다. '텍스트로서의 문학' 범주는 괴발개발 읽으면 되고 해석도 제멋대로 하면 그만인 것이다. 오독을 할수록 좋은 것이다. 이에 비하면 '운동으로서의 문학' 범주는 작품이 없더라도 아무 상관없이 성립되는 것이다. 골방에 앉아 소곤대기만 해도 '문학'으로 훌륭히 성립된다는 것이 권환이 당시 문학을 보는 태도이다.18)

그런 태도에서 권환의 초기 비평문학은 텍스트로서의 문학을 제기한 점에서 의의가 있고, 그 가운데 당파성을 중요한 문학의 본질로 본 점도 한 특징으로 자리 잡는다. 더 나아가 이 시기 권환의 문학비평은 박영희의 말처럼 "카프는 벌써 자기의 임무를 떠나 다른 영역(정치) 엿보려고"19)한 시도를 보여준 대표적인 본보기로 자리 잡

---

17) 조중곤은 「非맑스主義 文學論의 排擊」(『중외일보』, 1927년 6월 23일 자, 중외일보사)에서 "포스타도 예술품이오 인민위원회 정견발표문도 예술된 자격"이 있다는 의견을 제시하고 있는 점에서 이를 확인하게 된다.
18) 김윤식(1996), 「카프문학 바라보기―인간의 시선과 동물의 시선」, 『동서문학』 12월호, 동서문학사, 374쪽.
19) 박영희(1960), 「초창기의 문단측면사(제7회)」, 『현대문학』 2월호, 현대문학사.

았다.

앞서 살펴본 바와 같이, 1930년대 초 권환의 비평문학 방향은 계급적 당파성을 염두에 두고 현실에서의 실천과 현실 극복을 담아내는 새로운 문학의 길 위에 서 있었다. 곧 이데올로기에 기반을 둔 문학활동을 통해서 당파성의 원리를 문학실천의 제일 덕목으로 삼고 매진한 것이 초기 비평문학의 핵심적인 방향성인 것이다. 따라서 권환은 문학을 작품이라는 좁은 틀로서 바라보는 태도에서 벗어나, 담론으로서의 문학이라는 관점을 밑바탕에 두고 1930년대 초 문학비평의 새로운 장을 여는 데 이바지하였다. 그래서 권환은 형식에 있어서 어떤 고정된 틀에 얽매이지 않는 담론의 생산을 당대 카프 문학가와 다른 진영의 문학인들에게 줄기차게 요구하였던 것이다.[20] 이러한 권환의 1930년대 초 비평문학의 핵심은 지금까지 문학을 바라보는 시각에서 완전히 벗어나는 혁명적인 문학관을 요구하고 있다. 목적의식성으로서의 문학, 곧 문학을 변혁운동의 도구로 바라보는 태도를 지향한 것이다. 이는 사회적 참여와 소통을 통해 문학의 존재이유를 인정받는다는 계급주의문학관을 반영하는 태도이다. 곧 단단한 성채로서 고상한 취미 행태로 존재하는 문학은 더 이상 존재가치가 없다는 점을 분명하게 밝혀둔 것이다.[21] 이렇듯 권환의 비평문

---

20) 권환은 초기 비평문학은 계급적 당파성을 밑바탕에 두고 이루어졌다. 목적의식성은 레닌이 주창한 혁명이론에 기반을 둔 것이다. 곧 사회민주주의자들의 개량주의적인 경제주의를 경계하여 제창된 전위주의 혁명조직 이론이다. 이 전위주의가 곧 목적의식성이며, 이는 1926년 11월에 발표된 「정우회선언」의 밑바탕에 깔려 있는 '복본주의(福本主義)'의 연장선상에 있다.

21) 최원식(1995; 64)은 1930년 초 등장한 카프의 새로운 움직임을 부정적인 시각으로 바라본다. 그는 "러시아 혁명 이후 레닌주의 모델이, 조선의 낙후성을 일거에 또는 최단시일 안에 뛰어넘을 수 있으리라는 하나의 매혹적인 환상으로 진보적 지식인들을 사로잡음으로써 상황은 더욱 복잡해졌다"고 언급하고 있다. 이런 시각은 일견 타당한 것이지만, 역사를 가설화하여 바라본다는 점에서 올바른 접근법은 아님을 지적해둔다.

학론에서는 1930년대에 이미 문학을 좁은 틀에 묶어두는 일은 온당치 못한 것이라는 걸 분명하게 밝혀둔다. 시, 소설, 희곡 갈래로 이루어지는 좁은 틀 안에서의 문학 범위에서 크게 벗어나서 텍스트로서의 문학을 문학성으로 파악하는 것이 이 시기 권환 비평문학이 나아간 방향인 셈이다. 그런 점에서 1930년대 초에 카프의 문학비평은 우리 근대문학비평사에서 새롭게 조명되어야 할 가치를 지녔다 하겠다.

판타지와 유토피아적 세계관

1935년 일본 군국주의의 탄압으로 빚어진 카프 해산은 권환으로 하여금 새로운 현실에 대해 적극적인 대응을 위한 새로운 방식을 찾게 하였다. 이런 탐색의 몸짓은 외적 요인과 내적 요인들이 복합적으로 빚어진 결과로써 나타났다.[22]

이런 시대적 상황과 개인적 고뇌의 시기에 나온 문학비평은 앞선 카프시대의 문학비평과는 사뭇 다른 양상으로 전개되고 있음을 발견할 수 있다. 그럼에도 그가 현실에 대한 진지한 태도를 여전히 유지하고 있었다는 사실을 발견하기란 그리 어려운 일이 아니어서 관심

---

22) 외적요인으로는 이른바 〈만주사변〉을 계기로 군국주의 색채를 더욱 두드러지게 드러낸 일제가 문단에 대한 탄압을 더욱 가중시킨 것을 들 수 있겠다. 카프 조직 맹원에 대한 두 차례에 걸친 검거 사건은 그 활동의 기반을 실질적으로 와해시켜 놓았고, 그로 인해 결국 카프는 1935년에 해산하고 만다. 카프가 해산되자 조직을 중심으로 활동했던 프로문학은 그들이 견고하게 닫고 일어설 거대담론을 잃어버리고 침체와 추상화의 길로 들어서게 되었다. 내적요인으로는 권환 스스로가 1935년 이른바 〈신건설사사건〉을 겪으면서 악화된 폐결핵을 이유로 사상전향서를 제출하면서 비롯된 갈등과 고뇌를 들 수 있겠다. 카프 해산과 사상전향서 제출은 권환에게 있어서 중요한 삶의 전환점으로 자리 잡았기 때문에 앞선 과거 활동에 대한 비판적 반성의 시간을 갖지 않는다면 새로운 출발을 하기 힘들었던 시기이다 그는 한동안 모든 문학활동을 중단하고 은둔의 생활을 하기 시작하였다.

을 가질 만하다.

1940년대 초에 와서 권환 비평문학에서 새로운 영역을 보여주는 글로서는 「詩와 "판타지"」(『조광』 1940. 1. 조선일보사)가 앞머리에 놓인다. 판타지에 대해서 이 글은 딜타이의 철학[23]에서 중요하게 제기한 '체험' 범주를 그 바탕으로 하여 설명하고자 한다. 또한 권환이 판타지에 천착하게 된 까닭에는 '詩-藝術의 가장 重要한 基礎와 要素가 되며 藝術家-詩人의 生命 財産'[24]이 담겨져 있기 때문이라는 점을 밝혀두고 있다.

> 판타지의 가장 榮譽롭고 가장 强點인것은 그것이 가지고있는 自由性이다. 그것엔 外界의 어떠한 迫害와 强壓도 加하지못한다. 필로스트라토쓰의 말과같이 「어떠한 물건한테도 萎縮되지않고 똑바르게 理想을向해간다.」
> 딜타이가 詩人의 想像力을 精神生活의 最高의 活動의 하나이라고한것은 그것이 自由性의 特典을 가진때문이다.
> 판타지는 人生의 가장 高貴한꽃이다.그것은 風雨와 霜雪의障害을 받지않을수 있는 꽃이다. 詩人은 이榮譽롭고 權威있는 特典을 認識하여 그 榮譽와權威를 어데까지든지 언제까지든지 保持할 責任感을 가저야할것이다.
>
> —「詩와 "판타지"」[25] 가운데서

---

23) 딜타이의 체험을 중심으로 하고 인간학을 주창한 것은 서양철학에 대한 반성에서 출발한 면모를 지녔다는 점에서는 의미를 지닌다. 그러나 서양역사의 진행방향과는 사뭇 다른 것으로서 인식되기도 한다. 서양 철학은 사람의 특성에 대해서 관찰하는 것이 아니었다. 그런 점에서 딜타이는 사람에게는 종적인 특징이 존재함을 인정한다. 이에 반해 맑스는 사람이라는 개념은 생산관계에 따라서 존재할 뿐임을 분명하게 밝혀내고 있다. 계급관계에 의해서 만들어졌다가 사라지는 것이다. 그래서 사람에게만 특수하게 존재하는 특징은 없다고 본다. 그런 점에서 권환이 딜타이 철학으로의 경도는 구체적으로 전선에서의 후퇴이자, 자기의식으로부터 퇴보이며, 자기기만성에서 나온 성급한 대안으로 받아들여진다. 딜타이는 동양철학과 유사한 점이 있다는 점에서 권환의 세계에 대한 인식은 유교적 전통에서 출발한 것이고, 잠시 떠나 있다가 카프 해산과 전향 과정을 통한 자기반성으로 거치면서 다시 유교적 전통, 곧 사람을 중시하는 방향으로 돌아온 것으로 보인다. —빌헬름 딜타이, 김병욱과 여럿 옮김(1998), 『딜타이 시학-문학과 체험』, 예림기획.
24) 권환(1940), 「詩와 "판타지"」, 『조광』 12월호, 조선일보사, 173쪽.
25) 권환(1940), 『조광』 12월호, 조선일보사, 179쪽.

권환은 판타지를 통해서도 여전히 '태도'의 문제에 매달린다. 태도라는 것은 이데올로기적인 속성을 가진 것으로 윤리적 문제와 결합된 주관적인 속성을 지닌다. 문학의 범주에서 바라보는 판타지는 문학에 종사하는 사람들이 지녀야 할 태도에 해당되는 것이다. 판타지를 "어데까지든지 언제까지든지 保持"하는 이유로는 그 안에 '자유성'이 강하게 내포되어 있기 때문이다. 그러나 권환의 글에서 보이는 자유성은 딜타이가 말한 바 있는 원초적인 자유와는 다르게 이해되어야 한다. 딜타이의 자유성은 사람살이에 있어서의 원초적인 자유성이며 이를 떠받치는 조건들이 존재할 때 가능한 것인 반면, 권환이 말하는 자유성이란 식민지라는 특수한 상황에서 이해되어지는 것으로서, 그 범위와 의미는 딜타이의 개념과는 다르다. 그럼에도 권환이 딜타이의 말을 빌려 이 글에서 강조하고자 한 것은 바로 세상에 대한 태도, 곧 실천성과 참여성을 당시 문학인들에게 요구하기 위함이다.

여기서 明確히 밝히지않으면 안될것은 판타지와 現實과의 關係이다.
勿論 판타지가 創造한世界는 前述한바와같이 實在的 世界 그것이 아닐뿐아니라. 實在的現象이 없어도 創造할 수있으며 또 그것은 現實의 다무런拘束과 制限을받지않고 自由롭게 創造되는것이다. 그러나 그렇다고 그것은 決코 現實과 아무런因緣과 關係없는 水草와같이 浮生하는것이 아닐뿐아니라 그것은 어데까지든지 現實에 뿌리를두고 發華하는 것이다. 말하자면 판타지는 現實에서 發生되고 詩는 판타지로 創造도니 結局 詩그것이 現實의 影像이 되는것이다. 마치 花莖이 뿌리우에서 잘아나그 꽃은 花莖우에서 피닌 꽃이 結局 뿌리의 養分으로 피는것과 마찬가지다. 꽃은 꽃줄기와뿌리보다 이름답다 그러나 꽃은 或是 뿌리의 養分으로 꽃줄기 우에서 피는거와 마찬가지로 판타지로 創造된世界가 實在의世界보다 아름답고 普通的인 典型的인 그것이라도 結局 現實우에서 發華된것이다.

　권환은 판타지 구현에서 가장 중요한 것은 '어데까지든지 現實에
뿌리를두고 發華하'는 것임을 강조하고 있다. '판타지는 現實에서
發生되고 詩는 판타지로 創造되니 結局 詩그것이 現實의 影像이
되는 것이다'라는 언급은 시인이 판타지로 나아가기 위해서는 현실
적 바탕에서 출발해야 한다는 뜻이다. 곧 현실에 대한 철저한 체험
이 없이 상상력으로 드러난 것들은 힘을 발휘하지 못한다는 뜻이다.
　앞서 초기 비평문학에서 다루지 않았던 전통과 뿌리에 대한 관심
을 권환이 이 시기에 보여주고 있음을 글쓴이는 확인할 수 있었다.
또 앞의 계급주의문학에서 보이던 핵심적인 보편성의 이론이 여기에
서는 찾아지지 않는다는 것도 차이로서 부각되는 점이다.

---

26) 권환(1940), 『朝光』 12월호, 조선일보사, 175~176쪽.

써 그이 머리에서 作用하는 판타지는 다各其 달을뿐만아니라 그것이 그들의職業, 敎養等에서받은 影響은 實로 强大할것이다.

冬日한地方, 同一한時代라도 商人과 農民의판타지, 別莊과 土幕에서사는 사람의판타지 知識階級과 文盲의판타지가 同一할수없다.

時代, 場所, 職業, 敎養等이 現實的 條件이다.

판타지가 비록 現實的對象이 없어도 成立할수 있을만치 創造的이고 自由的이고 또 現實的諸條件의 拘束을 받지않는것이라도 그것은 어데까지든지 現實을 基礎로하여 發生되는것이며 現實과 關係없이 成立되는것은아니다.

— 「詩와 "판타지"」27) 가운데서

이 글은 시대정신을 중요하게 여긴 딜타이의 방향을 권환이 고스란히 따르고 있음을 보여준다. 시대정신을 지닌 작가에게 뒤따르는 것은 현실에 대한 철저한 체험이다. 곧 체험을 통한 시대정신의 발현을 중요한 태도로 여긴 딜타이의 생각을 권환은 받아들인다. 그러면서 권환은 이전까지 가졌던 계급주의문학의 당파적이고 이데올로기적이며 주관적인 범주와는 다른 방향에서 대상체험을 제기하고 있다는 점에서 달라진 면모를 보인다.

그래서 이 시기에 와서 권환은 당대비평의 방향점을 체험에 바탕을 둔 현실적 구체화에 두고 있다. 이는 카프 해산 뒤에 뒤따른 계급주의문학에 대한 성찰에서 비롯된 것으로 짐작된다. 곧 계급주의문학이 지닌 동일성의 원리로는 당대 식민지 현실에 대한 객관적 인식으로 나아가지 못함을 인식한 결과로 보아진다. 처한 조건에 대응하는 시대정신은 서로 달라질 수 있다는 딜타이의 생각에 권환이 동조한 것이다. 앞의 시기에서는 처한 조건을 동일성의 범주로 묶어 생각해버림으로써 직면한 현실이 지닌 특수성에 다가서지 못하고 결

---

27) 권환(1940), 『조광』 12월호, 조선일보사, 177~178쪽.

국 관념적 주관성만을 더욱 북돋우고 말았다. 그래서 각 나라가 저마다 처한 현실의 조건에 맞는 특수성을 구별해내지 못했다는 반성과 성찰이 그로 하여금 딜타이 철학으로 나아가게 한 원인으로 짐작된다. 권환은 뒤이어 발표한 「藝術에 대한 '이메-지'의 役割」(1941년 『조광』 제7권 6호, 조선일보사)에서 이를 더욱 분명하게 밝히고 있다.

> 그러나 以上의 所論은 決코 形象의 槪念에 對한 優越性을 認定하는것은 아니고 더구나 現實의 形相的把握이 現實認識이 唯一한 方法으로 意味하는것이 아니다. 첫째 어떠한 存在에서든지 萬一 그 形象만 남기고 그것이 가지고 있는 모든 槪念을 모조리 抽出해 버린다면 그것은 完全한 偶像的存在, 아무런 現實的價値없는 存在밖에 되지 않을것이다. 卽 鐘路三丁目에 있는 怜悧하고 私慾많은 布木商 A를 現實的으로 생각할때에만 그가 가지고 있는 肉體的形象 또는 性格的 行動的 形象이 머리속에 分明히 나타날것이다. 그러나 그怜悧하고 利慾많은 布木商 A란 槪念을 抽出하고 나면 그것을 우리에게 아무런 關心과 興味도 주지못하는 三分의 價値도 없는 偶像的存在만 되고 말것이다. 事實 우리에게 더 重要한것은 그가 가지고 있는 모든 肉體的 性格的 行動的形象보다도 그의 肉體的 性格的 行動的槪念이다.
> 뿐아니라 또 現實의 形象은 現實의 現象으로 表象되고 있는데 우리가 現實에 對하여 萬一그 想-形象만을 過大評價하여 그것만을 重要視하고 固執하여 본다면 그속에있는 本質에 對한 注意가 疎忽하게 될것이다.그래서 우슴의 現象속에 칼의本質, 꽃송이 피는 現象속에 꽃떠러지는 本質이 있는것을 모르게 될것이다.
>
> −「藝術에 對한 '이메-지' 의役割」[28] 가운데서

이처럼 이 시기에 와서 권환의 비평문학은 앞에서 보여준 것과는 분명 달라져 있다. 이미지와 상상력이라는 용어를 통해 현실에 대한

---

28) 권환(1941), 『조광』 6월호, 조선일보사, 137~138쪽.

대응을 보인다는 점은 추상적이라고까지 할 만하다. 그런데 이미지와 상상력이라는 것이 사실상 현실적인 기반이 없을 경우에는 무용지물이라는 점을 권환은 말하고 싶어 한다. 그에게 이미 당파성이라는 개념은 사라져버렸지만, 현실을 보는 인식에 있어서 현상 드러내기, 곧 겉만을 과대 포장하는 방식은 문학이 나아갈 올바른 방식이 아님을 여전히 강조하고 있는 셈이다.

곧 권환은 "모든 肉體的 性格的 行動的形象보다도 그의 肉體的 性格的 行動的槪念" 파악이 더욱 필요한 사항이라고 말하고 있다. 여기서 말하는 형상과 개념은 다른 말로 하자면 현상과 본질쯤으로 볼 수 있을 것이다. "現實의 形象은 現實의 現象으로 表象되고 있는데 우리가 現實에 對하여 萬一그 想-形象만을 過大評價하여 그것만을 重要視하고 固執하여 본다면 그 속에 있는 本質에 對한 注意가 疎忽하게 될 것이다"라고 주의를 환기시킨다. 이 말은 권환이 문학의 몫을 시대와 역사에 기대어 보고 있음을 알게 해주는 대목이다. 현상의 이면에 본질이 몰래 감추어져 있음을 드러내는 것은 여전히 문학이 갖추어야 할 시대적 임무이면서 문학이 담당할 중요한 몫이므로 권환은 이를 줄기차게 제기하고 있다. 문학의 사회적 실천성을 뚜렷하게 제기한 앞선 시기와는 달리 이 시기에 이르러서는 현실을 있는 그대로 볼 것이 아니라 그 현실 속에 녹아 있는 본질에 다가서는 것에 소홀해서는 안 됨을 주장한다. 이는 곧 실천의 장에서 벗어나는 다소 소극적인 대응이다. 그러나 현상에만 집착한 나머지 현실에 대한 비판적 시각을 제공하지 못했던 급진적 계급주의문학에 대해 한편으로는 비판을 담고 있다는 점에서 소홀하게 다룰 일만은 아닌 것으로 보인다. 결국 이미지와 판타지를 매개로 하여 권환이 말하고자 한 바는, 현실에 대한 개인적인 차원의 철저한 인식으로부터 상상력과 정서가 발현되는 것이라는 점이다.

> 다만 藝術創造에있어서 이메─지의 重要한 役割을 理解못하는 이도 있는 同時에 그것을 過大評價, 卽 그것만으로 되는줄로 誤解하는이도 없지안타. 그러나 事實은 이메─지의 役割外에 重要한 役割도 無視하여서는 안된다. 더구나 詩에 있어서이다. 勿論 어떠한 이메지든지 더구나 創造的인 想像이메─지에 있어선 그것 떠오르기前 刹那에 벌서 情緖的作用이 있슬것이다. 그러나 우리가 萬─ 어떠한 具體的事物을 肉體的으로, 感動的으로 생각할때엔 그것의 影像이 떠오를뿐아니라 同時에 거거對한 想緖가 안이러나지 못할것이다. 卽 慾心많은 商人A를 미워하든지 사랑하든지 하는 마음으로 생각하면 그의 性格과 行爲의 影像이 如實히 머리에 떠오를것이다. 그러나 또 同時에 그를 미워하든지 사랑하든지 여러가지 情緖도 作用안되지 못할것이다. 個個의 多樣性을 가진 이메─지는 마치 映畵의 한쪼각쪼각 필림과갔는데 그 個個의 이메─지를 映畵의 編輯者가 쪼각쪼각의 寫影을 몽타쥬하듯이 有機的으로 矛盾되지안케 結合시키는것은 藝術家의 가지고있는 認識力이지마는 影像을 몬타쥬하듯이 有機的으로 矛盾되지안케 結合시키는것에 있서는 보다 重要한 役割을 하는것이다. 딜타이는 말하였다. 「情緖는 모든詩의 生命的基礎이다. 그리고 詩는 同時에 思想으로서는 貫通되는것이다」 또 그는 말하였다. 「生産關係가 詩의 판타지를 지배하는것이다」
>
> ─「藝術에對한 『이메─지』의 役割」[29] 가운데서

뿐만 아니라 권환은 이미지에 있어서 정서가 기본으로 작용한다고 밝혀두고 있다. 그래서 이미지로 구성되는 대표적인 갈래로 시를 들고 있다. 그는 이미지에는 사상이 관통하고 있으므로 시의 이미지와 판타지를 지배하는 것에 대해 딜타이의 말을 빌려, '生産關係가 詩의 판타지를 지배하는 것'이라고 정의하고 있다. 이처럼 권환은 시에 있어 특히 중요한 이미지와 판타지의 발현은 허무맹랑한 것이 아니

---

29) 권환(1941), 『조광』 6월호, 조선일보사, 239쪽.

라는 점을 말하고자 한다. 이런 생각에서 그는 시의 이미지와 판타지가 현실의 생산관계로부터 구축된다는 논리를 펼친다. 그가 말하는 생산관계는 엄밀하게 말해 맑스주의에서 말하는 것과 등일하지는 않다. 이 점을 생각한다면 문학에 대한 권환의 인식은 1940년대에 접어들면서 변화되고 있다고 보아진다. 이른바 인식의 퇴보이기도 하고, 다르게 풀이하자면 동양적 사유구조로의 이동이라고도 애써 말할 수 있는 부분이다. 딜타이와 맑스주의는 완전히 다른 길이다. 그러나 이 두 가지의 입장들은 모두 당대 현실을 기반으로 하고 있다는 공통점을 갖고 있기도 하다. 현실을 벗어난 판타지와 이미지는 아무것도 아니며 또한 정서를 표출할 수 없다고 권환은 보는 것이다. 또한 권환은 정서의 표출이 가능하기 위해서는 현실 속에 숨어 있는 본질을 파악한 뒤에나 가능한 것임을 힘주어 말한다.

이렇듯 권환은 이 시기에 와서 현실의 아무런 구속과 제한을 받지 않고 자유롭게 창조되는 판타지의 세계를 적극적인 현실대응과 참여 방식으로 인식하고 이를 이론화시키기 위해 노력했다.

농민문학론과 공동체의 복원

광복기에 들어선 권환의 비평 문학은 새롭게 변화된 현실에 맞게 진행되어 나간다. 그가 늘 농민문학론에 관심을 갖고 있었고, 이는 곧 비평 활동으로 이어졌다. 농민문학론에 대한 그의 지속적 관심이 이루어질 수 있었던 까닭에는 '朝鮮人口의 約八割以上'[30]이 농민으로 구성되어 있다는 현실적 측면과 함께 농민에 대한 애정이 각별했다는 개인적 측면이 함께 놓인다. 현실적 측면에서 볼 때, 그에게 농민 문제는 사회변혁에 있어서 매우 중요한 대상이었다. 그의 이런 태도는 계급주의 혁명노선과 맞물려 나타난다는 점에서 주목할 사항이다.[31]

광복기에 이르러서 권환의 농민문학론은 명확한 이론적 틀을 갖추기 시작한다. 앞서 1931년에 제기한 농민문학 논의에서, 프롤레타리아 헤게모니 아래에 농민문학을 두는 것이 타당하다는 국제적 흐름을 권환은 그대로 받아들이고 이런 인식이 식민지 조선에 잘 부합된다는 주장을 하였다. 이런 주장은 농민문학의 독자적 자리를 배제한 것으로부터 출발하고 있음이 특징이었지만, 카프 해산 이후 새로운 국면을 맞게 되면서부터 권환은 농민문학에 대한 정치 틀을 마련하는 데 노력을 다한다. 광복기에 이르자 권환의 농민문학론은 앞서 제기한 틀과는 다른 단계에 서 있게 된다.

> 民主主義革命인 現段階에있어 封建制度殘滓의 掃蕩이 한重要한 課業으로 되어있는 것은 누구나거진相識的으로 다아는바인데 封建制度殘滓中에는 婦人問題 常民 特히 白丁問題 氏族制度의 遺習問題等이 있지만은 그中에도 農民問題가 가장重要 또 緊急한 問題인 것은 또한 누구나 다 是認하는바이다. 全人口의 約八割이나 占領하고 있는 이 農民의 가지고있는 封建制度殘滓의

---

30) 권환(1940), 「農民文學의 諸問題」, 『朝光』 9월호, 조선일보사, 98쪽.
31) 계급주의자들은 사회주의로 나아가는 시점에서 봉건적 상태에 놓여 있는 제3세계와 식민지 아래에 놓인 농민들을 변혁의 주체로 내세울 방안을 고민하여, 그에 대한 대안과 방침을 내놓았다. 농민은 계급주의자들의 시각에서는 골칫거리로 다가오는 계층으로 분류된다. 그런 점에서 계급주의자들이 규정하는 농민계층은 사회변혁의 진행 과정에 함께 할 연대 대상이었다. 농민계층에 대한 권환의 엄호와 지속적이며 각별한 관심은 이런 전체적인 사회운동과정에서 비롯된 것으로 볼 수 있다. 그런데 이 결론은 권환이 보여준 여러 문학적 활동에 비추어볼 때 문제될 만한 것이 많다. 곧 권환의 농민문학을 다루는 일에 있어서 계급주의 관점으로만 그 특징을 찾기란 상당히 힘든 일이다. 그 이유는 그가 그의 시들에서 보여주는 농민들에 대한 애정들이 과학적 사고에서 나온 것으로 보기에는 남다른 바가 있기 때문이다.

掃蕩이없이는 民主主義革命이 完成될수없으며 또 따라서 다음의 段階으로 발전할수도 없을 것이다. 그럼으로 民主主義革命에 一翼的任務를 다하려는 文學運動에 있어서도 封建制度殘滓掃蕩이 亦是 한 重要한 課業으로 되어 있으며 따라서 封建制度殘滓中에 가장 重要 또 緊急한 農民問題를 中心테 —마로하는 農民文學이 現段階엔 文學上 한重要한 位置우에 登場안할 수 없다 뿐만아니다 우리文學은 人民의 文學이여야 하는데 朝鮮人民의 主體와 基礎는 絕對多數인 勞動者農民의 勤勞大衆이다 그러므로 農民文學은 人民의 한 主體의 文學으로서도 重要한 地位를 가저야할것이다.

그러면 우리는 먼저 朝鮮農民의 文學에 남어있는 封建制度殘滓에 對하여 大略이나마 解剖해 보기로 하자.

—「朝鮮農民文學의 基本方向」[32] 가운데서

이 글은 1946년 2월 8~9일 양일에 걸쳐 서울에서 열렸던 '조선전국문학가대회'에서 권환이 발표 보고한 글이다. 이 글의 기본 방침은 박헌영의 이른바 <8월 테제>에 기초하고 있다.[33] <8월 테제>는 조선혁명의 현 단계 목표를 부르주아민주주의혁명 단계로 설정한 것이었다. '봉건제도잔재의 해부', '농민문학의 구성방법', '농민문학의 계몽적 역할' 등, 세 가지 방식으로 구성된 이 글에서 권환은, 부르주아민주주의혁명으로 나아가는 데 있어 농민은 반봉건제도를 타파하고 토지개혁을 이루는 것을 중요한 관심거리로 여기고 있다고 보았다. 그리하여 농민문학은 이러한 혁명의 중요한 동맹부대로서 설정된 바탕 위에 서 있는 것이어야 한다고 주장하고 있다.

이른바 <8월 테제>에 따르면 농민은 인민정권을 수립하는 데 있어 중심계층임에는 틀림없다. 그래서 권환은 통일전선전술의 일환으로 농민이 중요한 혁명의 동맹군이며, 이를 달성하기 위한 문학으로

---

32) 권환(1946), 『건설기의 조선문학』, 조선문학가동맹중앙집행위원회서기국.

33) 김윤식 역음(1989), 「조선공산당 1945년 8월 테제」, 『한국현대현실주의비평선집』, 나남, 372쪽.

서의 농민문학론을 제기하고 있는 것이다. 광복기에 제출한 권환의
농민문학론은 박헌영이 제출한 이른바 <8월 테제>를 바탕으로 삼아
이루어져 있어 그 목소리는 확신에 차 있는 듯하다.

> 農村民에게 土地를 주어야한다 農事짓고싶은 農民에게는 다 農事짓도록 땅을
> 주어햐한다 土地는 하로바삐 平民的으로 解決지어야 할것이다 그러나 우리의
> 最後의 目標가 達成함은 性急하게 되는것이 아니고 農民自身의 力量은 勿
> 論 唯一한 同盟軍인 勞動階級力量의 成長과 其他 客觀情勢에 따라 次次
> 達成될것이다 그래서 農民은 그 目標의 達成을 爲해 勇敢한 鬪爭을 繼續할
> 것이다 그러한 農民을 眞實하게 表現하는 그것이 卽農民文學일것이다.
> ―「朝鮮農民文學의 基本方向」[34] 가운데

이 글은 농민문학의 최종 목표를 담고 있는 슬로건이다. 농민들의
존재기반은 뭐니 뭐니 해도 토지이다. 토지를 매개로 해 삶을 영위
하는 농민들에게 토지의 무상분배는 최상의 정치적 배려이자 경제적
고려이다. 그래서 권환은 구체적으로 농민문학의 방식을 제시하기에
앞서 농민에게 절실한 과제를 드러내고 있다. '토지를 농민에게'는
당시 남조선노동당의 정책강령 가운데 가장 중요한 정치적 슬로건이
다. 그런 이유로 권환은 "農村民에게 土地를 주어야한다 農事짓고
싶은 農民에게는 다 農事짓도록 땅을 주어햐한다 土地는 하로바삐
平民的으로 解決지어야 할것이다"라고 주장하고 있다. 이것에서 조
선문학가동맹은 단순한 문학가조직이 아니라 준정치조직으로서의 역
할까지도 담당한 것으로 보인다. 이는 1930년대에 카프가 혁명적 정
당의 수준으로까지 나아간 것과 마찬가지인 셈이다.

---

34) 권환(1946), 『건설기의 조선문학』, 조선문학가동맹중앙집행위원회서기국, 90쪽.

三. 農民文學의 構成方法

過去에도 農民文學이었다 李箕永三人者의 農民小說集을 爲始하여 民村의
「故鄕」 其他安懷南, 李根榮等의 優秀한作品이 많이 産出되었다 그러나 그
中의 푸로레타리아文學에서 出發한農民文學은 다른 여러가지의 生活條件을
너무도 輕視하고 政治的 社會的 關係에만 偏重한 短點이 없지 않었고 다른
한편의 鄕土文學에서 出發한 文學은 政治的 社會的 關係를 너구 輕視하고
農民의 自然的 條件과 傳統的生活에만 偏重한 缺點이 없지않었다 나는 農
民文學의 革命的 로만티시즘-진보적리알리즘의 基礎에선 構成方法에 對하여
略論할려한다.

-「朝鮮農民文學의 基本方向」³⁵⁾ 가운데서

권환은 당면 시기에 필요한 농민문학의 방향을 제출하기에 앞서
과거에 제기된 농민문학론어 대한 비판적 점검을 빼놓지 않고 있다.
이 점검을 통해 볼 때 권환이 초기 카프 활동기에 인식했던 농민문
학론과는 상당한 노선상의 차이점을 드러내고 있음을 확인하게 된다.
권환 자신이 몸담고 활동한 카프 안에서 그는 농민문학에 대해 '푸
로레타리아文學에서 出發한農民文學은 다른 여러 가지의 生活條
件을 너무도 輕視하고 政治的 社會的 關係에만 偏重한 短點이
없지 않았다'고 지적한다. 이런 인식은 1940년대 생산문학론 속에
포함시킨 농민문학론에서 식민지 조선의 제반조건을 고려하지 않은
상태에서 제출된 것은 일정 정도 잘못임을 시인한 바 있다. 그런 맥
락에서 이 발언은 더욱 분명한 입장을 드러낸 것이다. '프롤레타리아
문학'에서 출발한 '농민문학'에는 분명한 한계를 지니고 있었다는 뜻
이다. 그 가운데 카프에서 제기한 농민문학은 '여러 가지의 생활조
건'을 무시하고 계급적 관계에단 초점을 둔 탓으로 문제를 안고 있

---

35) 권환(1946), 『建設期의 朝鮮文學』, 朝鮮文學家同盟中央執行委員會書記局, 91~93
쪽.

었다는 지적을 바탕에 깔고 있다. 이는 뒤에 살펴볼 사항이지만, 나라마다 시대마다 처한 농민들의 제반조건, 곧 특수성을 염두에 두지 않은 것에 대한 권환 스스로의 반성인 것이다.

다른 한편으로 권환은 농민문학의 왜곡된 방향인 향토문학에 대한 비판도 빠트리지 않는다. 그는 "鄕土文學에서 出發한 文學은 政治的 社會的 關係를 너무 輕視하고 農民의 自然的 條件과 傳統的 生活에만 偏重한 缺點이 없지 않았다"는 점을 밝혀놓고 이를 비판한다. 이것은 곧 소재주의 농민문학에 대한 비판이라고 할 수 있다. 또한 농민이 처한 특수한 상황만을 고려한 탓에 빚어진 것으로서 여기엔 향토문학에 대한 비판도 포함되어 있다.

이렇듯 '프롤레타리아문학'에서 출발한 농민문학과 소재주의에서 출발한 향토문학을 동시에 비판하고 있는 이 시기 권환의 농민문학론은 "革命的 로만티시즘－진보적리알리즘의 基礎" 위에 서 있다. '혁명적 로만티시즘'이라는 것은 당면 과제로 제기된 부르주아지민주주의혁명을 뜻하는 것이고, '진보적리알리즘'이라는 것은 당대에 제기된 정치적 슬로건으로서 민주주의혁명을 뛰어넘는 단계로 나아가는 것을 그 속내에 담고 있는 것이다. 그런 점에서 이 시기에 제출된 '혁명적 로만티시즘－진보적리알리즘' 농민문학론은 민족적인 내용과 계급적인 내용이 다 함께 포함된 절충적인 논의이자 당대 농민의 처지를 반영한 내용이다.

권환이 제기한 농민문학론은 급박하게 돌아가는 광복기의 정치상황 속에서 긴급하게 제출된 것이다. 그런 탓에 농민문학은 농민들이 놓인 처지와 그에 따른 당면과제를 진술한 텍스트인 셈이다.

첫째 (가) 自然的背景이란 農村마다 山川野等의 各다른 特殊的背景을 가지고 있다 이것이 農村의 都市와 特殊한 點이고 또 農村마다의 特色을 만들러 주는 것이다 사실 農村의 傳統과 其他生活條件도 이 自然的背景의 影響을 直接的 間接的으로 많아 받고 있다. 萬一農村에 이러한 各 다른 自然的 背景이 없다면 農村의 情景은 한빛갈로 染色한것 같은것이다.

그 다음 (나) 鄕土的傳統은 오러동안 살어온 傳統이었다 即 氏族的因習, 言語, 結婚, 葬禮上 或은 娛樂에 까지 다른 農村엔 볼 수 없는 그 農村獨特한 傳統이었다. 이 傳統은 農村의 資本主義化에 따라 漸次滅殺되지 마는 아직까지는 輕視할수없을 만치 頑固하다.

그다음은 (다) 生産文學인더 이때까지는 地方의 氣候風習에 따라 耕耘收穫 等 生産生活에 鄕土마다 各다른特色을 가젓으나 最近農村의 若干 近代化에 따라서 그러한 特殊性이 거즌없게되었다 다만 아주 特殊한 地帶 特殊的耕作農民 例하면 深奧한 山谷地帶의 農民 火田民같은건 生産生活에 普通農民과 다른特殊性을 가졌지마는 그것은 極少一部에 不過하다.

그다음(라) 政治的社會的關係 例하면 地主小作間 其他 모든 政治的 社會的關係는 農村마다 一般的이고 特殊的일수없다.

(마) 其他一般的條件 例하던 學校敎育等 各農村의 大槪 共通的인 一般的 條件인데 이것은 勿論特殊的일수없다.

農民文學에 있어서도 一般性 特殊性 그 어느것이든지 偏重한다든지 忘却한다든지 하여서는 眞正한 리알리스틱한 文學이될수 없다 兩者를 다 正確히 認識하고 具體的으로 表現함으로서 비로소 산農民의 라이푸 現實的農村이 表現될것이다.

첫째 自然的背景에만 偏重하면 文學이라기보다 田園文學이되기 쉬울것이고 鄕土的傳統에 偏重하면 鄕土文學, 地方主義文學이 되기쉬울것이다. 이러한 文學은 農民의 特殊性은 遺憾없이 표현할 수있다. 그러나 이러한 農民은 一般的인 社會的關係, 政治的關係와 絶緣된 말하자면 現實的農民이 될수없다 農民의 一般性이 忘却돈것이다.

그리고 社會的 政治的 關係에만 偏重하면 一般性은 高調되나 農民의 特殊性이 忘却됨으로 산農民의 라이푸가 表現되지않고 라이푸가 一樣化 定型化되며 作品이 公式的 觀念化된다 過去카푸時代의農民文學이 이러한 缺陷을 많이갖었었다.

한農村을 그리드래도 한 農村 가운데는 決코 地主와 小作人만 있는 것이 아니고 그가운데는 地主小作人外에 自作도 있으며 農業從業雇傭人도 있으며

或은 非農民 卽小商人, 小酒店, 面書記, 小學敎師같은 月給쟁이도 있을 수 있는 것이며 地主라도 惡한者 善한者 思想이 頑固한者 進步的인者 小作人中에도 自作 又는 다른職業과의 兼農者 極貧農等 여러 階層이 있는것을 잊어서는 안된다 그래서한農村 한農民이라도 너무 單純하게 一般性만 觀察하지 말고 어데까지든지 그것을 구체적으로 觀察하며 그의 特殊性을 忘却하여서는 안된다.

그러나 또한개의 農村도 自體의 特殊性만 가지고있는 存在는 있을 수 없고 廣汎한 朝鮮農村의 一環인것을 忘却하여서는 안된다 一般的인 政治的 社會的 關係를 가졌을 뿐아니라 그 關係는 縱的으로 橫的으로 서로 關聯되어 있는 것이다.

―「朝鮮農民文學의 基本方向」[36] 가운데서

농민문학론의 구성방법을 구체적으로 제시한 부분이라 하겠다. 이 부분에서 권환은 농민문학의 구성요소를 명료하게 다섯 가지로 구분하여 제시한다. 여기서 제시한 다섯 가지 구성요소의 밑바탕에 깔려 있는 것은 나라마다, 지역마다 처한 상황이 다르다는 점을 인식하는 태도이다. 일반성으로서의 농민문학론의 구성이 아니라, 특수성에 더욱 중심을 둔 농민문학론에 치중하고 있음을 확인하게 된다. 이런 변화는 앞서 1940년대 초에 제출된 농민문학론에서 이미 감지되었던 바이다.[37] 그러다 광복기에 와서는 조선농민이 처한 현실적 과제가 반봉건의 질곡으로부터 벗어나는 일임을 더욱 분명하게 밝혀둔다. 이를 구체적으로 일러두면 다음과 같다. '자연적 배경'에는 지역마다 다른 특수한 배경이 담겨 있어야 한다. '생산적 전통'에는 농촌의 특수한 전통이 들어 있어야 하고, '생산문학'에는 기후 풍습에 따라 각기 다른 특수한 사정이 들어 있어, 이를 드러내는 것이 마땅한 일로

---

36) 권환(1946), 「朝鮮農民文學의 基本方向」, 『建設期의 朝鮮文學』, 朝鮮文學家同盟中央執行委員會書記局, 91~93쪽.
37) 권환(1940), 「농민문학의 제문제」, 『조광』 9월호, 조선일보사.

본다. '정치적사회적 관계'로서 바라볼 때 "地主小作間 其他 모든 政治的 社會的關係는 農村마다 一般的이고 特殊的일수없다"는 점을 염두에 둔 농민문학이 되어야 한다. 마지막으로 '其他一般的 條件'에는 "學校敎育等 各農村의 大槪 共通的인 一般的條件인데 이것은 勿論特殊的일수없"음을 보여주었다.

여기서 글쓴이는 앞선 세 가지 요소는 특수성을 다룬 것이라면, 나머지 두 가지 요소는 일반성을 여전히 강조하는 것임을 확인하게 된다. 배경과 전통, 생산의 범주에서는 특수적인 면을 인정하면서도 결정적으로 농민의 계급적 위치를 이해하는 대목인 '관계성'과 '조건'이라는 범주에 이르러서는 권환이 계급적 입장에서 농민을 바라보고 있음을 확인할 수 있다. 권환이 농민문학론에서 제시하고 있는 방안들을 챙겨 권환의 인식을 짚어보노라면, 당시 권환이 이념적으로 혼란을 겪고 있었던 정황을 엿볼 수 있다. 그런 까닭으로 절충적인 모습을 띤 농민문학론이 되는 것이고, 이는 결국 농민문학의 독자성을 개척하는 한 단초를 마련한 것으로 풀이할 수 있을 것이다.

이렇듯 이 당시 권환의 농민문학론은 일반성과 특수성을 한데 묶어 변증법적 통일로 나아가는 길목에 서 있는 단계였다. 그런 고민의 흔적은 바로 다음과 같이 드러난다. 곧 "農民文學에 있어서도 一般性 特殊性 그 어느것이든지 偏重한다든지 忘却"해서는 안 되고, 어느 것에 편중된 문학은 "眞正한 리얼리스틱한 文學이 될 수 없다"고 말하고 있다. 일반성과 특수성을 모두 "다 正確히 認識하고 具體的으로 表現함으로써 비로소 산農民의 라이푸 現實的農村이 表現될 것이"라는 것이 당시 권환이 주장한 농민문학른의 핵심적인 내용이다.

더욱이 권환은 이런 농민문학론을 제시하면서 과거의 카프 농민문학론의 문제점을 지적하는 것도 빠트리지 않는다. "社會的 政治的 關係에만 偏重하면 一般性은 高調되나 農民의 特殊性이 忘却됨으로 산農民의 라이푸가 表現되지않고 라이푸가 一樣化 定型化되며 作品이 公式的 觀念化된다 過去카푸時代의農民文學이 이러한 缺陷을 많이갖었었다"는 그의 진술은 이를 예증해준다. 여기서 공식적 관념화의 길을 걸었다는 비판은 권환 자신이 스스로를 비판한 자기비판에 가까운 것이라서 눈길을 끈다. 이 대목에서 권환의 출발점이 결국 맑스·레닌주의와 대별되는 계급주의적 전통이 아님을 새삼스럽게 확인할 수 있다. 곧 동양 유교적 전통에서 바라본 계급주의의 자리에 권환은 발 딛고 서 있는 것이다. '산農民'을 표현하고자 한다는 일반성과 특수성을 변증법적인 통일을 통해서 획득해야 한다는 점이 이를 분명하게 해주고 있다.

특히 권환은 당시 조선이 맞은 현 단계로서의 혁명단계를 부르주아지민주주의혁명이라 여기고 농민의 "社會的 政治的 關係"에 대한 설명에 힘을 쏟고 있다. "한農村을 그리드래도 한 農村 가운데는 決코 地主와 小作人만 있는 것이 아니고 그가운데는 地主小作人外에 自作도 있으며 農業從業雇傭人도 있으며 或은 非農民 卽 小商人, 小酒店, 面書記, 小學敎師같은 月給쟁이도 있을 수 있는 것이며 地主라도 惡한者 善한者 思想이 頑固한者 進步的인者 小作人中에도 自作 又는 다른職業과의 兼農者 極貧農等 여러 階層이 있는것을 잊어서는 안된다 그래서한農村 한農民이라도 너무 單純하게 一般性만 觀察하지말고 어데까지든지 그것을 구체적으로 觀察하며 그의 特殊性을 忘却하여서는 안된다"는 것이 그것이다.

이는 농촌과 농민의 문제를 다루는 데 있어서 훨씬 복잡한 양상으로 얽혀 있는 조선의 현실을 감안한 것이다. 지주와 소작인만으로 관계설정이 되는 단순한 구조로서의 농촌이 아니라, 다양한 농민층들이 존재한다는 현실적인 기반 위에서 농촌을 보는 입장이다. 권환은 농촌에 거주하는 비농민, 곧 '소상인', '소주점', '면서기', '소학교사' 들과 같은 월급쟁이들까지도 한데 아우르는 농민문학이 되어야 함을 주장하고 있다.

여기서 새롭게 주목되는 인식방법으로는 "地主라도 惡한者 善한者 思想이 頑固한者 進步的인者"로 나누어볼 수 있다고 한 점이다. 생산관계 속에서 바라보고자 한 계급주의 입장에서 다소 후퇴하여 지주에도 악한 자와 선한 자의 구분이 가능하다는 생각은 앞서 딜타이의 철학으로 퇴조한 그의 변모 양상에서 일찍이 짚어본 것이다. 이는 관계성 속에서의 농민을 바라보는 태도에서 훨씬 벗어나 있음이다. 곧 지주와 소작농을 새로운 잣대로 바라보려는 그의 태도에서는 급진적 계급주의자의 모습은 찾아볼 수 없다. 그런 점을 감안하고 본다면, 사유구조의 변화를 전술적인 차원에서 바라볼 것인가 하는 문제가 남는다. 민주주의혁명단계에서 절실하게 요구되는 것이 통일전선체이다. 통일전선을 강하게 만들기 위해서는 이러한 전선에 동조하는 모든 사람을 사상과 계층을 막론하고 모두 포함시킬 수 있다는 것이 이 당시 북한의 전략이자, 남로당의 통일전선전술이었다는 점을 염두에 둘 필요가 있다. 이를 바탕으로 한다면, 당시 권환이 이 글을 제출한 시기에는 임화와 마찬가지로 권환 역시 남로당의 전략에 일정 정도 동조하고 있었던 것으로 보아야 할 것이다.

農村이 中堅이라 할수있는 二十代의 靑年들은 大部分이 小學 或은 夜學講
習을 마쳤다 그러나 그들은 日帝의 强壓으로 國文은 배우지못하였다 그래서
大多數의 文盲과 國文未解者를 爲해 文盲退治 國文普及等 啓蒙事業은
封建殘滓掃蕩事業과 竝行하여야할 重要 또 緊急한 事業임으로 農民文學運
動도 그러한 啓蒙事業과 不可分할 關係를 가질뿐아니라 農民文學運動도 啓
蒙運動의 一翼으로서 活潑히 展開되어야할것이다 그러함으로서 멀지않은 將
來에 農民自身의손으로 創造한 農民文學 農民出身의 農民文學家가 輩出
할수도 있을 것이다

—「朝鮮農民文學의 基本方向」[38] 가운데서

또한 당시 농민문학에 부과된 몫으로 중요하게 제기된 것이 계몽
성이라고 권환은 생각한다. 권환이 생각하기에 농민문학에서 계몽적
역할이 중요한 까닭은, 첫째 문화를 향유할 여력이 농민에게는 없었
다는 점, 둘째 교육받을 기회가 적어서 글자를 깨우친 사람이 농민
에게는 특히 적었다는 점 등이다. 이 두 가지를 해결한 뒤에나 비로
소 농민문학은 농민출신의 문학가를 배출시킬 수 있다고 보는 것이
다. 이런 그의 농민문학론의 전개는 그 뒤에도 한 차례 더 있었다.

朝鮮農民은 一般文化水準이 모든階層가운데 가장低下하다. 그것은 李朝五
百年以來 文化는特殊階層의 專有物이되고 農奴的 半封建的壓制미테 呻吟
하고있는 多大數의農民은 더구나 △△로生命△△에도 努力이업는그들은 文
化를 享有할 △格가 있을수없다 따라서 그들이 所△한 그들의文學이 있을 수
없다 그러므로 우리는 우리가 農民文學을 創造할 때 그점을充分히 △△하고
文學의 形式에對하여 特別한配慮가 必要할 것이다 或 最大限도로 形式과
用語를 △明 △化하여 最大限의 많은 農民이 理解할수 있도록 하여야 할
것이다.

—「文學手帖: 農民文學의 配慮」[39] 전문

---

38) 권환(1946), 「朝鮮農民文學의 基本方向」, 『建設基의 朝鮮文學』, 朝鮮文學家同盟中央
執行委員會書記局, 95쪽.

권환은 다시 한 번 "朝鮮農民은 一般文化水準이 모든階層가운데 가장低下하다. 그것은 李朝五百年以來 文化는特殊階層의 專有物이되고 農奴的 半封建的壓制미테 呻吟하고있는 多大數의農民"들을 위해 농민문학을 창조할 때 "특별한 배려"가 필요하다고 주장한다. 이를 극복하기 위한 방안으로서 농민문학은 "最大限도로 形式과 用語"를 알아듣기 쉬운 것으로 작성하여야만 "最大限의 많은 農民이 理解"할 수 있다고 강조한다. 이것은 앞서 권환이 농민문학론을 언급할 때면 누누이 주장한 바이다. 농민문학의 주체와 대상은 다른 것이 아니라 농민일 뿐이다.

그래서 지식인이었던 권환이 농민문학에 대해 접근하기 위해선 무엇보다 태도의 문제를 중요하게 다룰 수밖에 없었던 것이다. 곧 권환에게 있어 농민문학은 이데올로기 선택의 문제로 인식되었을 것이라는 점은 부인할 수 없다. 그가 분명하게 밝히고 있듯이, 농민문학은 반봉건에 시달리고 있는 농민을 대상으로 하여, 이 반봉건의 상태로부터 농민들을 해방시키는 것을 목표로 한 문학이었던 것이다. 이런 목표를 둔 문학이어야 진정한 의미에서 농민문학이 되는 것이라는 인식이 권환의 농민문학론의 핵심이다. 그래서 이를 위해 문학인들은 철저하게 문학기술자의 태도를 간직하고 있어야 하고, 이것이 지식인이 지녀야 할 당연한 창작태도임을 권환은 분명히 인식하고 있었던 것이다.

이렇듯 권환의 농민문학론은 나름대로 독자적인 한 방향성을 제기할 뿐 아니라, 근대 문학에서 중요한 쟁점으로 대두되었던 농민문학론의 변화과정을 전형적으로 보여주고 있다. 이를 통해 권환은 그가

---

39) 권환(1947), 『국학』 1월호, 국학전문학교, 79쪽.

지향했던 계급주의문학과도 서로 연관을 가지면서 그 속에서 변화를 모색하고자 했다는 점이 그의 농민문학론이 현재적 의미로 다가오는 까닭이다.

곧 권환의 농민문학론에는 현실참여와 실천적 태도가 그 핵심내용으로 자리 잡고 있고, 그것은 또 당시의 문학 상황 속에서 독자적인 영역을 구축하고 있다. 당대 농민문학을 주창한 이들과는 사뭇 다르게 농민들이 처한 현실을 철저하게 파악하면서, 농민을 대상화하는 것을 경계하는 방향에서 농민문학의 올바른 방향성을 시대적 정신과 결부시켜 마련한 점이 돋보인다. 또 현대사의 격동기를 거치면서 제기되었던 1970~80년대 농민문학론과 그 맥을 고스란히 잇대고 있다는 점에서 그의 농민문학론이 갖는 의미는 남다른 바 있다.40)

이상에서 살펴본 바와 같이 권환의 비평문학에는 사회를 변혁하고자 하는 의지와 그 구체적인 방안들이 담겨 있다. 1930년대 초 카프 내에서의 활동기에는 맑스·레닌주의를 기초로 하여 신문학기술론을 주장하면서, 문학에 있어서 계급적 당파성을 전개하였다. 그러다 카프 해산 뒤에는 문학비평의 방향이 이미지와 판타지에 대한 관심으로 나아가고 있었다. 이것은 그가 현실을 외면하고자 하는 의도에서 나온 것이 아니라, 현실을 바탕으로 삼고, 현실의 체험을 강조하고자

---

40) 농민문학론은 권환의 비평적 관심에서 볼 때 유달라 보인다. 그 까닭은 거기에 농민들에 대한 강한 애정이 녹아 있기 때문이다. 이러한 점을 생각해본다면, 그의 농민문학론을 계급주의문학으로 규정하고 이해하는 일은, 그가 당시 가졌던 농민문학론의 원형이 갖는 의미를 축소시키는 결과를 가져올 것이다. 이를 그대로 따르게 된다면 광복기에 제출된 그의 농민문학론은 앞서 1930년대 초 카프의 맹원으로 활동하던 시기에 제출된 농민문학론과 비교해서 단연 계급주의문학에서 후퇴한 것으로 평가받을 수도 있기 때문이다. 광복기에 마련된 그의 농민문학론에서는 앞서와 다르게 계몽의 역할이 덧붙여졌고, 또 계급문학의 하위범위에 농민문학을 두지 않았다는 점도 그의 글을 남다르게 보이게 하는 증거이다. 그러나 이렇게 권환이 보여주고 있는 농민문학론의 변화는 결국 농민들이 처한 현실을 기반으로 제출되었다는 데에서 그 의미를 새롭게 다져야 할 것으로 보인다.

하는 의도에서 제출된 것이었다. 광복기에 이르러 농민을 중심에 둔
농민문학론을 제시하면서 독자적인 농민문학론의 가능성을 열어놓았다.

VIII

권환 문학의
문학사적 의의

권환의 집안은 대종교와 밀접한 관련을 가지고 있다. 그러면서 민족광복활동을 펼친 창원군 진전면 오서리 안동 권씨 집안의 장남으로 권환은 1903년에 태어났다. 어릴 적부터 지역사학 경형학교에서 민족의식을 깨우치면서 자라난 그는 큰 뜻을 품고 1919년 야간도주를 감행하여 고향을 떠난다. 그리고 1919년 봄 무렵 서울 중동학교에 입학하여, 중등과를 거쳐 1922년 사립휘문고등보통학교에 3학년으로 편입하게 된다. 이때부터 문학에 관심을 두기 시작한 것으로 보인다. 1923년 권환은 사립휘문고보를 수료한다. 일본 야마카타(山形)고등학교를 졸업할 무렵인 1925년 『신소년』 7월호에 소년소설 「아버지」를 발표함으로써, 우리 문학사에 첫선을 보이면서 본격적인 작품활동을 시작하였다.

1926년 일본 교토(京都)제국대학교 독어과에 입학한 권환은 극과 소설에 걸쳐 다양한 문학활동과 사상학습을 통해 서서히 계급주의자로서 면모를 갖추기 시작한다. 권생(權生)이라는 필명을 사용하여 1928년에 경도에서 작성한 「階級論」은 그가 계급주의사상에 깊이 심취해 있었음을 보여주는 좋은 본보기다. 1929년 경도제국대학교 졸업과 동시에 동경 카프지부에 이북만의 권유로 맹원으로 가입하며, 권환은 조직적인 계급 훈련과 계급 활동을 맹렬하게 전개한다. 1929년 가을 무렵 귀국 뒤, 1930년부터 카프 신진맹원으로서 카프조직의 볼세비키화를 위해 노력하면서 대표적인 계급주의 이론가며 작가로서 활동했다. 그러나 일경에 의한 카프 맹원 검거와 1935년 카프의 해산으로 말미암아 권환은 전향과 은둔을 선택할 수밖에 없었다.

광복기를 맞아, 권환은 조선문학가동맹 제2대 서기장으로서 문학과 정치를 넘나들면서 활발한 활동을 새롭게 시작한다. 그러나 1948년 남한의 단독정부가 수립되면서 마산으로 몰래 숨어들어 투병생활을 거듭하는 고난스러운 하루하루를 보내게 되었다. 1952년 마산중학교에서 잠시 독일어 임시강사로 일하기도 했던 권환은 결국 혁명적 열정을 늘 가로막았던 폐결핵으로 인해 1954년 쓸쓸하게 죽음을 맞이하였다. 권환은 개인의 안위와 영달을 버리고, 식민지 현실을 극복하는 일에 힘을 보태는 투쟁 활동이 지식인의 시대적 윤리임을 몸과 마음으로 깊게 깨닫고 묵묵하게 그 실천을 위해 고심했던 문인으로서 그의 행적과 혁명적 문학활동은 오늘날 새롭게 재평가되어야 한다.

권환의 문학활동은 아동문학으로부터 비롯된다. 주로 『신소년』과 『별나라』를 중심으로 이루어졌는데, 1925년 『신소년』 7월호에 발표한 소년소설 「아버지」가 현재까지 알려진 그 첫 작품이다. 소년소설, 우화, 동시에 걸쳐 다양하게 이루어진 그의 아동문학은 짜임새에 있어 소박한 점이 없진 않지만, 식민지 현실과 모순 상황을 다각도로 담아내려는 노력을 아끼지 않았다. 가난으로 인해 아동이 겪었던 제도교육에서 소외 현상, 빈궁과 이주 체험, 우화 형식에 녹인 계급 모순 상황에 대한 인식 등을 통해 계급주의자로서 권환의 문학 밑자리가 든든하게 자리 잡혀가는 궤적을 아동문학은 잘 보여준다.

권환의 극문학 작품은 암울한 식민지 사회에서 살아가는 이들의 나약한 모습을 보여주는 데 주력하고 있다. 출구를 찾지 못한 식민지 지식인의 자의식 파탄을 그려낸 「狂!」과 청년들의 어리석은 사랑에 대한 풍자를 담은 「印刷한 러브레터」, 나라 잃은 시기의 고통스러운 식민지 현실 속에서 사회적 모순과 계급적 모순에서 비롯된 가난으로 말미암아 딸을 파는 지경에까지 이른 아버지의 타락한 윤리성을 전면에 내세우고 있는 작품 「아버지」가 그것이다. 이들 속에서 권환은 부조리한 현실을 풍자하는 노력을 멈추지 않았다. 극에 대한 검열이 직접적이었던 식민지 현실 아래서 계급 모순을 전면에 드러내지 않는 대신, 풍자정신어 담은 강한 현실 윤리의식을 통해 권환 극은 나름의 현실성을 담아내고자 한 노력을 그치지 않았다.

권환은 일본 교토(京都)제국대학교에 재학 중인 1927년에 소설 「썩은 안해－監房內의 幻夢」과 「慈善堂의 불」을 발표하였다. 그 시절 본격적인 계급 현실에 대한 대응을 시도하고 있음을 그의 소설문학은 잘 보여주고 있다. 그런 반면에 경도제국대학을 졸업한 뒤, 일본 동경 카프지부에서의 조직적 활동 경험을 쌓게 되고, 또 계급의식이 공고하게 되면서 그의 의식은 재학 시기와는 다른 질적인 변화를 불러일으켰고, 그것을 그의 소설문학은 고스란히 담고 있다. 마침내 권환은 '과학적 계급주의'라는 이념의 별을 발견하였고, 그러한 각성이 있은 다음에야 「木花와 콩」 같은 작품을 쓸 수 있었다.

권환의 1930년대 초반의 시는 계급주의시의 전형적인 양상을 보여주고 있다. 그의 시는 투쟁의식을 고취하고 혁명전위의 전형적인 모습을 그려내는 데 힘을 쏟았다. 혁명성과 투쟁성을 강조한 이러한 방향은 당대 민족적 현실을 문학적으로 대응하는 데에 있어서 서정시의 한계를 뛰어넘어서 현실을 변혁할 수 있는 무기로서 시의 실천적 기능에 대한 당파적 믿음 때문이었다. 새롭게 제기되는 전위적 창작방법론을 앞장서 실천한 전위적인 시인으로서 그의 아지프로시는 우리 근대 계급주의시의 뚜렷한 전통으로 남을 성과를 이루었다.

그러나 1935년 카프 해산으로 인해 그의 시는 자기성찰에 바탕을 둔 서정적인 고뇌로 방향을 전환시키고 있다. 내면 탐구에 가까운 이러한 경향 속에서도 늘 미래에 대한 밝은 전망을 간직하고자 하는 의도를 포기하지 않았다. 그런 가운데 광복을 맞이하게 된다. 이제 그의 시는 새로운 '나라건설'이라는 구체적 목표를 향해 다시 한 번 현실 변혁과 실천의 자리로 나서게 된다. 권환의 시는 형식에 얽매이지 않고, 자신의 염원을 가식 없이 드러내는 길을 선택한다. 새로운 국가건설에 있어서 방해가 되는 부왜분자와 분열을 조장하는 세력들을 꾸짖고 일소하는 데 그의 시는 노골적으로 바쳐지고 있다.

권환의 비평문학에는 사회를 변혁하고자 하는 의지와 구체적인 방안들이 들어 있다. 1930년대 초 카프 내에서의 활동기에는 맑스·레닌주의를 기초로 하여 신문학기술론을 주장하면서, 문학에 있어서 계급적 당파성을 전개하였다. 그러다 카프 해산 뒤에는 문학비평의 방향이 이미지와 판타지에 대한 관심으로 나아가고 있었다. 이것은 그가 현실을 외면하고자 하는 의도에서 나온 것이 아니라, 현실을 바탕으로 삼아 현실체험을 강조하고자 하는 의도에서 제출된 것이었다. 광복기에 이르러 농민을 중심에 둔 농민문학론을 제시하면서 독자적인 농민문학론의 가능성을 열어놓았다. 그의 비평문학은 계급주의 비평사의 흐름 속에서 강대적 긴장을 놓치지 않은 실천성을 잘 보여준 의의가 크다.

이제껏 살펴본 바와 같이 권환 문학은 매우 다채롭고 격정적으로 이루어졌다. 그는 한국 계급주의문학 형성기부터 이를 주도해나갔던 주류 가운데 한 사람이었다. 그의 삶과 문학에 대한 접근은 새롭고도 심도 있게 이루어져야 할 것이다. 특히 일제강점기와 광복기를 거치면서 내내 올곧은 개인 윤리성을 밑바탕에 깊게 깔고 그것을 포기하지 않았다는 점은 권환의 계급문학이 갖는 독특한 일반 문학적 진폭이라 할 수 있을 것이다. 이것은 한국의 대표적인 계급주의 문학인으로 알려지고 있는 김기진, 박영희, 임화와 같은 이들의 삶과 문학이 보여준 경직된 모습과 뚜렷하게 구별되는 측면이다. 이러한 예는 그의 문학활동이 첫출발적인 아동문학에서부터 극, 소설, 시, 비평문학에 이르는 전체 문학에서 조심스럽게 확인되는 바다.

지금까지 권환의 문학에 대한 관심은 시와 비평에만 머물렀다. 그리하여 그의 문학사적 평가 또한 소극적일 수밖에 없었다. 다른 유명 카프 문인들의 명성에 가려 문학사의 그늘에 놓여 있었다. 글쓴이가 다양한 갈래에 걸쳐, 다양한 활동을 그치지 않았던 권환의 문학 전반에 대한 접근으로 말미암아 일찌감치 계급주의 문학인으로서 문학적 투쟁의 자리를 키워 나왔던 그의 일관된 모습을 확인할 수 있었다. 우리 근대문학사 속에서 권환에 대한 새로운 자리대김과 값매김은 이제 획기적인 전환점을 맞이하고 있다.

IX

마무리

　권환은 우리 근대문학사에서 계급주의문학의 획을 그은 대표적인 작가로 알려져 왔다. 그러나 그에 대한 연구는 이제까지 부분적이고도 단편적으로 몇 차례 이루어져 왔을 뿐, 본격적으로 다루어진 바가 없다. 이 글은 지금까지 제대로 이루어지지 않았던 권환 문학에 대한 총체적이고도 종합적인 첫 연구다. 연구자는 권환의 삶에 관련된 새로운 실증 자료와 다양한 갈래에 걸친 미발굴 작품 발굴의 성과를 바탕으로 그의 삶과 문학을 유기적으로 이해하면서 권환 문학에 대한 새로운 이해에 이르고자 했다. 논의를 줄여서 마무리로 삼는다.

　Ⅱ장에서 글쓴이는 권환의 전기적 사실을 새롭게 재구성했다. 권환의 생애에서 잘 알려지지 않은 유년기와 초기 학습, 청소년 시기의 야간도주와 중동학교 진학, 그리고 휘문고등보통학교 시절에 대한 사실을 보완했다. 또한 일찍부터 카프 조직에 직·간접적으로 관

계를 하고 있었다는 사실, 나아가 일본 유학 시절과 1928년 무렵 카프동경지부에 있었던 계급문학 활동, 그리고 귀국 뒤 카프 조직 활동과 전향으로 이어진 김해에서의 은둔, 다시 서울로 올라온 당시 활동을 짚어볼 수 있었다. 광복기의 활동과 1948년 8월 이후 마산으로 내려와서 겪었던 빈궁한 생활상도 예외는 아니다. 장차 권환 평전에 이르기 위한 디딤돌은 놓인 셈이다.

Ⅲ장에서는 권환의 초기 문학에 해당되는 아동문학의 특성을 갈래별로 살펴보았다. 권환의 아동문학은 계급적 아동관에 바탕을 두고 계급문학인으로 단련되어가고 있었던 자신의 의식적 성장 과정을 잘 담아내고 있었다. 이들은 구체적으로 우리 아동이 겪고 있었던 가난 체험의 실상과 그에 대한 냉정한 인식을 담아낸 소년소설, 상상적 대립 공간을 통해 식민지 현실과 계급 현실을 계몽하고자 노력했던 우화, 아동계몽을 위한 구체적인 계급관을 담아내고 있는 동시에서 뚜렷하게 드러난다.

Ⅳ장에서도 권환의 극문학을 대상으로 삼았다. 일본 경도제국대학 시절에 발표한 두 편의 극이 「狂!」, 「印刷한 러브레타」다. 이들은 자아 외면과 내면에 걸친 부조리한 현실에 대한 풍자가 주조를 이룬다. 훨씬 뒤인 1940년에 쓰인 작품 「아버지」는 그러한 풍자적 시각이 더욱 구체화되고 명료해지고 있다. 궁핍한 농촌 현실의 모순을 딸을 팔아넘길 수밖에 없는 무기력한 아버지의 윤리적 타락상이 그 점을 잘 보여준다. 극은 권환 문학에서 계급의식의 외연을 이루면서 그의 문학적 성장에 중요한 촉매제로 기능하고 있었던 셈이다.

Ⅴ장에서는 권환의 소설문학을 다루었다. 새 발굴 자료를 보완해서 살펴본 권환의 소설문학은 현실의 갈등이 두드러지게 전면에 드

러나고 있다는 점이다. 앞서 쓰인 「썩은 안해-監房內의 幻夢」과 「慈善堂의 불」은 여성 주인공이 겪은 절망적 현실과 해체된 삶을 통해 그 현실 갈등이 쉬 해결될 수 없는 것임을 알려주고 있다. 그리고 「木花와 콩」에서는 이어서 한발 더 나아가 일제강점기 농촌의 모순된 현실과 이를 극복하려는 농민들의 저항의식을 계급적 논리 위에서 충실히 담아내 권환 문학의 현실인식의 단단함을 엿보게 한다.

Ⅵ장에서는 권환의 시문학의 전개가 중심이 되었다. 권환이 시종일관 보여주었던 구체적인 계급실천과 그를 위한 아지프로시라는 특징은 1930년대 초 우리 계급시의 가장 특징적인 면모를 한 몸에 보여준 업적이다. 1935년 카프의 해산과 그 이후의 전향 은둔으로 말미암아 그의 시가 자기반성과 서정적 고뇌를 주로 다루는 모습으로 바뀌었으나, 그런 속에서도 문학인의 내적 윤리를 지켜내고자 하는 모습은 일관되었다. 광복을 맞이하여 다시 만개하기 시작했던 그의 시는 정치적 혼란과 민족 분열 속에서도 현실에 대한 비판을 멈추지 않는 강인한 연속성을 보여주었다.

Ⅶ장에서는 그의 문학비평을 다루었다. 권환의 비평문학은 미래지향적인 공동체 의식을 기반으로 하여, 초기에는 신문학기술론을 중심으로 하여 계급 당파성을 전개하는 데 주력하였다. 시의 전개와 마찬가지 궤적을 비평문학은 보여주고 있는데, 카프 해산 뒤 그의 비평은 판타지기법을 통한 유토피아적 세계관을 드러내는 쪽으로 변화된다. 그리고 광복기에 이르러서 그는 독자적인 농민문학론을 주창하면서 일제에 의해 해체된 겨레의 공동체적 삶을 복원하고자 노력하였다. 그의 비평은 계급문학 비평의 당대성을 잘 인식한 결과였던 셈이다.

Ⅷ장에서는 권환 문학의 문학사적 의의를 살폈다. 권환 문학은 일제강점기와 광복기를 거치면서 특수하게 형성된 우리 겨레의 구체적인 계급 현실과 쉼 없이 맞서면서, 그 해결을 위한 고심을 아동문학, 극, 소설, 시, 비평문학에 걸치는 다양한 문학 갈래를 통해 드러냄으로써, 한국 계급주의문학의 전형적인 본보기로서 자리를 분명히 했다. 특히 그 속에 면면하게 흐르고 있는 개인의 윤리성에 대한 믿음은 다른 계급문학인들과 다른 인간적 계급주의자로서 독특한 자리를 엿보게 한다.

이상에서 살펴본 바와 같이 권환이 일찍부터 다양한 갈래에 걸쳐 이룩한 다양한 문학활동은 식민지 지식인이자 지사로서 권환이 겪고 고심해온 현실 삶의 무게를 단적으로 보여주는 것이다. 이로서 우리 근대문학사는 시대의 구체적 현실에 온몸으로 맞서고자 한 지식인의 전형을 권환을 통해 확인할 수 있었다. 암울한 시대상황, 해체된 겨레 현실과 함께 호흡하며 시종일관 살다 가고자 한 문인 권환을 통해 우리 근대문학의 무게와 부피는 한층 더한다.

앞으로 생애에 있어서 아직 해명이 되지 않은 부분, 곧 경도제국대학 수업시절의 교우관계와 경남지역문학사 속의 교유, 광복기의 남조선노동당과 맺은 관련성들은 좀 더 섬세하게 밝혀져야 할 것이다. 또한 그의 작품이 지닌 미학적 구성 원리를 드러내는 일에도 이 연구는 미흡했다. 이 글을 통해 일본 군국주의의 폭압과 광복기의 혼란 속에서도 일관되게 온몸으로 겨레 현실의 극복과 혁신을 위해 싸우고자 했던 실천문학으로서 권환 문학에 대한 연구가 다양하게 이어지기를 바란다.

도움글

〈자료〉

朝鮮푸로레타리아藝術同盟文學部 엮음(1931), 『카프詩人集』, 집단사.

김병호와 여럿 엮음(1931), 『푸로레타리아童謠集 불별』, 중앙인서관.

권환과 여럿(1933), 『農民小說集』, 별나라사.

권환(1943), 『自畵像』, 조선출판사.

＿＿(1944), 『倫理』, 성문당서점.

＿＿(1944), 『倫理』, 성문당서점.

＿＿(1946), 『凍結』, 건설출판사.

조선문학가동맹시부 엮음(1946), 『三一紀念詩集』, 건설출판사.

박세영과 여럿(1946), 『解放紀念詩集－햇불』, 우리문학사.

조선문학가동맹 엮음(1947), 『朝鮮詩集』, 아문각.

전주지방법원 검사국(1935), 『형사재관원본 제4책』.

경도제국대학조선유학생동창회 엮음(1936), 『경도제국대학조선유학생동창회보』, 경도제국대학조선유학생동창회.

권오신 엮음(1966), 『만성집』, 자가본.

권오익(1965), 『素波閑墨』, 소파권오익박사환력기념논문집 간행회.

휘문교우회(1986), 『동견록』, 고성문화인쇄주식회사.

이동순·황선열(1989), 『권환 시전집 깜박 잊어버린 그 이름』, 솔.

박태일 엮음(1997), 『가려 뽑은 경남·부산의 시 ① 두류산과 낙동강에서』, 경남대학교출판부.

황선열(2002), 『권환전집 아름다운 풀등』, 도서출판 전망.

『사립휘문고등보통학교생도학적부』(1922).

『휘문고등보통학교학적부』(1923).

『신소년』, 『별나라』, 『조선지광』, 『예술운동』, 『조선문학』, 『춘추』, 『신문예』, 『우리문학』, 『문학』, 『신문학』, 『무산자』, 『중외일보』, 『조선중앙일보』, 『조선일보』, 『동아일보』, 『해방일보』, 『자유신문』.

〈국내논저〉

1. 낱책

강만길(1996), 『한국사회주의운동 인명사전』, 창작과비평사.

권보드래(2003), 『연애의 시대』, 현실문화연구.

권영민(1986), 『해방직후의 민족문학운동 연구』, 서울대학교출판부.

______(1992), 『한국문학비평논쟁사』, 한길사.

______(1998), 『한국 계급문학 운동사』, 문예출판사.

김남식(1984), 『南勞黨硏究』, 돌베개.

김우종과 여럿 엮음(1989), 『韓國現代文學史』, 현대문학사.

김윤식(1976), 『한국근대문예비평사연구』, 일지사.

김윤식·정호웅 엮음(1987), 『한국리얼리즘소설연구』, 탑출판사.

김윤식·정호웅 엮음(1988), 『한국근대리얼리즘작가연구』, 문학과지성사.

김윤식(1989), 『임화연구』, 문학사상사.

김윤식과 여럿(1989), 『해방공간의 문학운동과 문학의 현실인식』, 한울.

김재용 엮음(1989), 『카프비평의 이해』, 풀빛.

김정의(1992), 『韓國少年運動史』, 민족문화사.

김준엽·김창순(1986), 『한국공산주의운동사·3』, 청계연구소

단국대학교출판부 엮음(1981), 『쎄앗긴 冊』, 단국대학교출판부.

류만(1995), 『조선문학사 2』, 평양 과학백과사전종합출판사.

리기영·한설야 그 밖의 여럿(2001), 『우리시대의 작가수업』, 역락출판사.

려증동(1987), 『한국 역사 용어』, 시사문화사.

박경식(1986), 『日本帝國主義의 朝鮮支配』, 청아출판사.

박종원·류만 엮음(1988), 『조선문학개관(2)』, 인동, 1988년.

박태일(1999), 『한국 근대시의 공간과 장소』, 소명출판.

반민족문제연구소 엮음(1991), 『한국문학의 민중사―임종국 전집 2』, 지리산.

배성찬 엮음(1987), 『식민지시대의 사회운동론연구』, 돌베개.

백철(1947), 『조선신문학사조사』, 백양당.

부산일보 특별취재팀(1998), 『백산의 동지들』, 부산일보사.

서연호(1982), 『한국근대희곡사연구』, 고려대학교출판부.

______(1994), 『한국 근대 희곡사』, 고려대학교출판부.

신경림 엮음(1983), 『農民文學論』, 온누리.

역사문제연구소 문학사연구모임 엮음(1989), 『카프문학운동연구』, 역사비평사.

오현주(1998), 『해방기의 시문학』, 열사람.

외솔회 엮음(1975), 『나라사랑－백산 안희제 선생 특집호』 제19집, 외솔회.

유민영(1982), 『한국현대희곡사』, 홍성사.

이명희(1982), 『理性과 言語』, 문학과지성사.

이병기·백철 엮음(1970), 『國文學즐史』, 신구문화사.

이재철(1983), 『아동문학개론』, 서문당.

임규찬 엮음(1987), 『일본프로문학과 한국문학』, 연구사.

임규찬·한기영 엮음(1989), 『카프비평자료총서 1～8』, 태학사.

임규찬·한기영 엮음(1990), 『볼셰비키화와 조직운동』, 태학사.

임영태 엮음(1987), 『식민지시대 한국사회와 운동』, 돌베개.

임종국(1966), 『親日文學論』, 평화출판사.

______(1991), 『한국문학의 민중사』, 지리산.

장덕순과 여럿(1986), 『韓國文學史의 爭點』, 집문당.

정영진(1989), 『통한의 실종문인』, 문이당.

______(1993), 『문학사의 길찾기』, 국학자료원.

______(2002), 『바람이여 전하라』, 푸른사상.

조동일(1988), 『한국문학통사 5』, 지식산업사.

조연현(1974), 『韓國現代文學史槪觀』, 정음사.

최원식(1997), 『생산적 대화를 우하여』, 창작과비평사.

최원식과 여럿(1982), 『韓國近代文學史論』, 한길사.

한길문학 편집위원회 엮음(1990), 『한국근대문학연구입문』, 한길사.

홍정선 엮음(1988), 『金八奉文學全集 Ⅱ. 회고와 기록』, 문학과지성사.

홍태식(1966), 『한국공산주의운동연구와 비판』, 삼성출판사.

황패강과 여럿(1982), 『韓國文學硏究入門』, 지식산업사.

2. 낱글

강만길(1984), 「일제하 농촌 빈민증가의 원인」, 『동양학』 14집, 단국대학교 동양
　　　학연구소.

고형진(1989), 「카프 문학관, 그리고 대상의 素描化—권환의 시세계」, 『현대시학』,
　　　현대시학사.

권영민(1986), 「카프시대 문학운동의 성격」, 『한국문학사의 쟁점』, 집문당.

＿＿＿(1988), 「식민지시대의 농민운동과 농민문학론」, 『한국민족문학론연구』, 민
　　　음사.

＿＿＿(1988), 「카프의 조직과 해체」, 『문예중앙』 봄—겨울호.

＿＿＿(1988), 「해방 직후의 문인 월북과 그 문학사적 입장」, 『한국민족문학론연
　　　구』, 민음사.

김성윤(1999), 「카프의 문학적 실체 복원하기—『권환시전집』」, 솔출판사.

김영견(1997), 「카프계 농민소설 연구: 1930년대 작품들을 중심으로」, 경남대학
　　　교 박사논문.

김용직(1982), 「韓國 프로文學의 이데올로기 追求過程에 관한 硏究」, 『사회과
　　　학정책연구』 12월, 서울대학교.

김용직(1996), 「권환론」, 『한국현대시사 1』, 한국문연.

김윤식(1975), 「농민문학론」, 『한국근대문학사상』, 서문당.

＿＿＿(1994), 「메타포로서의 결핵」, 『90년대 한국소설의 표정』, 서울대학교출판
　　　부.

＿＿＿(1996), 「카프문학 바라보기—인간의 시선과 동물의 시선」, 『동서문학』 12
　　　월호, 동서문학사.

김은경(1990), 「권환 시 연구」, 경남대학교 교육대학원 석사논문.

김인덕(1995), 「在日朝鮮人 民族解放運動 硏究」, 성균관대학교 박사논문.

김재용(1988), 「카프 해소·비해소파의 대립과 해방 후의 문학운동」, 『역사비평』
　　　가을호, 역사비평사.

김재홍(1989), 「볼셰비키 프로시인, 권환」, 『한국문학』 9월호.

김종호(1994), 「권환 시의 변모과정연구」, 상지대학교 석사논문.

김팔봉(1943), 「신간평 詩集 권환 著 『자화상』」, 『매일신보』, 9월 11～12일 자,
　　　매일신보사.

김호정(1993), 「권환 시의 변모 양상 연구」, 부산대학교 교육대학원 석사논문.

류보선(1987), 「1920∼30년대 예술대중화론 연구」, 서울대학교 박사논문.

목진숙(1993), 「권환 연구」, 창원대학교 석사논문.

민병기(1990), 「아지프로시의 선구자 권환(1)」, 『경남문학』 제13호 겨울호, 경남
　　　문인협회.

＿＿＿(2001), 「아지프로시의 선구자 권환」, 『마산문학』 제25집, 마산문인협회.

박건명(1989), 「권환론」, 『건국어문학』 제13·14합집 12.

박남훈(1990), 「카프 예술대중화론의 상호 소통론적 연구」, 부산대학교 박사논문.

박덕은(1990), 「권환의 작품세계」, 『금호문화』, 금호문화재단.

박성구(1988), 「일제하(1920년대 중반∼1930년대 초) 프롤레타리아예술운동에
　　　관한 연구」, 서울대학교 석사논문.

박승극(1933), 「Book Review 『農民小說集』 農民文學問題와關聯하야 (三)」,
　　　『조선일보』, 12월 13∼14일 자, 조선일보사.

＿＿＿(1933), 「最近의 푸로詩壇－(二) 權煥의詩篇들」, 『조선일보』, 10월 4일
　　　자, 조선일보사.

＿＿＿(1933), 「最近의 푸로詩壇－(一) 權煥의詩篇들」, 『조선일보』, 9월 30일
　　　자, 조선일보사.

＿＿＿(1933), 「최근의 푸로시단－2 권환의 시편들」, 『조선일보』, 10월 4일 자,
　　　조선일보사.

＿＿＿(1993), 「최근의 푸로시단－1 권환의 시편들」, 『조선일보』, 9월 30일 자,
　　　조선일보사.

박영희(1931), 「1991년판 카프시인집을 읽고」, 『조선중앙일보』, 12월 15일 자,
　　　조선중앙일보사.

박윤우(1992), 「1930년대 後半 프로詩論에 있어 現實性의 認識에 대한 연구」,
　　　『선청어문』 20집, 서울대학교 국어교육과.

박태일(2002), 「이주홍의 초기 아동문학과 『신소년』」, 『현대문학이론연구』 제18
　　　집, 현대문학이론학회.

＿＿＿(2003), 「경남지역 계급주의 시문학연구」, 『어문학』 제80집, 어문학회.

＿＿＿(2003), 「향파 이주홍의 등단작 시비」, 『인문논총』 제16집, 경남대학교 인
　　　문과학연구소.

백철(1932), 「문예시평」, 『신동아』 11월호.

＿＿＿(1932), 「문예시평」, 『신동아』 11월호.

백철(1932), 「창작방법문제-계급적 분석과 시의 창작문제」, 『조선일보』, 3월 6일 자, 조선일보사.

______(1932), 「창작방법문제-계급적 분석과 시의 창작문제」, 『조선일보』, 3월 6일 자, 조선일보사.

서경석(1996), 「카프 비평과 창작의 관련 양상」, 『동서문학』 12월호, 동서문학사.

손종훈(1992), 「日帝强占期의 프로戲曲 硏究」, 계명대학교 박사논문.

신범순(1987), 「프로문예운동의 방향전향에 있어서 레닌주의와 그에 대한 비판」, 『관악어문연구』 12집, 서울대학교 국문학과.

신유인(1931), 「문화창작의 고정화에 항하여」, 『조선중앙일보』, 12월 1~8일 자, 조선중앙일보사.

신현보(1999), 「1940年代 後期 戲曲 硏究」, 한남대학교 박사논문.

장윤영(1997), 「지하련 소설연구」, 상명대학교 석사논문.

안한상(1992), 「解放直後의 文壇組織 및 文學論연구」, 『선청어문』 20집, 서울대학교 국어교육과.

오성호(1990), 「권환 시의 변모와 그 의미-1930년대의 시를 중심으로」, 『1930년대 민족문학의 인식』, 한길사.

유문선(1988), 「1930년대 창작방법 논쟁 연구」, 서울대학교 박사논문.

윤곤강(1933), 「33年度의 詩作=六篇에 對하여」, 『조선일보』, 12월 24일 자, 조선일보사.

______(1933), 「현대시 평론」, 『조선일보』, 9월 30일 자, 조선일보사.

______(1943), 「『자화상』의 인상」, 『조광』 10월호, 조선일보사.

윤여탁(1983), 「예술대중화운동의 전개과정에 대한 검토」, 『선청어문』 14·15합집, 서울대학교 국어교육과.

______(1998), 「프로 문학의 성과와 그 의미」, 『선청어문』 제26집, 서울대학교 국어교육과.

이명희(1986), 「韓國小說에 나타난 리얼리티 硏究」, 숙명여자대학교 석사논문.

이미림(1995), 「카프의 『농민소설집』(별나라사, 1933)연구」, 『강릉대인문학보』 20집.

이영미(1985), 「1920년대 대중화 논쟁과 문화적 엘리트주의」, 『한국문학의 현 단계』 4, 창작과비평사.

이장열(1999), 「다시 불러보는 그 시인-『권환 시전집』」, 『지역문학연구』 봄호,

경남지역문학연구회.

이장열(1999), 「지하련의 가계와 마산 산호리」, 『지역문학연구』 5호, 경남지역문
　　　학연구회.

______(2000), 「권환 연구의 놓인 자리와 연구방향」, 『경남어문논집』 11집, 경남
　　　대학교 국문학과.

______(2003), 「권환의 아동문학작품 발굴」, 『시와비평』 상반기 6호, 경남시사랑
　　　문화인협의회.

______(2003), 「권환의 야간도주와 어린 시절」, 『경남작가』 5호, 경남작가회의.

이정구(1933), 「시에 대한 감상」, 『조선일보』, 9월 23일 자, 조선일보사.

이주홍(1945), 「시집 『윤리』(권환 저)」, 『東洋之光』 1월호, 동양지광사.

임화(1931), 「1931년간의 카프예술」, 『조선중앙일보』, 12월 7~13일 자, 조선중
　　　앙일보사.

______(1931), 「1932년을 當하여 조선문학운동의 신단계」, 『조선중앙일보』, 1월
　　　1~28일 자, 조선중앙일보사

______(1945), 「權煥 著 시집 『倫理』」, 『매일신보』, 2월 7일 자, 매일신보사.

임규찬(1990), 「카프 해산 문제에 대하여」, 『한국 근대문학사의 쟁점』, 창작과비
　　　평사.

전문수(1991), 「다시 쓰는 문학론(Ⅲ)」, 『경남문학』 봄호, 경남문인협회.

정명교(1981), 「文學史 記述方法에 관한 試論」, 서울대학교 석사논문.

정재찬(1990), 「시와 정치의 긴장관계-시인 권환론-」, 『한국현대리얼리즘시인론』,
　　　태학사.

정호웅(1996), 「카프문학을 돌아본다」, 『동서문학』 12월호, 동서문학사.

조동민(1989), 「소박한 서정과 향수의 세계」, 『시문학』 7호, 시문학사.

조봉제(1993), 「가난과 병고로 생애를 마치다-시인 권환의 경우」, 『문학세계』
　　　3·4월호, 문학세계사.

조정환(1989), 「1930년대 현실주의 논쟁과 프롤레타리아트 문학의 독자성 문제」,
　　　『민주주의 민족문학론과 자기비판』, 연구사.

채수영(1990), 「시의 전경과 후경의 조화-권환론」, 『경기어문학』 제8집, 경기대
　　　학교 국어국문학과.

최명표(1999), 「단편서사시론」, 『한국문학논총』 제24집, 한국문학회.

최예열(1999), 「카프서사시의 일고찰: 임화, 박세영, 권환을 중심으로」, 『대전어문

학』 16집.

최원식(1984), 「농민문학을 위하여」, 『한국문학의 현 단계 3』, 창작과비평사.

편집부(1989), 「죽어 살아 숨 쉬는 시의 넋-해금시인 권환」, 『월간 경남』 5월호.

한정호(2002), 「한국 근대 가족시 연구」, 경남대학교 박사논문.

허정(1999), 「권환 시의 변모와 연속성」, 『신생』 겨울호, 신생.

홍정선(1981), 「신경향파문학에 나타난 '생활문학'의 변천과정」, 서울대학교 석사
    논문.

______(1986), 「KAPE와 사회주의운동단체와의 관계」, 『세계의 문학』 봄호, 민음사.

______(1996), 「카프 연구의 올바른 자리를 찾아서」, 『동서문학』 12월호, 동서문
    학사.

황현(1998), 「현실 그 갈등과 성찰의 공간: 권환의 시세계」, 『오늘의 문예비평』
    여름호, 오늘의문예비평사.

______(1999), 「순결한 민족시인, 권환」, 『신생』 겨울호, 신생.

______(2003), 「프로극의 한 유형-권환의 희곡」, 『경남작가』 상반기, 경남작가회의.

〈국외논저〉

리차드 H. 미첼, 김윤식 옮김(1982), 『日帝의 思想統制』, 일지사.

테리 이글턴, 김명환·정남영·장남수 옮김(1986), 『문학이론입문』, 창작과비평
    사.

수전 손택, 이재원 옮김(2002), 『은유로서의 질병』, 도서출판 이후.

Raymond Williams, 이일환 옮김(1982), 『理念과 文學』, 문학과지성사.

르네 웰렉·오스트 워렌, 이경수 옮김(1987), 『文學의 理論』, 문예출판사.

L. Goldmann, 박영신과 여럿 옮김(1984), 『문학사회학의 방법론』, 현상과 인식.

Diane Macdonell, 임상훈 옮김(1992), 『담론이란 무엇인가』, 한울.

Lewis Coser, 진덕규 옮김(1974), 『知識人의 幻夢』, 진영사.

Jean-Paul Sartre, 천이두 옮김(1982), 『침묵하는 공화국』, 일월서각.

Jean-Paul Sartre, 조영훈 옮김(1979), 『知識人을 위한 변명』, 한마당.

아더 단토, 신오현 옮김(1985), 『사르트르의 철학』, 민음사.

Lewis A. Coser, 방인택 옮김(1980), 『知識人이란 무엇인가』, 태창문화사.

Jean-Paul Sartre, 박익재 옮김(1985), 『詩人의 운명과 선택』, 문학과지성사.

Ronald Paulson, 김옥수 옮김(1992), 『풍자문학론』, 지평.

Raymond Williams, 이일환 옮김(1982), 『理念과 文學』, 문학과지성사.

Lucien Goldmann, 조경숙 옮김(1982), 『小說社會學을 위하여』, 청하.

Jean-Paul Sartre, 정명환 옮김(1998), 『문학이란 무엇인가』, 민음사.

Georg Lukacs, 홍승용 옮김(1987), 『美學序說』, 실천문학사.

Jean-Paul Sartre, 민희식 옮김(1984), 『지식인이여 무엇을 할 것인가』, 거암.

Pierre Zima, 이건우 옮김(1983), 『文學텍스트의 社會學을 위하여』, 文學과知
性社.

Wilhelm Dilthey, 이한우 옮김(2002), 『체험·표현·이해』, 책세상.

Wilhelm Dilthey, 김병우과 여럿 옮김(1991), 『문학과 체험』, 우리문학사.

Wilhelm Dilthey, 金俊燮 옮김(1953), 『哲學의 本質』, 부산: 乙酉文化社.

Leon Edel, 김윤식 옮김(1983), 『작가론의 방법-문학전기란 무엇인가』, 삼영사.

Paul Hernadi, 김준오 옮김(1983), 『장르論』, 문장.

K. Marx, F. Engels, 남상일 옮김(1989), 『공산당선언』, 백산서당.

M. 마렌 그리제바하, 장영태 옮김(1982), 『문학연구의 방법론』, 홍익사.

<부록> 작품 죽보기

(*표시는 발굴 작품)

1. 시

낸 해	제목	낸 곳	비고
1929년	이꼴이 되다니	『無産者』 6월호	카프동경지부
1930년	가려거든 가거라	『朝鮮之光』 3월호	『카프시인집』
	停止한 機械	『朝鮮之光』 3월호	『카프시인집』
	우리를 가난한 집 여자라고	『朝鮮之光』 6월호	『카프시인집』
	머리를쌍짜지 숙일쌔까지	『音樂과 詩』 8월호	『카프시인집』
	*敗戰 後에		출처 확인 안 됨
	少年工의노래	『조선지광』 11월호	필명: 경환
1931년	墮落	『朝鮮之光』 2월호	『카프시인집』
	그대	『群旗』 2호	『카프詩人集』
	少年工의 노래	『카프詩人集』 재수록	『카프詩人集』
	잘가거라 그대여	『我等』 5·6월 제1권 제2호	
1932년	*握手	『集團』 2월호	
	아버지 김 첨지 어서 갑시다! 쇠돌아 간난아 어서 가자	『文學建設』 12월. 제1권 제1호	93~93쪽
	*三十分間	『第一線』 9월호	
	*북쪽거리로	『조선중앙일보』	연도확인 못함
	*톡, 톡, 톡	『조선중앙일보』	연도확인 못함
	*모던 보이 모던 걸	『우리들』	연도확인 못함
	*조선의 중학생	『우리들』	연도확인 못함
	*발버진 여름철	『우리들』	연도확인 못함
	*復活의 소리	『실생활』 12월호	權生
1933년	看板	『조선일보』, 6월 22일 자	
	책을 살우면서	『조선일보』, 7월 9일 자	
	享樂의 봄동산	『조선일보』, 9월 26일 자	
	冬服	『조선중앙일보』, 10월 25일 자	
	*언덕우의집	『조선중앙일보』, 11월 12일 자	
1934년	비오는 봄밤	『文學創造』 6월호	50~52쪽
	팔	『동아일보』, 6월 15일 자	
1937년	太陽讚	『동아일보』, 11월 9일 자	
1938년	願望	『동아일보』, 12월 3일 자	

연도	작품	발표지	비고
1939년	郭僉知	『동아일보』, 5월 13일 자	
	보리	『朝鮮文學』 4월호	
	나의 肉體	『朝鮮文學』 6월호	
	달	『조선일보』 11월	『자화상』 재수록
	遺言狀	『詩學』 4월호 제1집 11~13쪽	『동결』 재수록
	거리	『新世紀』 9월호	
	歡喜	『조선일보』, 10월 25일 자	『동결』 재수록
1940년	어머니의 꿈	『朝光』 1월호	
	眞	『批判』 1월호 제1권 제1호	69~70쪽
	幻夢	『朝光』 2월호	『자화상』 재수록
	아침의 出發	『朝光』 4월호 제6권	
1943년	용서해 주시옵소서	『朝光』 1월호	
	倫理	『朝光』 5월호 제9권 제5호	『倫理』 재수록
	등불의 幻想	『春秋』 9월호	조선춘추사
	秋夜偶吟	『春秋』 12월호	
	明日	『自畫像』	朝鮮出版社. 3쪽
	달	『自畫像』	7쪽
	無題	『自畫像』	10쪽
	透視	『自畫像』	11쪽
	火鏡	『自畫像』	12쪽
	山과구름	『自畫像』	13쪽
	淸塏	『自畫像』	15쪽
	魔術	『自畫像』	16쪽
	憧憬	『自畫像』	18쪽
	雪景	『自畫像』	20쪽
	古淡冊	『自畫像』	21쪽
	沐浴湯	『自畫像』	23쪽
	靜夜	『自畫像』	24쪽
	自畫像	『自畫像』	25쪽
	微笑	『自畫像』	27쪽
	청대콩	『自畫像』	28쪽
	별의心臟	『自畫像』	29쪽
	봄	『自畫像』	33쪽
	街燈	『自畫像』	37쪽
	希望	『自畫像』	40쪽
	寒驛	『自畫像』	42쪽
	뻐국새	『自畫像』	44쪽
	病狀斷想	『自畫像』	46쪽
	風景	『自畫像』	48쪽
	虎皮	『自畫像』	48쪽
	木乃伊	『自畫像』	50쪽

연도	작품	출처	비고
1943년	大理石	『自畵像』	51쪽
	夏夢	『自畵像』	52쪽
	電信柱	『自畵像』	54쪽
	與君對酌	『自畵像』	55쪽
	뒷산	『自畵像』	58쪽
	石炭	『自畵像』	60쪽
	어머니	『自畵像』	61쪽
	가을	『自畵像』	62쪽
	時計	『自畵像』	67쪽
	電車	『自畵像』	72쪽
	山의表情	『自畵像』	73쪽
	제비	『自畵像』	76쪽
	運命	『自畵像』	80쪽
	與君對酌(2)	『自畵像』	82쪽
	구름	『自畵像』	84쪽
	까마귀	『自畵像』	86쪽
	故鄕	『自畵像』	88쪽
	아침의出發	『自畵像』	『朝光』 40. 4
	눈(雪)	『自畵像』	94쪽
	접동새	『自畵像』	95쪽
	어머니의 꿈	『自畵像』	98쪽
	귀뚜라미	『自畵像』	100쪽
	벼락	『自畵像』	102쪽
1944년	偶吟三題 : 農民	『朝光』 10호	『윤리』 재수록
	偶吟三題 : 月光	『朝光』 10호	『윤리』 재수록
	倫理	『倫理』 12월	성문당서점
	집	『倫理』	〃
	農民	『倫理』	『조광』 44. 1
	아리랑고개	『倫理』	『동결』 끝 다름
	追憶	『倫理』	성문당서점
	歲暮	『倫理』	〃
	별과귀뚜라미	『倫理』	〃
	두할머니	『倫理』	〃
	錦上添花	『倫理』	〃
	荒鷲	『倫理』	〃
	秋夜長	『倫理』	〃
	時計	『倫理』	〃
	푸로펠러	『倫理』	〃
	月光	『倫理』	『조광』 44. 1
	幸福의風景	『倫理』	성문당서점
	까마귀	『倫理』	〃
	倫理 ②	『倫理』	〃

연도	작품	발표지	비고
1944년	送君詞	『倫理』	성문당서점
	豆腐	『倫理』	〃
	牧歌	『倫理』	〃
	등불의幻想	『倫理』	『춘추』 43. 9
	夕陽	『倫理』	성문당서점
	그대	『倫理』	〃
	가을	『倫理』	〃
	深海漁	『倫理』	〃
	허수아비	『倫理』	〃
	除夕	『倫理』	〃
	幸福	『倫理』	〃
	心自閑	『倫理』	〃
	急行列車	『倫理』	〃
	왜가리	『倫理』	〃
	又與君對酌	『倫理』	〃
1945년	노들강	『建設』 2호 11월 10일	
	쇠사슬	『人民』 창간호 12월	
	그대	『자유신문』, 11월 12일 자	『햇불』 1946.
	어서가거라	『해방일보』, 12월 25일 자	
1946년	부셔라 밧쇼를	『자유신문』, 1월 21일 자	
	獅子같은 羊	『三一紀念詩集』 건설출판사	朝鮮文學家同盟
	弔學兵	『學兵』 3월 1권 2호	
	故鄕	『햇불』 4월	『신건설』 12월 재수록
	古宮에 보내는 글 —病狀에서	『文學』 창간호 제1호	
	멧培나 香氣롭다	『조선인민보』, 5월 22일 자	
	繁殖할 줄 아느냐	『현대일보』 5월	
	김 서방두, 박 첨지두, 이생원두 잘사는 주의	『新世代』 7월	
	山과구름	『凍結』 8월 25일. 건설출판사	재수록. 13쪽
	달	『凍結』	재수록. 17쪽
	透視	『凍結』	재수록. 20쪽
	火鏡	『凍結』	재수록. 22쪽
	明日	『凍結』	재수록. 24쪽
	古談冊	『凍結』	재수록. 29쪽
	뻐국새	『凍結』	재수록. 30쪽
	與君對酌(一)	『凍結』	재수록. 32쪽
	與君對酌(二)	『凍結』	재수록. 34쪽
	雪景	『凍結』	재수록. 37쪽

	뒤ㅅ山	『凍結』	재수록. 38쪽
	夏夢	『凍結』	재수록. 40쪽
	청대콩	『凍結』	재수록. 43쪽
	希望	『凍結』	재수록. 44쪽
	大理石	『凍結』	재수록. 47쪽
	無題	『凍結』	48쪽
	街燈	『凍結』	재수록. 50쪽
	幸福	『凍結』	재수록. 54쪽
	어머니	『凍結』	재수록. 56쪽
	自畫像	『凍結』	재수록. 57쪽
	접동새	『凍結』	재수록. 58쪽
	집	『凍結』	재수록. 63쪽
	急行列	『凍結』	재수록. 66쪽
	時計	『凍結』	재수록. 68쪽
	錦上添花	『凍結』	재수록. 70쪽
	農民	『凍結』	재수록. 72쪽
	歲暮	『凍結』	재수록. 74쪽
	沈漁海	『凍結』	재수록. 76쪽
	허수아비	『凍結』	78쪽
	心自閒	『凍結』	재수록. 80쪽
	除夕	『凍結』	재수록. 82쪽
1946년	별과 귀뚜라미	『凍結』	재수록. 84쪽
	박쥐	『凍結』	86쪽
	風景	『凍結』	재수록. 88쪽
	追憶	『凍結』	90쪽
	月光	『凍結』	재수록. 91쪽
	두할머니	『凍結』	『倫理』 재수록
	등ㅅ불의幻想	『凍結』	『춘추』 43. 9
	遺言狀	『凍結』	재수록
	倫理	『凍結』『倫理』에는 「倫理2」로 발표	재수록
	歡喜	『凍結』	『조선일보』 1939. 10. 25
	아리랑고개	『凍結』. 『倫理』에는 마지막 연이 다름	
	별의心臟	『凍結』	『自畫像』 재수록
	봄	『凍結』	『自畫像』 재수록
	時間	『凍結』	『自畫像』에서는 「時計」로 수록
	*朴동무	『해방일보』, 1월 26일 자	
	春夢	『人文評論』 2호 7월	
	土地	『현대일보』 7월	

1946년	그대를 어떻게 맞을까—病狀에서	『文學』 11월 2호	
	惡魔의哲學	『文學』 11월 2호	
	병상독음: 일하 고있는여러동 무들에게	『新文學』 11월	
1947년 2월	고궁에 보내는 글— 미소공동위원회	『조선시집』	아문각

2. 극과 소설

낸 해	제목	낸 곳	비고
1926년	狂!	『新民』 12월 제20호	극
1927년	앓고 있는 靈	『學朝』 2호. 京都學友會	미확보
	印刷한러브레터 一幕	『新民』 2호. 경성	극
	*썩은안해—監房內 의 幻夢	『朝鮮之光』 7월호 1927년 2월 京都下鴨서	소설. 元素
	*慈善堂의 불	『朝鮮之光』 12월호	소설(權元素)
1931년	木花와 콩	『조선일보』, 7월 16~24일 자	소설
1932년	*朱生員	『연극운동』 9월호	극
	*팔을 끼자	『연극운동』 9월호	시극
1933년	木花와 콩	『農民小說集』	재수록
1940년	*아버지	『영화연화』 1월호 제2집	극

3. 아동문학

낸 해	제목	낸 곳	비고
1925년	*아버지	『신소년』 7월호	소년소설
	*아버지 (2회)	『신소년』 8월호	소년소설
	*아버지 (3회)	『신소년』 9월호	소년소설
	*康濟의 夢	『신소년』 10월호	단편소설
	*세상 求景	『신소년』 11월호	동화
	*언밥(凍飯)	『신소년』 12월호	소년소설
1926년	*마지막 우슴	『신소년』 2월호	소년소설
	*마지막 우슴 (2회)	『신소년』 3월호	소년소설
	*마지막 우슴 (완)	『신소년』 4월호	소년소설
	*처녀장미꽃	『신소년』 5월호	식물우화

1927년	*웨어른이 안되요	『신소년』 4월호 『1920년대 아동문학집1』 재수록. 평양	동시
	*웨 안무서워요	『신소년』 4월호 『1920년대 아동문학집1』 재수록. 평양	동시
	*지도에 없는 아버지	『신소년』 4월호 『1920년대 아동문학집1』	동시
1928년	*나의 어린쌔 記憶	『신소년』 6월호	수필
1930년	*少年에 대한 바람	『신소년』 1월호	수필
1931년	*通俗少年唯物論(講座)	『별나라』 11월호	평론
1932년	*부르짓자! 나아가자!	『신소년』 신년호	표어
	*英雄에 대하여	『신소년』 2월호	수필
	*辨證法이란 무엇인가	『별나라』 3월호	
	*미국 영. 파이오니어	『신소년』 7월호	소갯글
	*趣味料理 베(稻)가 쌀 이 될쌔까지	『별나라』 9월호	우화
	*팔을 끼자	『신소년』 9월호	광고
	*레닌과 어린이	『신소년』 9월호	게재불능
	*영웅스팔탁스	『신소년』 9월호	광고
	*러시아의 初等義務 教育	『신소년』 12월호 거재불능(엇시할수업는사정 을 실니니못하와 애석합니다	

4. 비평

낸 해	제목	낸 곳	비고
1928년	*階級論	『즈선지광』 9월호	權生
1930년	無産階級運動의 瞥顧 와 將來의展開策	『증외일보』, 1월 10~31일 자	
	平凡하고도 緊急한 問題—特히京城同志 들에게	『증외일보』, 4월 10~11일 자, 1€~17일 자	
	實踐的客觀主義文學 —〈特輯〉朝鮮의 文 藝理論은 어데로 歸 結될쌔	『大潮』 5월호	
1930년	詩評과 詩論	『大潮』 6월호	
	朝鮮藝術運動의 當面 한 具體的 過程	『중외일보』, 9월 2~14일 자, 16일 자	

연도	제목	발표지	비고
1931년	藝術의 流布問題와其他 하리코프대회 成果 에서 조선프로예술가 가 얻은 교훈	『朝鮮之光』 5월호 『동아일보』, 5월 14~15일 자, 17일 자	
	最近感想의 片鱗—톨 스토이 日記讀後感	『중외일보』, 5월 14~17일 자	
1933년	寫實主義的創作메쏘 데의 序論	『中央』 12호 제1권 2호	123~126쪽
1934년	現實과世界觀 및 創 作方法과의 關係	『조선일보』, 6월 24~29일 자, 전 5회	
	33年 文藝評壇의 回 顧와 展望	『조선중앙일보』, 1월 1~4일 자	
	1934年 臨하여 文壇 에 대한 希望	『形象』 2호	
	創作方法問題의 詩 議에 起하여	『文學創造』 6호	
1938년	朴世永詩集 「산제비」를 읽고	『조선일보』, 8월 17일 자	
1939년	*評壇志士의 望斷	『朝鮮文學』 4월호	KO生
	嚴興燮씨 近作 「世紀 의 愛人」	『조선일보』, 5월 22일 자	
	봉수대 藝術의 骨肉	『조선일보』, 5월 23일 자	권환 사진
1940년	現實과 新世代의 詩	『조선일보』, 2월 27~29일 자	
	固定된 詩想: 「—도다」 「—나니」 是非 其他	『조선일보』, 3월 13~14일 자 (全 3回)	
	生産文學의 展望	『조선일보』, 6월 25~28일 자	
	李燦씨 詩集 『茫洋』	『조선일보』, 7월 3일 자	
	詩와 "판타지—"	『朝光』 제6권 12호	
1940년	農民文學의 諸問題	『朝光』 9월호	
1941년	林和著 『文學의理論』 를 읽고	『매일신보』, 2월 24일 자	
	藝術에 對한 「이메— 지」의 役割	『朝光』 제7권 6호 —詩와판타지의續編—	
	現實表現의 方法	『春秋』 7	
1944년	*「花郎徒 劇評」	『매일신보』, 10월 14일 자	
1945년	文化와 政治	『조선인민보』 10	
	藝術運動의 當面任務	『조선일보』, 11월 29~12월 자	
	現情勢와 藝術運動	『藝術運動』 창간호 12월	
1946년	間斷없는自己批判	『新文藝』 제1권 제1호 7월호	
	文化團體도 急速統一하 자	『중앙신문』, 1월 9~11일 자	
1947년	農民文學에의 配慮	『國學』 제2호 1월 18일	

5. 기타(수필, 번역)

낸 해	제목	낸 곳	비고
1927년	*女俳優와 妓生	『長恨』 1월호, 제1권 제1호	KO生
	*遍路斷片	『思想と生活』	KO生
1932년	*宗敎의 本質과 消滅過程	『朝鮮之光』 1월호 100호	옮겨 엮음
	天國과 地獄(文人이 본 서울)	『조선일보』, 1월 3일 자	수필
	*序文 一	『불별』	카프 아동지
	*웃고가는 漁翁: 古談 한다디	『실생활』 11월호	權生
1933년	*나의 愛誦詩 나 베지몬스키 그中의 第一節	『조선일보』, 9월 2일 자	옮긴 시
1939년	*파우스트 사—1	『詩學』 5·6월호	옮긴 시
	*파우스트 사—2	『詩學』 제3집	옮긴 시
1941년	病狀斷想	『朝光』 12월호	
1944년	*勤勞라는것	『春秋』 5월호	조선춘추사
1946년	寫眞과 文—내가 본 나	『詩文學』 제2호	
1948년	*獨逸은 再建할가	『金融組合』 8월호	KO譯
1952년	*學校巡禮記	『學徒』 제3호	KO生

이장열 ──────

경북 왜관에서 나서, 경남 창원에서 자랐다. 경남대학교 정치외교학과를 거쳐, 같은 대학교에서 문학박사학위를 받았다. 주요 글로는 「지하련의 가계와 마산 산호리」, 「한국 근대시에 나타난 도시공간 연구」, 「약산 김원봉 연구에서 바로잡아야 할 데」 등이 있다. 경남대학교와 진주교육대학교 등에서 한국 근대문학사와 글쓰기 강의 등을 하였다. 주요 저서로는 『한국 근대사의 문학탐사 1』 등이 있다. 현재 문학탐사가로 집필 활동을 하고 있다.

카프 정통파 권환의 발자취를 찾아서

한국근대문학탐사 1

초 판 인 쇄 | 2012년 4월 2일
초 판 발 행 | 2012년 4월 2일

지 은 이 | 이장열
펴 낸 이 | 채종준
펴 낸 곳 | 한국학술정보㈜
주   소 | 경기도 파주시 문발동 파주출판문화정보산업단지 513-5
전   화 | 031) 908-3181(대표)
팩   스 | 031) 908-3189
홈 페 이 지 | http://ebook.kstudy.com
E-mail | 출판사업부 publish@kstudy.com
등   록 | 제일산-115호(2000. 6. 19)

ISBN   978-89-268-3237-0 93810 (Paper Book)
                978-89-268-3238-7 98810 (e-Book)

내일을여는지식 은 시대와 시대의 지식을 이어 갑니다.